Ren Dhark

Sonderband

Wächter der Mysterious

SF-Roman von

Hubert Haensel

In der regulären REN DHARK-Buchreihe
sind bereits erschienen:
(1) Sternendschungel Galaxis – (2) Das Rätsel des Ringraumers
(3) Zielpunkt Terra – (4) Todeszone T-XXX
(5) Die Hüter des Alls – (6) Botschaft aus dem Gestern
(7) Im Zentrum der Galaxis – (8) Die Meister des Chaos
(9) Das Nor-ex greift an! – (10) Gehetzte Cyborgs
(11) Wunder des blauen Planeten – (12) Die Sternenbrücke

Außerdem die Sonderbände:
Die Legende der Nogk
Gestrandet auf Bittan

Sollte Ihre Bezugsquelle nicht alle
REN-DHARK-Bände verfügbar haben,
können Sie fehlende Bände direkt
beim Verlag nachbestellen.

1. Auflage

HJB Verlag & Shop e.K.
Postfach 22 01 22
56544 Neuwied
Telefon: 02631-356100
Fax: 02631-356102
Internet: http://www.ren-dhark.de

Redaktion & Checkmaster: Gerd Rottenecker
Cover: Ralph Voltz

ISBN 3-930515-93-8

Vorwort

Mit dem vorliegenden Buch, dem dritten *Ren-Dhark*-Sonderband, betreten wir in gewisser Weise Neuland. Denn während in den ersten beiden Bänden mit Colonel Huxley und den Nogk bzw. dem Prospektorenehepaar Art und Jane Hooker alteingeführte Charaktere die Hauptrolle spielten, steht diesmal mit Simon eine vergleichsweise neue Figur im Mittelpunkt der Handlung.

Simon – das ist der Diener, der in den Bänden 7 und 8 der regulären Buchausgabe jeweils einen kurzen Auftritt hatte und damals in die Wirren des G'Loorn-Angriffs auf Hope geriet, und dessen Bewußtsein sich mittlerweile im Körper eines Mysterious-Roboters befindet.

Hubert Haensel, der bereits an Band 8 der Buchausgabe mitgearbeitet hat, schildert im vorliegenden Roman in gewohnt spannender Manier die weiteren Abenteuer dieses menschlichen Bewußtseins, das zunächst einmal lernen muß, mit den fantastischen Fähigkeiten seines neuen Körpers umzugehen...

Ob es sich um die Vergangenheit der Nogk handelt, um die Entdeckung des Phant-Virus auf dem Planeten Bittan, oder um Simons Abenteuer mit den kriegerischen Cerash – in den Sonderbänden geht es immer um Ereignisse oder Sachverhalte, die in der regulären Buchausgabe entweder zu kurz gekommen sind oder sich parallel zu den dort geschilderten Geschehnissen ereignet haben. Das ist das grundlegende Konzept der Sonderbände: den immer noch von vielen »schwarzen Löchern« durchsetzten Dhark-Kosmos farbiger und »runder« zu machen und zu zeigen, daß es in der Milchstraße nicht nur an den Orten »zur Sache gehen« kann, an denen Ren Dhark sich zufällig gerade aufhält.

Daß sich in die Sonderbände auch einmal ein Hinweis darauf einschleichen kann, wie es mit *Ren Dhark* im Rahmen der Fortführung der Buchausgabe über das »magische« Heft 98 hinaus weitergehen könnte, liegt auf der Hand. Und natürlich wird das Netz dichter gewoben, wie die Leser und Leserinnen, die Hubert Haensels Kurzgeschichte »Im Ring der Mysterious« im ersten *Ren Dhark Magazin* gelesen haben, bei der Lektüre des vorliegenden Romans feststellen werden.

Die nächsten Sonderbände befinden sich bereits in Planung, doch im Augenblick ist es noch zu früh, konkret etwas über Inhalte oder Autoren zu verraten, da wir uns noch nicht endgültig entschieden haben, welchen Themen wir uns in den nächsten beiden Büchern zuwenden werden.

Entgegen unserer ursprünglichen Planung wird der vorliegende Roman nicht gleichzeitig mit Band 13 der regulären Buchausgabe ausgeliefert, da besagter Band 13 (*Durchbruch nach ERRON-3*) aus einer Reihe von Gründen erst Mitte April erscheinen wird.

Daß Ihnen die Zeit bis dahin nicht zu lang wird, dafür wird hoffentlich der *Wächter der Mysterious* sorgen.

Offenburg, im Winter 1998
Gerd Rottenecker

Prolog

Die Dunkelheit ballte sich zusammen, sie hatte das Licht der Sterne verschluckt und verdeckte auch die Monde. Düstere Wolken hingen über dem Land, gefräßigen Ungeheuern gleich, unter deren Haut gewaltige Entladungen tobten.

Die ersten Blitze durchzuckten die aufgewühlte Atmosphäre, ihre Einschläge ließen den Boden erzittern. Baumriesen verwandelten sich in lodernde Fackeln, und der aufkommende Sturm wirbelte die brennenden Äste mit sich.

Erschreckend war die völlige Lautlosigkeit, mit der die gequälte Natur zurückschlug.

Simon verhielt seine Schritte. Wie ein stählernes Monument trotzte er den entfesselten Gewalten.

Was immer sich in den unteren Schichten der Atmosphäre anbahnte, es war nichts, verglichen mit der Hölle der atomaren Explosion, die hinter ihm lag.

Innerhalb weniger Augenblicke öffnete der Himmel seine Schleusen. Eine Sintflut ergoß sich über den 4. Kontinent. Schwärze brach aus den Wolken herab, Ruß und Asche zu einem zähflüssigen Brei vermengt, den ein Orkan mit vernichtender Gewalt vor sich her peitschte.

Radioaktiver Fallout!

Energetische Entladungen, so tödlich wie die Strahlgeschütze von Raumschiffen, zerrissen die Nacht; ihre feurigen Krallen durchpflügten den Dschungel und wühlten den Boden auf, während der Orkan immer noch heftiger wurde.

Inmitten dieses Infernos stand die einsame Gestalt.

Annähernd menschlich war sie, drei Meter groß und gut einen Meter breit, ein massiger Koloß aus rötlich schimmerndem Metall. Er besaß humanoide Grundzüge, verfügte also über zwei Arme und zwei Beine, doch der Kopf war nicht mehr als ein plumper Aus-

wuchs ohne Details. Seltsam unfertig wirkte er, auf seine Weise sogar zeitlos.

Dieses »Ding« war mehr als tausend Jahre alt.

Ein Roboter der Mysterious!

Aber auch ein Mensch:

Simon!

Regen und Funkenflug brachen sich auf seiner makellosen Oberfläche. Seit das Unwetter losgebrochen war, ausgelöst durch die gewaltige atomare Explosion, die den sendebereiten Transmitterring zerstört hatte, schien jedes Leben aus ihm gewichen zu sein.

Abrupt und mit der Schnelligkeit eines Gedankens erfolgte die Veränderung. Die stählernen Arme bildeten sich zu zylinderförmigen Stümpfen zurück, deren Enden unheilvoll zu glühen begannen. Zugleich wirbelte der tonnenschwere Koloß herum; Schlamm und Erde spritzten nach allen Seiten, und aus beiden Waffenarmen brachen flirrende Energiestrahlen hervor.

Hundert Meter entfernt löste eine insektoide Kreatur noch ihren schweren Strahler aus, aber der Schuß ließ lediglich den Schlamm blasenwerfend aufkochen, während die aus Chitinplatten bestehende Körperpanzerung des Schützen bereits verbrannte. Der G'Loorn starb schnell.

G'Loorn – der Inbegriff des Bösen.

Wieviele von ihnen gab es noch auf Hope? Jäh brach Simons Sorge um die letzten Überlebenden wieder auf, um Noreen Welean, seine Herrin, die als Bio-Prospektorin auf diesen Planeten gekommen war und sich alles ganz anders vorgestellt hatte. Daß das schützende Intervallfeld über Deluge erloschen war, konnte auch bedeuten, daß die G'Loorn den Kontinent erobert und ihn nicht nur verlassen hatten.

Simon fühlte unbändigen Zorn in sich wachsen –

Ebenso Haß –

– auf ein Schicksal, das er sich nicht ausgesucht hatte. Niemand, der seine Sinne noch beisammen hatte, konnte so etwas wollen.

In einer gleichermaßen hilflosen wie anklagenden Geste stieß der Mysterious-Roboter die Arme in die Höhe. Seine Programme hatten die Waffenmündungen bereits zurückgebildet.

Ein lautloser, qualvoller Aufschrei hallte durch Simons Gedanken. Er war so perfekt - und zugleich verdammt hilflos.

Früher hatte er seinen Gefühlen Luft verschaffen können. Seit sein Geist in diesem Stahlkoloß gefangen war, umgaben ihn unsichtbare Mauern.

Nur noch einmal das Aroma des feuchten Waldbodens schmecken, den Honigduft üppiger Blütenpracht riechen und hören, wie ein sanfter Abendwind in den Zweigen spielt...

Ein gewaltiger Blitz spaltete die Nacht und den radioaktiven Regen; grelle Feuerlohen umflossen den Robotkörper, und während ringsum der Schlamm zu brennen und zu verdampfen begann, setzte sich der rötlich schimmernde Koloß wieder in Bewegung.

1.

Weiter!

Simon begann zu laufen.

Weiter und schneller!

Mit der Gewalt eines Bulldozers brach er sich seinen Weg durch den Wald und entwurzelte Bäume als wären sie nur dünne Hölzer. Ihr Bersten und Splittern verhallte im unverminderten Tosen des Orkans und dem Dröhnen des Gewitters.

Von all den vielfältigen Geräuschen nahm Simon nichts wahr. Seine Welt war die Stille, unheimlich und bedrückend, eine Welt, die ihn von vielem ausschloß, was er bis vor kurzem als normal und selbstverständlich empfunden hatte. Es sind die alltäglichen Wahrnehmungen, die man erst zu schätzen weiß, wenn es sie nicht mehr gibt.

Simon floh vor sich selbst.

Warum ich? hämmerten seine Gedanken. *Was um alles in der Welt habe ich verbrochen, daß ich so bestraft werde?*

Sein Leben als Diener war angenehm gewesen und hatte ihn ausgefüllt. Was brauchte ein Mensch mehr als ausreichend zu essen und zu trinken, ein Dach über dem Kopf und ein vernünftiges Bett? Außerdem eine Handvoll Freunde, mit denen man hin und wieder zusammensitzen und diskutieren konnte? Über Gott und die Welt hatten sie geredet, über die Unendlichkeit des Kosmos und den Aufruhr in der Milchstraße, die Veränderungen des galaktischen Magnetfelds... Heute hatte er keine Freunde mehr und war allein. Einsam. Eingekerkert in gespenstischer Lautlosigkeit, die ihn über kurz oder lang in den Wahnsinn treiben würde.

Bald sogar.

Er dachte an Noreen Welean und Tim Acker, an Guliver Bligh und die anderen, die auf Deluge zurückgeblieben und entweder tot oder Gefangene der schrecklichen G'Loorn waren, und ihre Gesichter passierten vor seinem geistigen Auge Revue. Sie mußten geglaubt haben, daß ihn die atomare Explosion getötet hatte; er verstand ja selbst nicht, weshalb er noch lebte.

Eigentlich hätte er stolz sein müssen auf seinen neuen Körper, der ihm Kräfte verlieh, wie sie nie zuvor ein Mensch besessen hatte – aber er war es nicht. Nicht mehr seit der Vernichtung des Transmitterrings auf der Lichtung. Ein eigenartiges Empfinden machte ihm zu schaffen: Er durfte nicht auf Hope bleiben, hatte schon viel zu lange auf dieser Welt zugebracht.

Ich? fragte er sich, ohne wirklich eine Antwort zu finden. Oder war der Robotkörper gemeint, dieses ausbruchssichere Gefängnis, das er nie wieder würde verlassen können, und wenn er es recht bedachte, erschien ihm nur der Tod wie die Lösung all seiner Probleme. Andererseits war er noch vor kurzem begeistert gewesen von den Möglichkeiten, die ihm der Roboter bot. Er war ein phantastisches Artefakt.

Die stählernen Füße wühlten den Boden auf.

Flieh! tobten Simons Gedanken.

Nach wie vor spürte er keine Anzeichen von Erschöpfung. Wieso auch? Er existierte nur noch als Seele, Geist, Bewußtsein – wie immer man das nennen mochte, was sein bewußtes Denken ausmachte. Alles andere war unbegreifliche und unfehlbare Mysterious-Technik.

Zweifellos konnte er das Tempo ohne Ausfallerscheinungen über Tage hinweg durchhalten. Er fragte sich, woher der Koloß die benötigte Energie bezog. Verfügte der Roboter über Batterien, die irgendwann erschöpft sein würden?

Irgendwann? In seinem menschlichen Körper hätte Simon jetzt hell aufgelacht. Mindestens tausend Jahre war das Cyberhirn alt, eher noch mehr, und es funktionierte so perfekt, als wäre es eben erst konstruiert worden. Lächerlich, anzunehmen, dieses Monstrum aus Tofirit würde die Lebensspanne eines Menschen nicht mühelos überdauern – seine eigene Lebensspanne, sinnierte Simon.

Ein undefinierbares Geräusch riß ihn aus seinen Überlegungen. Er hielt inne und ließ die Sinne des Roboters spielen.

Nein, dieses Geräusch, das ihm wie ein spöttisches Lachen erschienen war, hatte er nicht akustisch vernommen. Es war einfach dagewesen, von einem Moment zum anderen. In ihm. In seinen Gedanken. Und es war ein fremdes Lachen gewesen.

Noch immer herrschte die Schwärze der Nacht, die entfesselten Naturgewalten tobten sich inzwischen weit entfernt aus. Ein Tal öffnete sich vor Simon, ebenfalls dicht bewaldet und –

– während er das Bild in sich aufnahm, das ihm die in der Tofirithaut eingebetteten Sensoren vermittelten, veränderte sich die Wahrnehmung. Als ziehe jemand einen Schleier zur Seite, oder als erlösche eine perfekte Tarnung. Simon wußte plötzlich, daß dem so war, er verstand nur nicht, woher er dieses Wissen bezog.

Der Wald wich niederem Bewuchs und Ruinen, die kaum meterhoch über das Gelände aufragten. Im fahlen Widerschein der Sterne und dem milchigen Licht der Monde lauerte etwas Unheimliches.

Ruinen gab es auf Hope zur Genüge – die zerstörten Siedlungen der Menschen, aber auch die rätselhaften Hinterlassenschaften auf Deluge. In Simons Geist brannte sich das Abbild der hügeligen Ebene ein, deutlicher, als er es mit eigenen Augen jemals hätte wahrnehmen können.

Er war nicht mehr allein...

Das Wispern, Raunen und Stöhnen, das er seit wenigen Augenblicken wahrzunehmen glaubte, wurde intensiver.

G'Loorn?

Simon würde einem neuerlichen Kampf mit den monströsen Insekten nicht ausweichen. *Zeigt euch!* schoß es ihm durch den Sinn. Achtlos stampfte er weiter, jeden Moment darauf gefaßt, angegriffen zu werden.

»Hier bin ich! Bringt zu Ende, was getan werden muß!« Wie gerne hätte er die Aufforderung in die Nacht hinausgebrüllt – er konnte es nicht. Seine Welt der Stille und des Schweigens war schlimmer als die Hölle.

Unaufhörlich dieses Wispern...

Einbildung, nicht mehr. Halluzination. Der Funkempfang zeichnete auf keiner der Frequenzen, auf denen das Cyberhirn bislang kommuniziert hatte. Entsprang das Wispern dem schemenhaften Abdruck des fremden Bewußtseins, das vor langer Zeit in dem Roboter ein und aus gegangen war? Simon entsann sich seiner Zuversicht, diesem anderen Geist nachzuspüren und mehr über die Mysterious herauszufinden, doch interessierte ihn das alles nicht mehr.

Was hatte sein Leben noch für einen Sinn, eingesperrt in dieses metallene Monster und ohne die Aussicht, je in den eigenen Körper zurückkehren zu können? Seine Hoffnung und seine Zuversicht waren in dem Moment erloschen, in dem er erkannt hatte, daß sein Körper nicht mehr existierte. Seither ließ er sich nur noch treiben und haderte mit dem Schicksal, das ihn zu einem monströsen Etwas gemacht hatte. Ein Mensch ohne Körper war kein Mensch, sondern...

Warum bin ich nicht tot? schrien seine Gedanken.

Er konnte sich in seiner Verzweiflung nicht einmal auf den Boden werfen und zitternd die Finger in der Grasnarbe verkrallen wie damals, als die Giants auf der Erde gelandet waren und Menschen wie Vieh zusammengetrieben und abtransportiert hatten. Damals war er verschont geblieben.

Aber für alles im Leben wurde eines Tages die Rechnung präsentiert.

Es war angenehm gewesen, der Hochkommissarin Welean zu dienen. Selbst die Entdeckung des reglosen Robotkörpers hatte ihn nicht geängstigt. Im Gegenteil. In aussichtsloser Situation war ihm die Hinterlassenschaft der Mysterious wie der einzige Weg erschienen, Noreen und sich selbst zu retten.

Dabei hatte der stählerne Koloß seinen menschlichen Geist an sich gerissen.

Unauslöschbar war jener Augenblick in Simons Gedächtnis gespeichert – es war wie ein Schweben gewesen, zeitlos und schwerelos; ein wohliges Prickeln hatte ihn durchflossen, ein Gefühl nie gekannter Wärme und Geborgenheit. Noreen hatte später behauptet, er sei wie ein Bleiklotz zu Boden gesunken. Sein Körper war vom ersten Moment an tot gewesen, kein Puls, keine Atmung, eiskalt innerhalb weniger Augenblicke.

Er, Simon, hatte sich damit abgefunden. Weil das Neue und Unvorstellbare ihn fasziniert hatte. Auch weil alle behauptet hatten, es müsse einen Weg geben, in den eigenen Körper zurückzukehren. Das war der rettende Strohhalm gewesen, der einzige feste Bezugspunkt in dem kaleidoskopartigen Rausch der Empfindungen, während er gelernt hatte, mit den Programmen des stählernen Menschen umzugehen. Er war in eine Rolle hineingewachsen, die nicht seinem Selbstverständnis als Diener entsprach, dennoch war es ihm zumindest zeitweise geglückt, den Roboter zu beherrschen.

All das interessierte ihn nicht mehr. Liebend gerne hätte er jetzt die Augen geschlossen und sich seinen Träumen hingegeben – er konnte es nicht. Weil er unaufhörlich daran dachte, daß sein Körper nicht mehr existierte. Die durchschlagenden Energien aus einem aktivierten Transmitter hatten ihn verbrannt. Da war nichts mehr zu finden gewesen, kein Fetzen Kleidung, kein Knochensplitter, nicht einmal Asche.

Die Tür war hinter ihm zugefallen. Es gab kein Zurück mehr und keine Hoffnung.

Simon hatte mit Panik darauf reagiert. Er war Realist genug, sich auszumalen, was die Zukunft für ihn bereithielt: Die Militärs würden nichts unversucht lassen, den Mysterious-Roboter zu bekommen. Eine solche Maschine – die Bezeichnung »Waffe« erschien ihm weitaus zutreffender – öffnete militärischem Machtstreben Tür und Tor. Auf ihn, Simon, würde dabei niemand Rücksicht nehmen, aber das war nicht seine Art zu dienen.

Immer auf der Flucht –

Ein Leben lang –

Die Stimmen waren überall. Sie ließen ihn nicht mehr los. Ihr Wispern schwoll an, stürmisch und ungestüm, im nächsten Moment kaum mehr zu vernehmen. Von allen Seiten kamen sie. Unverständlich. Oder doch nur die Nebengeräusche des Elektronenflusses in den dicht gepackten Schaltungen des Roboters?

Simon schloß die Augen. Zumindest empfand er die Assoziation, es zu tun – das war das Stückchen Mensch, das ihm geblieben war. Auf die Wahrnehmungen des Roboters hatte es keinen Einfluß – das Bild des langsam hinter den Hügeln versinkenden Mondes Gam brannte sich in ihm ein. Die fahlen Schatten wurden länger.

Simon fürchtete, nach seinem Körper bald auch seine Identität zu verlieren. Sein Unbehagen wuchs, genährt von dem drängenden Wispern und Raunen. Und war da nicht eine Bewegung zwischen den Ruinen?

Abschalten! brüllten seine Gedanken.

Nichts veränderte sich. Abgesehen von der vagen Ahnung des heraufdämmernden Morgens, der den Horizont ein klein wenig heller werden ließ.

Ein gellender, qualvoller Schrei zerriß die Stille. Simon wußte nicht, ob er diesen Schrei wirklich hörte, oder ob er nur in seiner Wahrnehmung entstand.

Es war ein Schrei voll ungezähmter Mordlust, aber zugleich der Todesschrei einer gequälten Kreatur.

Auf jeden Fall haftete ihm nichts Menschliches an.

Momentaufnahmen einer gespenstischen Szenerie wischten Simons bewußtes Denken beiseite. Schlaglichtartig flammten sie auf und erloschen ebenso schnell wieder – und wie allzu grelles Licht Spuren auf der Netzhaut hinterläßt, so brannten sich diese Bilder in ihm ein.

Vor ihm wurde erbittert gekämpft.

Die Schatten verdichteten sich zu behaarten schwarzen Leibern... Dürre, mehrfach gelenkige Beine verliehen ihnen eine erstaunliche Wendigkeit.

Wie eine Flut von Lemmingen überschwemmten diese Wesen die Hügellandschaft. Es mußten Hunderte sein, die niederwalzten, was sich ihnen in den Weg stellte.

Sie waren mit Beibooten gelandet, und ihre Mutterschiffe hingen wie dicke, schwere Tropfen über dem Kontinent, Gebilde von plumper Faszination, jedoch mit tödlicher Feuerkraft. Acht Spinnenarme lagen jeweils wulstförmig im vorderen Drittel der Schiffe am Rumpf an. Sobald sie sich abzuspreizen begannen, glühten Projektorfelder auf, aus denen irrlichternde Entladungen zuckten.

Rasend hämmerte Simons Herz unter den Rippen, und ein dumpfer Schmerz breitete sich aus. Eine seltsame Beklemmung schnürte ihm die Kehle zu, schon im nächsten Moment rang er nach Atem und begann, wie ein Ertrinkender um sich zu schlagen...

Seine Gedanken wirbelten durcheinander, Schein und Realität vermischten sich. Simon empfand sich selbst als Schiffbrüchiger in einem endlosen Ozean. Gischt schlug über ihm zusammen und drohte ihn zu ersticken, doch er kam prustend und spuckend wieder an die Oberfläche.

Die Schmerzen im Brustkorb wurden heftiger und lähmten den linken Arm. Phantomschmerzen! Nicht mehr, aber auch nicht weniger. Sein Herz, das waren bestenfalls noch einige Hochleistungschips aus der Fertigung der Mysterious.

Und das Meer in seinen Gedanken, gegen dessen Toben er verzweifelt ankämpfte, bestand aus fremden Erinnerungen.

Warum ließ er sich nicht einfach treiben? Hatte er nicht eben noch den Tod herbeigesehnt als eine Art Erlösung?

Erneut rissen ihn die Bilder der Vergangenheit mit sich:

Mit weit gespreizten Auslegern zogen drei Spinnenschiffe über den wolkenlosen Himmel. Weißglühende, von feinen Entladungen umtoste Energiebälle schlugen in die erst vor kurzem fertiggestellten Fertigungsanlagen ein. Hier gab es noch keine Verteidigung, kein Intervallfeld wie über dem anderen Kontinent. Die Angreifer hatten den einzigen Zeitpunkt abgewartet, der ihnen Erfolg versprach.

Das Heer achtbeiniger Kreaturen teilte sich vor den brennenden Gebäuden wie Wasser an gewaltigen Stromschnellen. Sie waren gekommen, um zu plündern, sich Schätze und Wissen anzueignen, die ihnen nicht zustanden, und sie hinterließen wieder einmal eine Spur der Vernichtung.

Simon fragte nicht, woher er dieses Wissen bezog, es war einfach da. Seine Furcht ebenso wie die Neugierde, die er empfand, ergaben eine brisante Mischung. Dabei spielte es keine Rolle, ob die Bilder dem fremden Bewußtsein gehörten, dessen frühere Anwesenheit er zu spüren glaubte, oder ob sie aus den Datenspeichern des Roboters emporstiegen. Die Bedrohung erschien ihm in dem Moment nicht weniger gegenwärtig als sie es irgendwann in der Vergangenheit gewesen war, und dieses Irgendwann bezifferte Simon mit mindestens tausend Jahren. Wahrscheinlich sogar mehr.

Laß mich in Ruhe! ächzten seine Gedanken. *Ich will nichts davon wissen!*

Das alles geht mich nichts an!

Gar nichts...!

Er fror. Weil eine eisige Kälte vom Stahl des Robotkörpers ausstrahlte. Aber das war Einbildung, ein Überrest seines Menschseins und wohl die Reaktion darauf, daß sein Körper aus Fleisch und Blut nicht mehr existierte.

Die erste der beiden Sonnen des Col-Systems stieg über den Horizont herauf. Ihr Licht vertrieb die Gespenster der Erinnerung aus dem Ruinenfeld. Da waren nur noch die niedrigen Überreste ausgeglühter Mauern, zwischen denen die ansonsten üppig wuchernde Natur nie wieder Fuß gefaßt hatte.

Die hochempfindlichen Sensoren des Roboters registrierten die feinen Energiefeldlinien, die das Areal kilometerweit überspannten und vor ungebetenen Blicken schützten.

Hatten die Mysterious das Gelände als Mahnmal einer Niederlage konserviert? Oder war es ihre Absicht gewesen, die zerstörten Anlagen wiederaufzubauen?

Ich will es nicht wissen! Vergeblich sträubte sich Simon gegen die Flut von Fragen und Empfindungen, die in ihm brodelte. Er schaffte es nicht, sich ins Schneckenhaus des Selbstmitleids zurückzuziehen. Im Gegenteil. Je intensiver seine verzweifelten Versuche wurden, sich von allem zu isolieren, desto deutlicher glaubte er die Vernetzung zu spüren, die ihn mit dem Roboter verband. Sie war wie ein unendlich feines, filigranes Geflecht, als hätte sein Geist Tausende hauchdünner Fortsätze gebildet, die in hochsensiblen Schaltkreisen endeten. Er war mit Metallegierungen ebenso untrennbar verschmolzen wie mit schwankenden Energiefeldern.

Allerdings wußte Simon nicht, ob dieses Bild, das er sich von seiner Vereinigung mit dem Roboter machte, der Wirklichkeit entsprach oder nur seiner beschränkten menschlichen Vorstellung.

Mit einer heftigen Willensanstrengung wischte er alle Gedanken beiseite.

Wohler war ihm danach nicht, denn die Bilder kehrten intensiver und erschreckender zurück. Als wollten sie ihn quälen. Simon empfand sich selbst wie eine fette, quirlige Amöbe, die unaufhörlich neue Pseudopodien ausbildete und ein gewaltiges Netz aus Nervensträngen um sich her aufbaute.

Entsetzt registrierte er, daß der Roboter sich wieder in Bewegung setzte und tiefer zwischen die Ruinen vordrang.

Die Hügellandschaft war Simon unheimlich.

Nach wie vor schien hier Gefahr zu lauern.

Simon konnte spüren, daß sich der Robotkörper veränderte, daß Metall zähflüssig wurde, Tropfen bildete und neue Formen annahm. Er wurde erneut zu der Kampfmaschine, die erst vor Stunden ihre unglaubliche Schlagkraft bewiesen hatte.

Kehr um! befahl Simon. *Geh fort von hier!*

Eine der beiden Sonnen stand inzwischen eine Handbreit über dem Horizont. Ihr Schattenwurf wanderte über die Hügel und ließ glauben, die Spinnen seien immer noch da.

Zurück! drängte Simon.

Du bist der Wächter, vernahm er jäh eine Stimme – sie mochte robotischer Natur sein oder dem Abdruck des Bewußtseins entspringen, das er von Anfang an in diesem Gefängnis gespürt hatte, so genau konnte er das nicht identifizieren. *Du hast eine Aufgabe zu erfüllen, der du dich nicht entziehen kannst!*

Erinnerungen:

Tief bohrten sich die Spinnenbeine in den weichen Untergrund, als eines der mächtigen Raumschiffe landete. Düster und drohend ragte es einen halben Kilometer hoch auf, von Energiefeldern umflossen, die den Eindruck erweckten, der Schiffsrumpf bewege sich. In unregelmäßigen Abständen schien er sich aufzublähen und wieder zusammenzuziehen, dann veränderte sich auch die Farbgebung. Schlieren überzogen den Rumpf, braune und grüne Flecken, die ineinander verliefen, sich ausweiteten und neue Farben erzeugten – und inmitten des psychedelischen Schauspiels, im Bereich des spitz nach unten zulaufenden Hecks, schätzungsweise vierzig Meter über dem Boden, entstand unter pumpenden Bewegungen eine ovale Öffnung. An den Rändern eine schaumige, blasenwerfende Flüssigkeit absondernd, weitete sich diese Öffnung. Dahinter herrschte Dunkelheit, zeichneten sich nur vage erkennbare Bewegungen ab.

Hoch am Firmament hingen die anderen Spinnenschiffe. Ihre Aufgabe war es gewesen, die wenigen Abwehrbatterien auszuschalten und die Invasion vorzubereiten – mittlerweile hätten sie nur noch die eigenen Truppen gefährdet, die sich plündernd über das Areal ergossen.

Was nicht niet- und nagelfest war und den Feuerschlag überstanden hatte, verschwand im unergründlichen Dunkel des Schiffsrumpfes. Wie ein gefräßiges Monstrum ragte das Schiff in den Himmel, und der mächtige Leib wurde praller, je mehr Aggregate darin verschwanden.

Unmöglich, seine Struktur zu analysieren... Ebenso unmöglich, in das Geschehen einzugreifen und wenigstens einige der Spinnenwesen zu töten oder gefangenzunehmen... Weil der Roboter zur Reglosigkeit verdammt war.

Um handeln zu können, muß der Wächter wissen, was geschehen ist!

Niemand hatte Simon gefragt, ob er wirklich erfahren wollte, was vor langer Zeit auf dem 5. Planeten des Col-Systems geschehen war, den die Siedler des Kolonistenraumschiffs GALAXIS sinnigerweise »Hope« genannt hatten.

Es interessiert mich nicht. Das Echo seiner eigenen Gedanken schwang wie der Hall einer Glocke nach. Und es schien nicht leiser zu werden. Eher verstärkte es sich noch.

Wer immer du bist, laß mich in Ruhe!

Längst wuchsen sich die Ereignisse zum Alptraum aus. Simon hatte geglaubt, die Veränderungen durchzustehen, hatte es zumindest in Noreen Weleans Gegenwart als faszinierend empfunden, ihr in einem makellosen und starken Körper gegenüberzutreten. Aber das alles war zerplatzt wie eine bunt schillernde Seifenblase und hatte sich als ebenso trügerisch erwiesen.

Er, Simon, wollte kein stählernes Monstrum bleiben. Der Robotkörper entpuppte sich als schreckliches Gefängnis.

Ich bin ein Mensch. Ich brauche das Pochen von Blut in meinen Adern und Luft in den Lungen.

Verzweifelt sein Versuch, die Waffenarme so zu drehen, daß die flirrenden Abstrahlmündungen auf die eigene Brust zeigten. Einen Moment lang sah es sogar so aus, als würde das aberwitzige Vorhaben gelingen – aber dann glitten die Arme in die Ausgangsstellung zurück.

Simons spontaner Befehl, die Waffen auszulösen, rief keine Reaktion hervor. Für ihn war es als verliere er damit den letzten Rest menschlicher Würde.

Zeitlebens war er ein Diener gewesen. Doch nie hatte er in Erwägung gezogen, eines Tages einem emotionslosen Roboter zu dienen. Seine anfängliche Faszination und die Euphorie waren bitterer Ernüchterung gewichen.

Finde dich damit ab, wisperte die fremde Stimme, die er inzwischen als Äußerung des anderen Bewußtseins zu identifizieren glaubte. *Es gibt kein Zurück.*

Die fremden Schwingungen hatten recht. Etwas Unbegreifliches hatte ihn zum körperlichen und geistigen Krüppel gemacht; er war ein Werkzeug, nicht mehr. Ein Werkzeug, dessen man sich bediente, und das man anschließend wieder zur Seite legte.

Diese Phase des Zweifelns durchläuft jeder, der zum Herrschen bestimmt ist, erklang es in ihm. *Beende sie schnell. Von dir wird erwartet, daß du handelst.*

Täuschte er sich, oder schwang tatsächlich das Äquivalent eines spöttischen Lachens in diesen Worten mit?

Handeln?

Für wen oder gegen wen? Vor allem: auf welche Weise?

Ich weiß zu wenig! schoß es Simon durch den Sinn.

Erinnerungen:

Fett und prall hing das fremde Schiff nur noch knapp dreißig Meter über dem Boden, als sich die Heckschleuse schlürfend hinter den letzten erbeuteten Aggregaten schloß. Die Schiffshülle schimmerte in einem düsteren Rotbraun mit sich unaufhörlich verändernden schwarzen Maserungen, die nichts anderes waren als optische Symbole einer vielschichtigen Kommunikation zwischen dem Schiff und den Landungstruppen.

Die Ladekapazität war erschöpft. Der Frachter mußte starten und Platz machen für einen zweiten Giganten.

Der Wechsel der Symbolik wurde schneller, beinahe hektisch. Ebenso hastig zogen sich die Spinnenwesen aus der Nähe des Schiffes zurück, das unvermittelt startete und schwerfällig gegen die Schwerkraft des Planeten ankämpfte.

Sonnenheiße Gluten schichteten sich zu einer Feuerwalze, einer alles verschlingenden Woge auf.

Der Roboter sah Spinnenwesen verglühen, die es nicht schnell genug geschafft hatten, den Gefahrenbereich zu verlassen. Ihn selbst erreichte die Triebwerksglut nicht. Gelähmt von Energiefeldern fremdartiger Struktur war er nach wie vor hilflos; die Spinnen hatten es verstanden, ihn seiner Kampfkraft zu berauben.

Dann die Vernichtung...

Gleißende Helligkeit breitete sich aus, löschte in Gedankenschnelle alle optischen Wahrnehmungen und schien das Land und die Spinnen, überhaupt alles aufzufressen.

Spontane Materie-Antimaterie-Reaktion in weniger als fünfzig Kilometern Höhe, registrierte das Cyberhirn mit maschineller Präzision. Die Energiespeicher eines Raumschiffs hatten in einer heftigen Reaktion alle Reserven freigesetzt.

Partikelströme wühlten die Atmosphäre auf und breiteten sich als irrlichternde Erscheinungen aus. Zugleich empfing der Roboter vertraute, nicht verschlüsselte Funkimpulse.

An der Grenze zum Weltraum wurde erbittert gekämpft. Die Dust- und Nadelstrahlen eines Ringraumers hatten den Frachter vernichtet.

Der Robot registrierte eine zweite Explosion, jedoch weit weniger heftig als zuvor. In die Atmosphäre eindringende Wrackteile zogen verglühend ihre Bahn.

Der Feuerregen hielt geraume Zeit an, und manch größeres Bruchstück bohrte sich tief in den Dschungel oder verschwand aufgischtend in den Tiefen des Ozeans.

Die Strahlenwerte stiegen an.

Jenseits der Hügel starteten die ersten Beiboote der Spinnen. Entweder suchten die Invasoren ihr Heil in der Flucht, oder sie wollten, wenn auch viel zu spät, in die Raumschlacht eingreifen.

Zu dem Zeitpunkt geschah etwas, für das der Roboter keine Erklä-

rung fand. Ob es mit der Strahlung zusammenhing oder mit der überstürzten Flucht der Spinnenwesen, auf jeden Fall wurden seine Fesseln schwächer. In wenigen Zeiteinheiten würde er wieder frei sein.

Schon konnte er die Waffenarme modifizieren. Die Abstrahlpole bauten sich auf, und kurz danach brachen vernichtende Energien aus den stumpfen Armmündungen hervor und fegten den Rest des Fesselfeldes beiseite.

Der Roboter wurde zur Kampfmaschine. Seine gebündelten Thermostrahlen töteten einige Dutzend Spinnen oder trennten ihre Gliedmaßen ab und ließen sie hilflos zuckend zurück.

Von allen Seiten hetzten die Invasoren heran, und diejenigen, die unter den Schüssen des Roboters starben, boten ihren Artgenossen sekundenlang Deckung.

Klebrige Fangfäden klatschten auf die glatte Metallhaut, wickelten sich um die Waffenarme und zerrten den Roboter herum. Seine nächsten Schüsse fauchten nur mehr über die Köpfe der Angreifer hinweg, deren haarige Leiber ihn ins Wanken brachten. Körpersekrete beeinträchtigten seine Wahrnehmung, die unter der Haut eingebetteten Antennen lieferten nur noch ein verzerrtes Abbild.

Gleichzeitig registrierten die Ortungen die Vernichtung des dritten Spinnenschiffs. Im Zenit flammte eine neue Sonne auf, weitete sich in Gedankenschnelle aus und erlosch kaum weniger rasch. Zurück blieb ein düsteres Glühen in den oberen Atmosphäreschichten.

Ein bläulichfarbener Punkt fiel aus dem Himmel herab.

Der Punkt wurde größer und entpuppte sich als ringförmiges Gebilde.

Im Gegensatz zu den herabregnenden Wrackteilen zog er keinen Schweif ionisierter Gase hinter sich her. Der Ringraumer stürzte im Schutz seiner Intervallfelder ab, die ihm ein eigenes künstliches Kontinuum zuwiesen. Er brannte; an mehreren Stellen war die Unitallhülle von innen heraus geborsten und schimmerte feurig.

Spinnenleiber schoben sich über die Wahrnehmungen des Roboters. Ihre klebrigen Körperausscheidungen begannen die dünne Hautschicht über den Sensoren anzugreifen. Deshalb fiel ihm die Verwandlung schwerer, sie erzeugte zwar keine Schmerzen, wie sie ein biologisches Wesen kennt, gleichwohl aber den Memory-Effekt störende Impulse. Die Waffenarme wurden nur zu unvollkommen scharfen Klingen, schnitten aber dennoch tief in die Spinnenleiber und verschafften dem Roboter wieder die nötige Freiheit.

Wenige hundert Meter hoch raste der Ringraumer über die Hügellandschaft hinweg und bohrte sich in spitzem Winkel in den Boden.

Es gab keine Erschütterung, keinen Wall aus Erde und Geröll, der sich auftürmte, keine gewaltige Explosion, die das Wrack zerrissen hätte. Innerhalb einer Tausendstel Sekunde drang der Raumer im Schutz seines Mini-Kontinuums in den Boden ein und verschwand so spurlos, als hätte er nie existiert.

Absolut nichts deutete danach auf die Absturzstelle hin.

Bericht Simon:

Die Bilder entstehen in mir, ich kann ihren Ursprung trotzdem nicht lokalisieren. Entspringen sie dem Bewußtseinsabdruck, den ich von Anfang an wahrgenommen habe, oder den elektronischen Speichern des Roboters? Jedenfalls sind sie so überzeugend, daß es mir schwerfällt, Realität und Vergangenheit auseinanderzuhalten.

Ich will meinen Körper zurück, diese unvollkommene, schwache Hülle aus Fleisch und Blut, in der ich mich dreißig Jahre lang mehr oder weniger wohl gefühlt habe. Ich hatte mich mit ihm arrangiert, kannte seine Schwächen und Fehler, und es waren liebenswerte Fehler. Als wäre es gestern erst gewesen, erinnere ich mich an die durchzechte Nacht nach dem Ende der Giant-Herrschaft. Irgendwie hatte mein Schädel die Ausmaße einer prallen Wassermelone besessen, und mein Bett war in einen rasenden Strudel hineingezogen worden. Selbst meine verzweifelten Bemühungen, die Bewegung mit beiden Händen wenn schon nicht aufzuhalten so doch wenigstens abzubremsen, waren vergeblich gewesen. Am späten Vormittag war ich dann mit dem Gefühl aufgeschreckt, durch die Hölle gegangen zu sein, und über mir hatte sich ein langmähniger Blondschopf aus den Kissen hervorgewühlt und seine Hände mit den grünmetallisch lackierten Fingernägeln über meinen nackten Körper spazieren lassen. Ebenfalls ohne Erfolg, denn mein Brummschädel war stärker gewesen als mein Wille, die Frau in die Arme zu schließen, deren Namen ich nicht einmal gekannt hatte. Nur die Euphorie über die Befreiung von den Giants hatte uns vorübergehend zusammengebracht.

War mein Empfinden, als ich den Roboter berührt hatte, ähnlicher Natur gewesen? Als Diener hätte ich es nie gewagt, mich Noreen Welean zu nähern, aber...

Unsinn, verdammter Unsinn. Ich bin verwirrt. Seit ich weiß, daß mein Körper verbrannt sein muß, hasse ich mich selbst. Und ebenso diese verfluchte stählerne Hülle. Sie ist an allem schuld.

Ein goldener Käfig – das ist der tofiritfarbene Mysterious-Roboter für mich geworden. Aber ich mag keine Käfige. Ich bin ein Mensch, der glücklich war, endlich seine Freiheit wiedergefunden zu haben.

Mehr als die Freiheit verlange ich gar nicht.

Ich will einfach nur leben wie ich es mir immer erträumt habe. Aber wenn ich das nicht darf, was hält mich dann noch?

Neugierde? – Nein, das ist es wohl nicht.

Oder doch? Ich bin verwirrt und verstehe mich selbst nicht mehr. Vergeblich lausche ich in mich hinein –

– nicht in mich, sondern in die technischen Innereien dieser aalglatten Roboterhülle –

– und bin beinahe enttäuscht, als ich keine Reaktion bemerke. Wo ist der Abdruck des anderen Bewußtseins, das vor mir den Roboter beseelte? *Warum hilfst du mir nicht weiter?*

Keine Antwort.

Die Stille ist entsetzlich. Schlimmer als Folter. Was geschieht mit mir? *Willst du meinen Widerstand brechen, meinen Geist gefügig machen?*

Niemals werde ich das zulassen! Lieber sterbe ich.

Der Roboter geht weiter. Ich bin es nicht, der ihn veranlaßt, einen Fuß vor den anderen zu setzen. Aber was kümmert es mich noch, wohin er geht? Ich habe das Wichtigste verloren, was es für einen Menschen geben kann: meinen Körper.

Ein Gefühl grenzenloser Leere und Trauer droht mich zu übermannen.

Ich muß mich konzentrieren, darf mich nicht ablenken lassen. Die Arme sind wichtig – die Waffenarme, in deren Eingeweiden eine gewaltige Vernichtungskraft pulsiert. Zum zweitenmal versuche ich, die flimmernden Projektormündungen auf mich zu richten – aber wieder versage ich. Die Kälte des stählernen Gefängnisses lähmt mich.

Du wirst diese Phase bald überwunden haben, Simon.

Ringsum erstrecken sich Ruinen. Nur die Sinne meines neuen Körpers lassen mich erkennen, daß der Dschungel sie meidet wie die Pest, daß nicht üppig wuchernde Pflanzen, sondern Staub und verbrannte Erde die Hügel bedecken, seit vor tausend Jahren der Angriff der *Cerash* diesen Stützpunkt vernichtete.

Cerash?

Woher kenne ich den Eigennamen der Spinnenwesen? Er ist plötzlich da, schwingt in mir nach, ohne daß ich zu sagen vermag, auf welche Weise ich ihn wahrgenommen habe. Für mich klingt der Name wie das Schaben klauenbewehrter Füße auf hartem Boden.

Du weißt noch viel mehr, Simon.

Wächter Simon!

Du weißt sogar, was du zu tun hast, und du kannst dich deiner Pflicht nicht entziehen.

Die glatte Haut des Roboters reflektierte das Licht beider Sonnen des Col-Systems. Drei Meter maß der Koloß, der am Fuß eines sanft auslaufenden Hügels zur Reglosigkeit erstarrt war. Auf den ersten Blick wirkte er, als hätte ein unbekannter Bildhauer die grob stilisierte Rohform eines Menschen gegossen, sich dann jedoch überraschend dazu entschlossen, das Werk niemals zu vollenden. Aber gerade das Unfertige war es, was der stählernen Skulptur die Aura des Geheimnisvollen und Unberechenbaren verlieh.

Langsam kletterten die Sonnen am Firmament empor. Die Schatten wurden kürzer.

Ein zufälliger Beobachter wäre in diesen Minuten Zeuge eines eigenartigen Schauspiels geworden, er hätte erkennen können, daß der Roboter sich veränderte.

Kaum merklich zuerst, doch dann immer schneller. Wie eine Kerze aus Wachs in allzu großer Hitze.

Die Waffenarme funkelten nicht mehr, sie wurden kürzer und waren bald nur noch faustgroße Auswüchse an den Schultern.

Der Schädel sackte in sich zusammen – eine breiige, brodelnde Masse, die den Gesetzen der Schwerkraft folgend am Rumpf entlang abtropfte.

Auch der massige und ungebändigte Kraft verheißende Körper blieb nicht verschont. Er begann sich aufzulösen...

... bis nach kurzer Zeit nur eine rötlich-silberne, blasenwerfende metallische Lache den Boden bedeckte. Ihre Konsistenz erinnerte an flüssiges Quecksilber.

Das Metall versickerte in Schründen und Rissen im Erdreich.

Nach weniger als einer halben Stunde war alles vorbei. Nicht einmal der Hauch einer Legierung blieb auf dem kahlen Untergrund zurück.

2.

»Die Prophezeiung wird sich endlich erfüllen. Glaubt es mir.«

Schrill klang Kutanmarz' Stimme. Und kurzatmig. Sie bemühte sich auch nicht, leise zu reden, vergaß in ihrer Erregung zum ersten Mal, darauf zu achten. Die Nähe der Treiber war ihr im Augenblick egal.

Dunkelblau blähte sich der Federkranz um ihren Hals. Niemand hatte Kutanmarz je derart unruhig gesehen. Ihre Fußkrallen zuckten über den Steinboden.

Kutanmarz war die stärkste der Frauen und seit fünf Sonnenumläufen unangefochtene Anführerin der Arbeitsgruppe. Sogar bei den Taljja genoß sie so etwas wie Respekt, weil es unter ihrer Führung noch keine Meuterei gegeben hatte und folglich weder Tote noch Verletzte.

Siebenmal sieben waren sie – eine heilige Zahl. Die Legenden berichteten allerdings davon, daß vor grauer Zeit, als die Taljja noch nicht von den Sternen herabgestiegen waren, weit mehr Gotteskinder die Welt bevölkert hatten. Es gab noch einige Dutzend Arbeitsgruppen, mehr nicht.

Damals, hieß es, war das Leben angenehmer verlaufen. Ohne die ständige Bedrohung der Taljja, ihren Zwang und ihre Strafen. Sie töteten nicht, aber sie zerstörten den Geist. Wer sich als arbeitsunwillig erwies, wurde zur Gebärmaschine bestimmt – ein noch schlimmeres Schicksal als die Mühsal in den Schächten und Stollen der Bergwerke.

Die Taljja versklavten die Gotteskinder, weil nur sie Munguswurzeln ernten konnten. Einige Dutzend Wurzeln jeden Tag. Für Kutanmarz waren die bleichen Knollen wertlos, ihr Volk konnte nichts damit anfangen. Doch die Taljja gebärdeten sich, als gäbe es nichts Wertvolleres zwischen hier und den Sternen.

»Du hast das Verbot gebrochen.« Shagama stieß die Anklage heiser hervor. »Willst du, daß wir alle zu den Männern geführt werden? Willst du das wirklich?«

»Es war ungefährlich.« Zu hastig kam ihre Antwort, als daß sie glaubhaft gewirkt hätte. »Ich habe es mehrmals getan in den fünf Jahren, die ich zu euch gehöre.«

Warum sagte sie das? Sie würde sich um Kopf und Kragen reden. Das Gebiet des Tores war tabu. Mit ihren Waffen, die Blitze schleuderten, töteten die Taljja jeden, den sie dort antrafen. Auch Kutanmarz' Schwester war so gestorben. Sie hatte den Tod gesucht, weil sie lieber sterben als ihre Kinder in Unfreiheit aufwachsen sehen wollte.

Kutanmarz registrierte, daß einige Frauen die Schnäbel reckten. Imponiergehabe, nicht mehr; sie würden es kaum wagen, wirklich anzugreifen.

»Die Legenden sprechen von siebzig Generationen, die vergangen sind, seit die Götter uns verließen. Niemand weiß, weshalb sie sich zurückgezogen haben, aber sie warten darauf, daß ihre Kinder sich endlich würdig erweisen...«

Kutanmarz verstummte abrupt. Von außerhalb der dünnen Wände aus Pflanzenfasern erklangen die fauchenden, zischenden Laute der Taljja. Der Schneefall hatte nachgelassen, und der eisige Wind war nach dem ersten Viertel der Nacht eingeschlafen. Aber mit den ansteigenden Temperaturen wurden die Treiber wieder aktiver.

Kutanmarz lauschte dem Rascheln ihrer Schuppenpanzer auf dem gefrorenen Boden. Jetzt noch zu reden, wäre zu gefährlich gewesen. Auch wenn die Taljja sich nur mit Hilfe ihrer Technik in die Luft erheben konnten, ihr Hörvermögen war unbestechlich und reichte Dutzende von Flügelschlägen weit.

Während sie sich in ihrer Schlafmulde zusammenrollte, spürte Kutanmarz brennende Blicke auf sich ruhen. Die Frauen mußten sich gedulden. Erst im Bergwerk würde sie ihnen sagen können, was sie gesehen hatte. Dort konnte sie niemand belauschen.

Im Schneetreiben hatte sie sich näher an den Ring herangewagt als jemals zuvor. Bis über die Ruinen der Tempelanlagen hinaus, die einst von den Schuppenhäutigen niedergebrannt worden waren.

Eines Tages, so wußten die Legenden, würden die Götter sich ihrer vergessenen Kinder erinnern und wie vor langer Zeit wieder aus dem Ring hervortreten. Sobald dessen Inneres trübe wurde wie bewegtes Wasser.

Manchmal, wenn die Nebel aus den nahen Sumpfgebieten aufstiegen und tagelang das Land erstickten, reichte die Sicht nicht einmal eine Armlänge weit. Dann konnte niemand mehr erkennen, was auf der anderen Seite des Ringes lag. Aber die Götter waren auch nach langen Nebelperioden nie zurückgekehrt.

Seit heute wußte Kutanmarz, wovon die Prophezeiung sprach. Verborgen in den höchsten Ästen eines Baumes und während des Schneesturms vor Kälte zitternd, hatte sie gesehen, wie das Innere des großen stählernen Ringes urplötzlich nur noch milchig verwaschen gewirkt hatte. Einen Herzschlag später war eine Flammenwand entstanden wie das Lodern eines gewaltigen Feuers.

Seit dem Augenblick war Kutanmarz überzeugt, daß die Götter zurückkehren würden.

In dieser Nacht spürte sie die beißende Kälte nicht, die das baufällige Haus durchdrang, in dem sie und die anderen Arbeiterinnen ihres Trupps zusammengepfercht waren. Eine innere Wärme behütete ihren Schlaf.

Bericht Simon:

Was geschieht mit mir? Ich begreife es nicht. Die schwache Stimme des anderen Bewußtseins sagt, daß ich meinen Auftrag erfüllen muß.

Ich weiß nichts von einem Auftrag.

Der Hochkommissarin Noreen Welean habe ich mich als Diener verdingt. Niemandem sonst. Aber Miß Welean befindet sich wohl in der Gewalt der G'Loorn. Ich muß ihr beistehen, bevor die Schrecklichen sie töten.

Wieso habe ich das nicht sofort versucht, als das Intervallfeld über Deluge erlosch? Mein Körper ist verbrannt, ich werde nie mehr wieder ich selbst sein können. Aber ist das wirklich Grund genug, vor mir selbst davonzulaufen und meine Freunde im Stich zu lassen?

Ich muß ihnen helfen!

Ich muß...

Lauf schon, du verdammter Roboter! Bewege dich!

Du sollst mir gehorchen, du Monstrum aus Tofirit und Energie! Was bist du denn ohne mich – ein Nichts. Regungslos, seit Jahrhunderten erstarrt. Du brauchst mich, um funktionieren zu können, das ist mir endlich klargeworden. Ohne mich wirst du weitere tausend Jahre irgendwo herumliegen und verrotten.

Verstehst du mich nicht? Ich...

... ich muß gegen mich selbst ankämpfen und die Rolle als Befehlsgeber akzeptieren lernen. Gleichzeitig wächst meine Beklemmung. Ich habe den Kontakt zu den Programmen des Roboters verloren. Fast schon panikartig versuche ich, mich in die energetischen Strukturen einzuschalten, aber es gelingt mir nicht mehr.

Mysterious-Technik reagiert auf Gedankenbefehle. Doch irgend etwas blockiert meine Gedanken. Ist es die Furcht vor dem Unbekannten, das mich schon wieder erwartet?

Rede wenigstens mit mir! Ich will wissen, was geschieht.

Keine Antwort.

Der Roboter verändert seine Gestalt. Ich spüre, wie die Molekülketten sich aufzulösen beginnen. Ja, ich spüre es. Die Empfindungen sind deutlicher als alles, was ich je meinen eigenen Körper wahrnehmen konnte. Oder habe ich ihm nur nie die nötige Aufmerksamkeit geschenkt?

Der Mysterious-Roboter zerfließt, er versickert im Boden. Und ich habe das Gefühl zu fallen; ein endlos tiefer Abgrund öffnet sich unter mir.

Ich stürze, beginne mich haltlos zu überschlagen.

Ich will schreien, als die letzten Mauern meines stählernen Gefängnisses über mir zusammenbrechen, aber ich kann es nicht. Mir schwinden die Sinne.

Da ist nur noch Dunkelheit, eine gewaltige Schwärze, die mich verschlingt.

Das Feuer war fast niedergebrannt. Nur hin und wieder knackten und knisterten die wenigen halb verkohlten Äste, dann platzten kleine Glutnester auf, Funken stoben nach allen Seiten davon, und bläulich geränderte Flämmchen huschten über das Holz. Der Geruch erkaltender Asche ebenso wie das süße Aroma glimmenden Harzes hingen in der Luft. Außerdem ein Hauch von verführerischem Parfum.

Die Hochkommissarin murmelte im Schlaf, während sie sich herumwälzte, und der fahle Widerschein der Glut zeichnete ihre Gesichtszüge nach. Trotz des harten und arbeitsreichen Tages, der hinter ihr lag, wirkte Noreen entspannt. Sie lächelte, und als sie die Augen aufschlug, bekam dieses Lächeln etwas Verheißungsvolles.

»Worauf wartest du, Simon?« flüsterte die Frau. »Wir sind allein, niemand wird uns stören.«

Sie schälte sich unter der Decke hervor und richtete sich in die Hocke auf. Mit beiden Händen fuhr sie durch ihr Haar und ließ die Finger dann langsam über ihre Oberarme abwärts wandern.

Manchmal hatten die Menschen das Gefühl, mit der zurückgewonnenen Freiheit noch nicht richtig umgehen zu können. Zeiten der Arbeitswut wechselten ab mit Tagen, an denen jeder glaubte, alles auf einmal nachholen zu müssen. Zuviel war in den letzten Jahren auf sie eingestürzt – angefangen mit der Erkenntnis, daß die Erde längst nicht der einzige von intelligentem Leben bewohnte Planet in der Milchstraße war, bis hin zu den immer bedrohlicher werdenden Störungen im galaktischen Magnetfeld, die eine wahre Völkerwanderung ausgelöst hatten.

Die Zukunft war ungewiß, und in den Geschichtsbüchern würde die Mitte des 21. Jahrhunderts als Epoche des Aufbruchs und des Umdenkens Einzug finden.

Raschelnd glitt Noreens Bluse von ihren Schultern. In den Augen der Frau spiegelte sich der Funkenflug, als ein Windstoß die Glut erneut entfachte.

Ein pochendes Verlangen wuchs in Simon. Noreen Welean war keine der Schönheiten, die auf Titelseiten glänzten, aber sie besaß eine Ausstrahlung, die sie begehrenswert machte. Langsam rutschte der Stoff über ihre Brüste...

»Warum vergißt du nicht einfach, daß du für mich arbeitest, Simon?«

»Weil...« Er wußte es selbst nicht, hatte bislang alle aufkeimenden Gefühle schon im Ansatz unterdrückt, weil sie doch nur Probleme provoziert hätten. Oft genug hatte er davon geträumt, Noreen Weleán in die Arme zu nehmen, aber er war immer schweißgebadet und voller Schuldgefühle aufgeschreckt und hatte sich bemüht, sein körperliches Verlangen zu ignorieren.

Jetzt konnte er das nicht mehr.

Simons Hände gingen auf Wanderschaft. Zaghaft noch, als könne er den Zauber des Augenblicks mit zu großem Ungestüm zerstören, berührten seine Fingerspitzen Noreens Wangen und danach ihre Lippen. So nahe waren sie sich nie zuvor gewesen. Simon spürte ihren Atem und die Wärme ihrer Haut, und dabei war ihm, als hätte er beides seit sehr langer Zeit vermißt.

Seltsam diese Scheu, die er immer noch verspürte. Seine Finger strichen über Noreens Schultern und tasteten sich vor zu ihren Brüsten. Die Berührung ließ ihn erschauern, doch gleichzeitig erschien es ihm, als würde sich die Frau versteifen.

Er griff fester zu –

– und registrierte eine unwahrscheinliche Härte, den Widerstand von Stahl.

Sekundenlang reagierte Simon verwirrt. Seine Umgebung veränderte sich. Was er eben noch für die Glut eines niedergebrannten Feuers gehalten hatte, entpuppte sich als fahles Glimmen verschiedener Kontrollinstrumente. Ein breiter, leicht gebogener Korridor öffnete sich vor ihm – die Wände schimmerten wie der Boden und die Decke in einem matten Blauviolett.

Unitall! Das extrem hochmolekularverdichtete Metall, aus dem die Mysterious ihre Raumschiffe gebaut hatten.

Aber was war mit Noreen? Simon hatte Schwierigkeiten, mit der jäh veränderten Situation zurechtzukommen. Seine Hände – nein, die Hände des Roboters – lagen fest auf der Wand aus Unitall, gerade so, als hätte er die Finger hineinkrallen wollen.

Irritiert wich er einen Schritt zurück. Wenn er es nicht besser gewußt hätte, er hätte schwören können, sich an Bord eines Ringraumers zu befinden.

Ein lautloses Lachen riß Simon aus seinen Überlegungen.

Ein labiler Geist verkraftet die Auflösung nicht ohne Halluzinationen. Ich muß zugeben, der Vorgang ist immer wieder von neuem beängstigend, aber nicht minder faszinierend.

Der Robotkörper war zerflossen und im Erdreich versickert. Simon entsann sich vage. Durch Risse und Spalten hatten sich Atome und Molekülgruppen des Tofirits einen Weg in die Tiefe gesucht und seinen Geist dabei wohl in ebenso viele winzige Bruchstücke zerrissen.

Seine Umschreibung des Geschehens war banal und entsprach ungefähr dem Versuch eines Neandertalers, ein dreidimensionales Videobild erklären zu wollen. Simon hatte keine andere Erklärung dafür. Ihm war nur bewußt, daß der Roboter dem vor langer Zeit abgestürzten Ringraumer gefolgt sein mußte. Mit der Kohäsion von Quecksilber hatte er seinen Weg gefunden und sich am Ziel wieder zusammengefügt. Ein eigentlich unglaublicher Vorgang, den Simon nur deshalb akzeptierte, weil er nach der atomaren Zerstörung des Transmitters als teerschwarze, zur Hälfte in dem völlig verbrannten Boden versickerte Metallache wiedererwacht war. Was er als eine programmierte Notschaltung angesehen hatte, die ein Überleben des Roboters unter widrigsten Umständen erlaubte, ließ sich demnach auch willentlich steuern.

Der Zustand, in den er dabei versetzt worden war, ähnelte einem von Träumen geprägten tiefen Schlaf.

Und nun befand sich Simon an Bord des abgestürzten, tief in der Erde steckenden Ringraumers. Zweifellos war er durch eines der ausgeglühten Lecks ins Schiffsinnere gelangt.

Das Schiff mußte schwere Beschädigungen erlitten haben; es würde niemals wieder starten können.

Das ist auch nicht vorgesehen, wisperte die Stimme in seinen Gedanken. Klarer als zuvor identifizierte Simon sie als Rest des fremden Bewußtseins, das lange vor ihm den Robotkörper mit Leben beseelt hatte. Diese Stimme war inzwischen deutlicher zu verstehen. Das andere Bewußtsein schien sich zu regenerieren.

Wer bist du? fragte Simon.

Eigentlich interessierte ihn die Antwort nicht wirklich. Er dachte an Noreen Welean, trauerte nun sogar der verpaßten Gelegenheit nach, auch wenn sie sich nur in seinem Unterbewußtsein abgespielt hatte, und ließ seine Finger noch einmal über das Unitall wandern. Zarter als seine eigenen Hände waren die Hände des Roboters ausgeprägt, und in den Fingerkuppen saßen Sensoren, die den menschlichen Tastsinn um ein Vielfaches übertrafen. Mikroskopisch kleine Unebenheiten konnte er fühlen, ebenso geringste Temperaturveränderungen. Simon hatte den Eindruck, daß seine Verbindung mit dem stählernen Körper intensiver geworden war. Aber das war eine Empfindung, die er nicht beweisen konnte. Vielleicht lernte er auch nur, mit den Möglichkeiten der Mysterious-Technik besser umzugehen.

Wer bist du? wiederholte er.

Wohin sollte er sich wenden? Der Korridor sah in beiden Richtungen gleich aus. Simon versuchte sich in Erinnerung zu rufen, was er über Ren Dharks POINT OF gehört hatte. Demnach besaß der Ringraumer eine Gedankensteuerung, die auf mentale Befehle reagierte.

Namen sind unbedeutend, wisperte die fremde Stimme. *Nach langer Zeit geraten sie in Vergessenheit. Ich war lange Zeit einsam.*

Simon wandte sich nach rechts. In der Richtung lagen die Maschinenräume und der Transmitter. Hoffentlich waren die Energiespeicher noch gefüllt.

Die Cerash hatten den Ringraumer abgeschossen, auf welche Weise auch immer. Falls die Schäden schwerwiegender waren als nur einige ausgeglühte Randsegmente und die stellenweise aufgerissene Außenhülle...

Unwillkürlich verhielt er seinen Schritt.

Der Roboter reagierte prompt. Zunehmend deutlicher spürte Simon die stählernen Muskeln und Sehnen, ein Konglomerat energetischer Ströme, die den massigen Leib durchpulsten.

Woher wußte er das mit dem Transmitter? Er hatte keine Ahnung vom Innern eines Ringraumers, dennoch lagen die Pläne aller Decks vor seinem geistigen Auge ausgebreitet. Da waren die Maschinenräume mit ihrer sauberen, beinahe sterilen Technik, dort Hangars für die kleinen Beiboote, die von Ren Dhark und seinen Freunden Flash genannt wurden. Die Flächenprojektoren für den Sublichteffekt und den überlichtschnellen Sternensog.

Es gab so vieles, was Simon schlichtweg unbekannt sein sollte – dennoch erschien es ihm auf eine Weise vertraut, die er nie für möglich gehalten hatte. Die Vermutung lag nahe, daß das Bordgehirn des Schiffes ihm diese Details mittels Gedankensteuerung übermittelte.

Der Zentralrechner wurde ebenso zerstört wie andere wichtige Einrichtungen, der Raumer wird für alle Zeit unter der Oberfläche dieser Welt begraben bleiben.

Was wurde aus seiner Besatzung? durchzuckte es Simon.

Sie muß das Schiff noch vor dem Absturz verlassen haben, hallte die Antwort in ihm nach.

Woher weißt du das?

Ich war an Bord. Schon kurze Zeit nach dem Absturz.

Auf eine Länge von mindestens dreißig Metern war die Unitallhülle geborsten. Jedoch nicht infolge äußerer Waffeneinwirkung, dafür fehlten die typischen Schmelzspuren – Simon entsann sich ohnehin, erst vor kurzem gehört zu haben, daß die Unitall-Zelle eines Ringraumers nur durch Punktbeschuß aus einem Nadelstrahlgeschütz zerstört werden konnte –, und ebensowenig durch eine Explosion im Innern. Vielmehr schien es, als hätte der umgebende massive Fels der planetaren Kruste das Intervallfeld durchbrochen.

Simon schauderte, als er sich vorzustellen versuchte, wie tief das Wrack im Boden steckte. Mindestens vierhundert bis fünfhundert Meter, schätzte er.

Zwei Kilometer und achthundert Meter, erklärte das andere Bewußtsein. *Das Intervallfeld hat nach wie vor Bestand, andernfalls wäre der Raumer längst zermalmt worden.*

Wir würden den Tod nicht einmal spüren, schoß es Simon durch den Sinn.

Er starrte den Fels an, der mit schroffen Kanten und Vorsprüngen das Unitall zerfetzt hatte. Der ungeheure Außendruck hatte das blauviolette Metall zerstört und einige tausend Tonnen Gestein hereingewälzt. Schätzungsweise zehn Meter weit reichte die grauschwarze Barriere ins Schiff und füllte fast ein Drittel des Ringzellendurchmessers aus. Auch das tieferliegende Deck war geborsten. Häßliche Risse im Boden und an der gegenüberliegenden Wand verrieten, daß der Ringraumer wohl nur um Haaresbreite der Vernichtung entgangen war.

Trotz der völligen Stille, die Simon umgab, glaubte er ein unheilvolles Knistern und Knacken wahrzunehmen. Eigentlich erschien es unvorstellbar, daß die Gewalt, die sich hier ausgetobt hatte, wieder zum Stillstand gekommen war.

Das Intervallfeld brach in diesem begrenzten Bereich nur für den Bruchteil einer Nanosekunde zusammen, erklärte das namenlose Bewußtsein.

Simon hatte noch nicht versucht, dem anderen Ego nachzuspüren; es war nie seine Art gewesen, Dinge zu hinterfragen, die andere nicht freiwillig preisgaben. Leben und leben lassen, mit dem Motto war er selten angeeckt, und es hatte auf der Erde Zeiten gegeben, da hatte man sich besser unauffällig im Hintergrund gehalten. Diese Zeiten lagen noch gar nicht lange zurück.

Trotzdem fühlte er seine Neugierde wachsen. Immerhin teilte er mit dem anderen seinen Körper...

Das Schicksal hatte sie zusammengeführt, und irgendwie würden sie sich arrangieren müssen.

Das ist verrückt, überlegte Simon. *Ich beginne mich schon an die Gefangenschaft zu gewöhnen.*

Er dachte an seinen Körper –

– jene anfällige Hülle aus Fleisch und Blut, mit der er niemals in diese Tiefe hätte vordringen können. Zumindest nicht, ohne einen unglaublichen Aufwand zu betreiben.

Warum?

Warum ausgerechnet ich?

Niemand gab ihm eine Antwort.

Der Durchgang zwischen dem gewachsenen Fels und der Unitallwand wurde enger. Simon konnte sich gerade noch hindurchzwängen. Das Gestein, eine Art Granit, war völlig glatt, wie poliert. Hier gab es keine spitzen Vorsprünge und Kanten mehr, die winzigen Kristalleinschlüsse wirkten wie kleine Spiegel.

Zweifellos hatte ein materieauflösender Duststrahl die Engstelle erweitert. Deutliche Spuren auf der Unitallwand zeigten, daß der Fels den Korridor ursprünglich völlig ausgefüllt hatte.

Falls Besatzungsmitglieder den Durchgang geschaffen hatten...

Das habe ich getan, wisperte das andere Bewußtsein. *Retten konnte ich dennoch niemanden.*

Tausend Jahre lag das zurück. Mindestens. Zu jener Zeit hatten die Menschen ihre Welt noch in den Mittelpunkt des Universums gerückt und geglaubt, sie sei eine Scheibe. Und die Sonne hatte sich für sie ebenso wie die Sterne um die Erde gedreht.

Mit einem Mal wußte Simon, was ihn mit Unruhe erfüllte, ohne daß es ihm wirklich bewußt geworden wäre. Dieses andere Ego, dessen Anwesenheit er spürte, existierte seit mindestens tausend Jahren in dem Roboter.

Vielleicht hatte es wirklich seinen Namen vergessen.

Aber bestimmt nicht seine Herkunft.

Wenn du mir nicht sagen kannst, wer du bist – was bist du? Erinnerst du dich an dein Aussehen?

Da war er wieder, dieser aberwitzige Gedanke, die Waffen gegen sich selbst richten zu müssen. Weil er vor sich nur ein Bild sah: einen jungen, stattlichen Mann mit kantigen Wangenknochen und den Schatten eines ewigen Drei-Tage-Bartes im Gesicht.

Er wünschte sich seinen Körper zurück und fragte sich gleichzeitig, ob dieses Gefühl Heimweh war oder nur Gewohnheit, obwohl er vom ersten Moment an wußte, daß er keine akzeptable Antwort finden würde.

Sollte er versuchen, das Intervallfeld abzuschalten, das ohnehin eines Tages aus Energiemangel zusammenbrechen würde?

Später...

Heute nicht. Nächste Woche. Vielleicht. Er hatte Zeit. Und schließlich war er nicht ganz allein.

Zaghaft erst, dann fordernder, tastete Simon nach dem anderen Ego. Möglich, daß er an seinem neuen Dasein noch Gefallen fand. Er entsann sich der Nächte, in denen er als Heranwachsender in den vom Großstadtlicht verschmutzten Himmel gestarrt, die Sternbilder gesucht und sich gefragt hatte, wie mögliches Leben dort draußen wohl aussehen würde. Jetzt hatte er die Chance, seine Träume von damals zu verwirklichen, eine Chance, die wohl nie wieder ein Mensch erhalten würde.

Du hast nach meinem Volk gefragt, erklang unvermittelt die gedankliche Stimme.

Dabei nennst du bereits einen Namen, der mir gefällt: Mysterious!

Über Nacht war der Nebel gefroren. Eine trügerische Eisschicht bedeckte die Sümpfe und verbarg die Trampelpfade der Taljja. Kutanmarz glaubte, die Furcht der Echsen riechen zu können, als sie an diesem Morgen vor der Hütte standen und die Tagesrationen an die Arbeiterinnen ausgaben.

Die Treiber haßten den Winter, der die wilde Bergregion lange Zeit im Griff hatte. Ihre sonst so gefürchteten schnellen Reaktionen wurden dann langsamer, sie magerten ab, und viele starben, wenn der Winter besonders hart wurde. In den letzten Jahren hatte jeder Winter viel Eis gebracht.

Ein wütender Hieb mit dem Kolben einer Strahlwaffe riß Kutanmarz von den Beinen. Zu spät registrierte sie, daß der Treiber neben ihr befohlen hatte, zur Seite zu treten.

Der stechende Schmerz machte es ihr unmöglich, den Sturz abzufangen. Schwer schlug sie auf und breitete instinktiv die Schwingen aus. Ihr eigener Schrei vermischte sich mit einem gellenden Warnruf, doch es war schon zu spät, das Versehen zu korrigieren. Kutanmarz schaffte es nicht einmal mehr, sich herumzuwälzen, bevor die Schockpeitsche sie traf und glühendes Feuer durch ihren Leib jagte.

Zuckend krümmte sie sich zusammen, das Bündel mit der Tagesration entglitt ihren gefühllos werdenden Fingern, schlitterte bis an den Rand des Steges und verschwand im nächsten Moment in der Tiefe. Kutanmarz würde diesen Tag ohne Nahrung auskommen müssen.

Der Schmerz war immer noch da, als die Krallenfinger eines Treibers sich in ihr Fleisch gruben und sie hoch zerrten. Tränen verschleierten Kutanmarz' Blick, doch ihr blieb keine Zeit zum Verschnaufen. Unbarmherzig wurde sie vorwärts gestoßen, sie taumelte, begann mechanisch einen Fuß vor den anderen zu setzen.

An diesem Morgen durchbrach nicht nur das Fauchen der Treiber die Stille. Das dumpfe Knacken des Eises verhieß einen strengen Winter.

Kutanmarz dachte an das Tor, an das kurze, feurige Glühen in seinem Innern... Sie glaubte, daß die Götter wiederkommen würden, endlich, nach vielen Generationen...

Die Arbeiterinnen spürten das Schwanken des Untergrunds und hörten das feine Knistern, mit dem sich Eisschollen gegeneinander verschoben, ebenso wie das Gurgeln des Moores, und hielten inne.

Schneidend scharf war der wütende Ausruf des Treibers hinter Kutanmarz. Er riß die Waffe hoch, krümmte die Krallen um den Auslöser.

»Weiter!« fauchte er. »Nicht stehenbleiben!«

Das Schwanken wurde deutlicher. Instinktiv versuchte Kutanmarz, die Bewegung auszugleichen – oft genug hatte sie mit ansehen müssen, wie das trügerische Moor sich seine Opfer holte. Der Taljja deutete ihre Bemühungen aber falsch und glaubte wohl, daß sie die Flügel ausbreiten wollte, um ihn anzugreifen.

Der Schuß verfehlte Kutanmarz um weniger als eine Armlänge; sie spürte, wie die Sonnenhitze ihr Gefieder versengte. Muradan, die Älteste der Arbeitsgruppe, warf sich gleichzeitig nach vorne und schlang ihre Arme um den Hals des Taljja. Verbissen kämpften sie um die Waffe, während neben ihnen das Eis brach.

Auch weiter hinten in der langen Reihe der Arbeiterinnen und ihrer Treiber fielen Schüsse. Kutanmarz sah eine der Frauen mit loderndem Gefieder zwei, drei Schritte über den Sumpf aufsteigen und dann um sich schlagend abstürzen. Todesschreie hallten durch die trübe Morgendämmerung.

Ein zweiter Schuß verfehlte die Anführerin. Die Feuerlohe schmolz das Eis und ließ kochenden Schlamm aufspritzen. Mit zwei Flügelschlägen stieg Kutanmarz aus dem Moor, das sich schon gierig schmatzend um ihre Füße schloß, und ihre Fänge griffen nach der Waffe des Treibers. Zur gleichen Zeit zerdrückte Muradan seinen Kehlsack.

Alles ging wahnsinnig schnell. Die Echse verlor den Halt und stürzte rückwärts auf Muradan, deren Flügel beim Aufprall brachen.

Schlamm spritzte hoch, erstickte den Aufschrei der Arbeiterin und zog auch den Taljja nach unten. Kutanmarz schaffte es nicht, der Gefährtin zu helfen, weil der um sich schlagende Treiber sie auf Distanz hielt. Augenblicke später erlahmten Muradans Bewegungen.

Überall wurde gekämpft. Es gab kein Zurück mehr, selbst wenn Kutanmarz befohlen hätte, sich zu ergeben. Die Todesschreie ihrer Gefährtinnen vermischten sich mit dem Gurgeln der Taljja und dem Zischen der Strahlschüsse.

Kutanmarz riß die fremde Waffe hoch, deren Schaft sie dem Treiber ins Gesicht geschlagen hatte, und tastete nach dem Auslöser.

Fingerdicke Glutstrahlen brachen aus der Mündung hervor, brannten Löcher ins Eis und zogen eine feurige Spur auf zwei Taljja zu, die mit Schockpeitschen auf die Arbeiterinnen einschlugen. Kutanmarz tötete die beiden und empfand dabei eine unbeschreibliche Genugtuung. Sie schwang sich in die Höhe, glitt dicht über die Kämpfenden hinweg und erschoß weitere Treiber, die gar nicht zu begreifen schienen, was geschah.

Wenig später war alles vorbei. Doch außer Kutanmarz hatten nur achtzehn Arbeiterinnen überlebt.

»Werft die Toten ins Moor!« befahl die Anführerin. »Verwischt die Spuren, so gut es geht. Wenn wir nicht bei den Gruben eintreffen, werden die Taljja bald nach uns suchen.«

»Sie werden uns finden und töten, Kutanmarz.«

»Sie werden es versuchen, sicher. Aber diesmal sind wir nicht wehrlos.«

Fünf von ihnen hatten Strahler erbeutet, zwei andere die gefürchteten Schockpeitschen. Immer schon hatte es Aufstände gegen die Treiber gegeben, doch nie war die Rede davon gewesen, daß Arbeiterinnen Waffen erbeutet hatten.

»Wo sollen wir uns verbergen, Kutanmarz? Länger als zwei Nächte werden wir in der eisigen Kälte nicht überleben.«

»In die Stollen können uns die Taljja nicht folgen, aber wenn wir uns dort verkriechen, werden sie uns aushungern.«

»Es gibt einen Ort...« sagte die Anführerin bedeutungsvoll. »Der Wald vor den alten Tempelanlagen bietet Schutz vor dem Wind und der ärgsten Kälte.«

»Aber die Taljja bewachen das Tor der Götter«, wandte eine Arbeiterin ein. »Sie werden uns mit ihren Flugscheiben jagen und eine nach der anderen töten.«

»Laßt Kutanmarz reden!« warf eine andere ein. »Hat sie nicht erst davon gesprochen, die Prophezeiung würde sich erfüllen?«

Um Aufmerksamkeit heischend, schlug die Anführerin mit den Schwingen.

»Ich war am Tor der Götter!« rief sie. »Ich habe gesehen, wie sich das Innere mit Flammen füllte und undurchsichtig wurde. – Ich sage euch, die Götter werden endlich zurückkehren, um ihre Kinder in die Welt jenseits des Himmels zu holen. Und wir werden sie ehrfürchtig empfangen.«

Bericht Simon:

Ich wußte es von Anfang an. Ich wollte es nur nicht wahrhaben, weil mir diese Möglichkeit zu phantastisch erschien.

Dabei war die Antwort naheliegender als alles andere. Der Roboter entstammt der Technik der Mysterious. Dieses geheimnisvolle, längst verschollene Volk, über das wir denkbar wenig herausfinden konnten und von dem wir annehmen, daß es – vielleicht – ein drittes Auge auf der Schädeldecke besessen haben muß – jedenfalls nährt die Lage der Bildprojektion in den Beibooten der POINT OF solche Spekulationen –, wird Machtmittel wie den Roboter nicht aus der Hand gegeben haben. Wenn ich daran denke, mit welch tödlicher Präzision der stählerne Koloß den Angriff der G'Loorn konterte... Wenn jemals ein Geist diese Kampfmaschine beseelt hat, dann war es der Geist eines Mysterious.

Daß ich als Fremder in den Roboter verschlagen wurde, mag ein unglücklicher Zufall gewesen sein.

Oder ist damit der Beweis erbracht, daß die Mysterious nicht mehr existieren?

Nein, so leicht darf ich es mir nicht machen. Möglicherweise sind wir Menschen die legitimen Nachfolger dieses technisch hochstehenden Volkes. Seit ich mich an Bord des abgestürzten Ringraumers befinde, denke ich über diese Variante nach. Leider schaffe ich es nicht, auf Datenspeicher des Cyberhirns Zugriff zu erhalten, die meine Vermutung bestätigen könnten. Oder auch ad absurdum führen. Und das andere Ego schweigt und beobachtet mich. Irgendwo im Hintergrund scheint etwas zu lauern, was ich nicht einordnen kann. Eine Gefahr stellt es wohl nicht dar.

Der Felseinbruch liegt hinter mir. Die Räume, die ich jetzt sehe, sind ausgebrannt. Ein gewaltiger Feuersturm muß hier getobt haben, mit Temperaturen, denen normaler Stahl niemals standgehalten hätte. Aggregate und Inneneinrichtungen wurden von der Hitze vernichtet und sind bizarr wieder erstarrt. Nur der blauviolette Schimmer des Unitalls wirkt unverändert.

Der Lichtschein aus dem Ringkorridor wird düsterer, je weiter ich in diese Alptraumlandschaft der Zerstörung vordringe. Niemand, der sich zum Zeitpunkt des Absturzes hier aufhielt, konnte das Inferno überleben.

Die Sensoren des Roboters erfassen hohe Strahlenwerte. Im ersten Erschrecken wende ich mich zur Flucht, doch ich halte ebenso schnell inne. Selbst die Hölle könnte mir in meiner neuen Gestalt wenig anhaben, gegen radioaktive Strahlung bin ich gefeit.

Weiter... Der Fokus der Zerstörungen scheint an der Innenwandung der Ringzelle zu liegen, dort wurde sogar das Unitall verflüssigt. Gewachsener Fels liegt dahinter, von dunklen Schichtungen durchzogenes Urgestein. Auch hier arbeitet das Intervallfeld noch fehlerfrei. Für die Sinne des Roboters stellt das künstliche Mini-Kontinuum kein Hindernis dar.

Es sind meine Überlegungen, die eine Rekonstruktion des Geschehens veranlassen. Ich fühle mich gleichermaßen fasziniert und abgestoßen.

Eine Maschinenhalle...

Von hier aus wird der Schiffsantrieb ebenso versorgt wie Teile der Waffensysteme und die künstliche Schwerkraft. Ich glaube, die gewaltigen Energieströme zu spüren, die das Schiff durchziehen. Der Anblick ist überwältigend.

Unwillkürlich frage ich mich, wie klein und unbedeutend sich Ren Dhark und seine Getreuen wohl gefühlt haben müssen, als sie zum erstenmal den gewaltigen Industriedom auf Deluge betraten.

Die Wahrnehmung verändert sich. Als würde die Schiffshülle ihre Konsistenz verlieren.

Ich schwebe im Weltraum. Über mir samtene Schwärze und darin verteilt Milliarden winziger Lichtpunkte. Das Band der Milchstraße erscheint aus einer Position heraus, die mir noch nicht vertraut ist, aber schon im nächsten Moment wandern zwei Sonnen in mein Blickfeld und gleichzeitig auch das nahe Rund eines Planeten.

Hope! Es gibt keinen Zweifel.

Meine fiktive Position verändert sich erneut. Ich sehe den Ringraumer von schräg oberhalb im Gefecht mit zwei Spinnenschiffen; die rosafarbenen, überlichtschnellen Nadelstrahlen der Mysterious durchschlagen soeben den Schutzschirm eines der Gegner. Der Bug des Spinnenschiffs beginnt zu glühen, er bläht sich von innen heraus auf und zerplatzt zeitlupenhaft langsam. Eine neue Sonne entsteht am Rand der Atmosphäre von Hope, sie weitet sich aus, als wolle sie all die Bruchstücke wieder verschlingen, die von der Explosion davongeschleudert wurden. Das Intervallfeld des Ringraumers hält den tobenden Gewalten mühelos stand.

Aus allen Projektoren feuert das letzte Spinnenschiff, und von Hope nähern sich mit flammenden Triebwerken etliche Beiboote, um in den Kampf einzugreifen. Eine einzige Breitseite vernichtet die kleinen Schiffe.

Grellweiße Strahlenkränze rasen dem Ringraumer entgegen. Es sieht so aus, als würde das Intervallfeld kurz aufflackern, ehe sie sich darin verfangen. Langsam brennen sie sich durch das Mini-Kontinuum hindurch.

Eine innere Unruhe schreckt mich auf. Ich spüre die Erregung des anderen Bewußtseins, das ich nur noch vage wahrnehmen kann, aber ich beginne mich auch an den Roboter zu gewöhnen. Er bietet mir mehr, sehr viel mehr als das Leben in Menschengestalt je für mich bereitgehalten hätte.

Die Rekonstruktion ist noch nicht zu Ende. Von neuem öffne ich mich den Elektronenflüssen der robotischen Hochrechnungen.

Zwei funkensprühende Strahlenkränze sind im Intervallfeld versunken. Für einen Beobachter aus der Distanz scheinen sie zu erlöschen, ihre Leuchtkraft schwindet jedenfalls rapide.

Die Darstellung wechselt. Auf Anhieb kann ich die Kette fußballgroßer Flächenprojektoren nicht identifizieren, deren eigenartiger Schliff das spärlich auftreffende Licht in ungezählten Facetten spiegelt, doch gleich darauf weiß ich, daß die halbkugeligen Gebilde die Antriebsenergie in den Mittelpunkt der Ringröhre emittieren.

Die Strahlenkränze der Cerash scheinen fast erloschen, als sie die Projektoren erreichen und zwei nebeneinanderliegende Flächen einhüllen, aber dann beginnt im Zentrum des Ringraumers der Weltraum aufzureißen.

Der Brennkreis des Antriebs ist gestört, beide Projektoren glühen auf, vergehen in einer gewaltigen Explosion... Die Schiffshülle bricht ein, Überschlagsenergien beginnen ihr vernichtendes Werk...

Gleichzeitig verwandeln die Nadelstrahlen des Ringraumers das letzte Schiff der Angreifer in ein Wrack. Augenblicke später bricht das Spinnenschiff auseinander.

Der Ringraumer stürzt ab. Vom veränderten Brennkreis, der flakkernd erlischt, aus der Bahn gerissen, dringt er in die Atmosphäre ein.

Die Schiffe der Mysterious sind nicht unbesiegbar, das weiß ich jetzt. Und ich frage mich, ob die Cerash jene vermuteten Gegner waren, derentwegen die Mysterious Hope vor tausend Jahren verließen. Ich weiß es nicht, und ich erhalte auch keine Antwort.

Bis heute wissen die Menschen nichts von der Existenz der Spinnenwesen. Heißt das, daß mit den Mysterious auch die Cerash aus diesem Sektor der Milchstraße verschwanden?

Ich werde es herausfinden.

3.

Der Weg ist wieder frei, du kannst ihn gefahrlos gehen.

Vier Meter durchmaß die Ringantenne an Bord des Raumschiffwracks, und sie schien außer dem Intervallfeld das einzige Aggregat zu sein, das noch ausreichend mit Energie versorgt wurde. Simons Näherkommen aktivierte verborgene Leuchtplatten, und die Gedankenstimme, die zu ihm sprach, gehörte offensichtlich zu einer Kontrolleinheit.

Gedankenverloren betrachtete Simon das sich aufbauende Energiefeld. Er brauchte nur hindurchzugehen...

Dennoch zögerte er.

Wohin führt der Weg? wollte er wissen.

Die Antwort war nichtssagend: ein Name, eine Zahlenkombination. So wurden Stützpunkte bezeichnet. Zumindest auf der Erde. Aber Ähnliches galt wohl auch für die Mysterious – die Geheimnisvollen.

Möglicherweise würde er, wenn er den Ring durchschritt, nach Deluge zurückkehren, zu Noreen Welean und den anderen. Und den G'Loorn in die Arme laufen? Nein, davor fürchtete er sich nicht – wohl aber vor der möglichen Erkenntnis, daß Noreen inzwischen tot war, ermordet von den schrecklichen Hybridwesen, halb Insekt und halb Pflanze.

Eine planetare Verbindung existiert nicht mehr, erklärte die mentale Stimme der Kontrolleinheit. *Das Empfangstor befindet sich nicht in diesem Sonnensystem.*

Simon zögerte. Nicht weil er vor dem Unbekannten und eventuellen Gefahren zurückschreckte, sondern weil ihm der Widerspruch nicht behagte, der sich aus dem Gehörten ergab.

Sein Robotkörper hatte den Absturz des Ringraumers nicht nur miterlebt, sondern nach eigenem Bekunden das Wrack damals schon aufgesucht. Andererseits hatte er, Simon, den reglosen Roboter weit entfernt von diesem Wrack gefunden, im Innern einer unterirdischen Anlage, deren Sinn und Zweck Noreen und ihm verborgen geblieben war. Für eine Weile hatte die Hochkommissarin sogar an eine Art Sarkophag glauben wollen, eine unzerstörbare Schale, in der die sterblichen Überreste eines Mysterious ihre letzte Ruhe gefunden hatten. Er selbst, Simon, hatte mehr die Ähnlichkeit zu der Beschreibung eines Maschinenwesens gesehen, das in einem Nebenstollen des Tofirit-Vorkommens entdeckt worden war. Jener andere Roboter war indes deutlich beschädigt gewesen.

Was weder Noreen noch er selbst bemerkt hatten, war die Tatsache, daß die vermeintliche Station sich weiter in die Tiefe erstreckt hatte. Und daß dort unten immer ein Transmitter empfangsbereit gewesen war.

Warum hatte das Cyberhirn ihm diese Tatsache damals nicht offenbart?

Hatte es bewußt in Kauf genommen, daß sein menschlicher Körper durch die Rückkoppelung infolge der atomaren Explosion vernichtet werden würde?

Du hattest die Einsamkeit satt! schoß es Simon durch den Sinn. *Du wolltest endlich wieder agieren – du verdammtes Miststück. Ich war für dich nichts anderes als Mittel zum Zweck.*

Weißt du, daß du mich damit umgebracht hast?

Weißt du das?

Seine Gedanken schrien die Anklage hinaus. Sein Körper war vernichtet worden, weil ein größenwahnsinniger Roboter nicht mehr hatte allein sein wollen.

Was für ein verdammtes Monster war der Stahlkoloß?

Bedeutet dir ein Leben überhaupt etwas? brüllte Simon. *Wenn ich könnte, ich würde dich dafür umbringen, ich...*

Sein Körper veränderte sich. Es waren Simons wütende Gedanken, die ihn umformten und willkürlich die Programme abriefen, die er schon vor Tagen kennengelernt hatte.

Seine goldene Gestalt war die eines Kämpfers. Flirrende Abstrahlpole in den Armstümpfen, ein massiger Leib, aber der Schädel noch undefinierbarer als zuvor.

Schieß doch! keuchte Simon. *Mach der Qual endlich ein Ende!*

Nichts geschah. Er hätte es wissen müssen. Ein Diener gibt eben keine Befehle, sondern hat sich zu fügen und sein Schicksal hinzunehmen.

Vor ihm der aktivierte Transmitter. Verheißungsvoll das energetische Wabern.

Wohin führte der Weg?

Simon wollte es nicht mehr wissen. Egal wohin, nur fort von dieser Welt, auf der sein Körper verbrannt war, und mit dem Körper seine Vergangenheit.

Nie wieder würde er der sein können, der er immer gewesen war.

Weg von hier, um eine neue Zukunft aufzubauen. Oder um den Tod zu finden.

Egal.

Auf jeden Fall vergessen, was einmal gewesen war. Falls er wirklich jemals vergessen konnte.

Verzerrt zeichnete sich sein Spiegelbild in der Unitallwand ab. Er hatte sich in eine Kreatur mit kugelförmigem Leib und drei kräftigen Sprungbeinen verwandelt. Ein Kranz biegsamer Tentakel umgab seinen Kugelkörper.

Der Transmitter lockte immer noch...

Simon stieß sich ab. Meterweit schnellte er durch die Luft und kam federnd auf seinen drei Beinen auf.

Das Entstofflichungsfeld war nun dicht vor ihm, er brauchte nur noch die Tentakel auszustrecken und –

– die Verwandlung ging weiter, auch ohne sein bewußtes Zutun. Simon hatte die Programme aufgerufen, und sie liefen nacheinander ab.

Entgeistert starrte er auf die beiden schwarzen, gelenkigen, dürren Spinnenbeine, die er ausstreckte. Und er spürte die kräftigen Kieferzangen, die hart aufeinanderschlugen.

Wie ein Hologramm veränderte sich der Robotkörper, wie die dreidimensionale Simulation auf irgendeinem Rechner. Die einzelnen Veränderungen waren fließend, gingen nahtlos ineinander über und ließen den Morphingeffekt kaum nachvollziehbar erscheinen. Doch die Gestalt, die er zuletzt angenommen hatte, war die eines Cerash.

Von einem Sekundenbruchteil zum anderen spürte Simon bittere Ernüchterung. Unter diesen Umständen würde er nicht durch den Transmitter gehen – jedenfalls nicht, solange seine Fragen unbeantwortet blieben. Das war er seiner Selbstachtung schuldig.

Ich fürchte die Einsamkeit nicht! stieß er schroff hervor. *Ganz im Gegensatz zu dir, Mysterious. Also rede endlich – ich bin ganz Ohr.*

Der Nebel hing dicht über dem Boden, er raubte den Bäumen die knorrigen Wurzelballen und ließ die Tempelruinen wie Treibgut auf einem endlosen Ozean schwimmen.

Auch das untere Teil des Tores mit der schräg aufwärts führenden Rampe war hinter den schwefelgelben Schwaden verschwunden. Der funkelnde Ring aus unbekanntem Material, von dem die Legenden berichteten, er erhebe sich seit Urzeiten an diesem Platz, blieb jedoch unverändert.

In regelmäßigem Rhythmus patrouillierten Taljja auf ihren fliegenden Scheiben. Dick vermummt gegen die Kälte wirkten die Echsen gar nicht mehr so imposant. Nur ihre weit ausladenden Schnauzen und die feuerroten Kehlsäcke waren schutzlos der Witterung ausgesetzt.

Einen Tag und eine Nacht verharrten Kutanmarz und ihre Begleiterinnen schon im dichten Geäst der Kugelbäume. Der Frost war längst durch ihr Gefieder hindurchgedrungen und begann sie zu lähmen. Um sich leidlich warmzuhalten, ließen sich die Frauen immer öfter aus den Baumkronen fallen und torkelten in unsicherem Flug bis zu den Ruinen hinüber.

Die ohnehin spärlichen Nahrungsvorräte waren aufgebraucht. Nur Durst litt noch niemand, denn Eis und Schnee gab es ausreichend.

Mit ihren feinen Sinnen spürte Kutanmarz die aufkeimende Ungeduld. Zuviel Zeit war schon vergangen, ohne daß neue Zeichen die Rückkehr der Götter ankündeten.

»Wir werden sterben, falls du dich geirrt hast, Kutanmarz«, murmelte die Arbeiterin, die schräg über ihr in einer breiten Astgabel kauerte.

»Ich weiß, was ich gesehen habe.«

»Wir könnten versuchen, in einem der Bergwerke Unterschlupf zu finden.«

Kutanmarz schwieg. Fest umklammerte sie das Strahlengewehr und starrte zu dem funkelnden Ring hinüber, der im heftiger werdenden Schneetreiben verschwamm. Jeder Gedanke an ein Zurück war Selbstbetrug. Die Treiber suchten nicht nach ihnen, weil sie vermutlich annahmen, die ganze Gruppe sei im Moor umgekommen; es wäre nicht der erste Unfall dieser Art gewesen. Aus dem Boden aufsteigende giftige Dämpfe versetzten Lebewesen in einen rauschartigen Zustand, in dem sie die sicheren Pfade verließen und für immer spurlos verschwanden.

Oder die Treiber hatten sich einfach entschlossen zu warten, bis die aufständischen Frauen entweder erfroren, verhungert oder verdurstet waren.

Noch war Kutanmarz kräftig genug, die beißende Kälte zu ignorieren, die wie mit Nadeln in ihr Fleisch stach. Sie wandte den Blick nicht vom Tor, vor dem die Nebelschwaden trotz des anhaltenden Windes dichter wogten.

Irgendwann fraß sich ein leises Summen in ihr Unterbewußtsein. Eine Flugscheibe kam näher und landete wenige Dutzend Schritte vor der Rampe.

Zwei Taljja entluden die schwarzen Behälter, in denen die ausgegrabenen Munguswurzeln aufbewahrt wurden. Sorgfältig säuberten sie ein Stück des freien Platzes zwischen der Rampe und den ersten Ruinen von Schnee und Eis und stapelten dort die Kisten übereinander.

Viele Monde lag es schon zurück, da hatte Kutanmarz sich weiter als sonst vorgewagt. Sie entsann sich, daß der Boden in diesem Bereich nicht aus Stein bestand, sondern einen silbernen Glanz besaß: Metall oder eine ihr unbekannte Legierung.

Noch während sie darüber nachdachte, schienen die Behälter hinter einer Wand aus flirrender heißer Luft zu verschwimmen. Mauern wie diese waren undurchdringlich und tödlich; die Taljja benutzten sie bei den Hütten ebenso wie in der Nähe der Bergwerke.

»Was haben die Treiber vor?«

»Ich weiß es nicht«, antwortete Kutanmarz.

»Es hat den Anschein, als wären die Munguswurzeln für die Götter bestimmt.«

Die Anführerin schwieg. Niemand wußte, was mit den Wurzeln geschah, die sie in den Stollen ausgruben. Nur daß sie für die Taljja wertvoller als Edelsteine waren, stand fest. Wiederholt hatten Arbeiterinnen ihre Neugierde nicht bezähmen können – niemand hatte je wieder von ihnen gehört.

Das Knacken von Ästen schreckte Kutanmarz aus ihren Überlegungen auf; Schneekristalle rieselten wie ein feiner Vorhang aus der Höhe herab, unmittelbar darauf folgte ein schwerer Schatten.

»Nicht jetzt!« stieß die Anführerin erschrocken hervor. Obwohl die Taljja vor wenigen Augenblicken wieder in der Ferne verschwunden waren, traute sie ihnen nicht.

Kutanmarz' Warnung verhallte ungehört. Mit ausgebreiteten Schwingen glitt die Arbeiterin bis fast auf den Boden hinab und verschwand zeitweise sogar völlig im Nebel, dann schraubte sie sich schwerfällig gegen den Sturm ankämpfend wieder in die Höhe.

Kaum hundert Flügelschläge weit reichte die Sicht. Die Verlokkung war groß, sich ebenfalls in die Tiefe zu schwingen und die steifgefrorenen Gelenke zu lockern.

Jäh zuckte ein fahler Blitz durch den Nebel, ein Feuerball flakkerte auf und stürzte lodernd zu Boden. Einige Augenblicke lang schienen die Flammen nachzuglimmen.

Schemengleich brachen die Taljja aus dem wogenden Dunst hervor. Kutanmarz zählte drei Flugscheiben, war jedoch überzeugt davon, daß sich weitere in geringer Distanz verborgen hielten.

Zielstrebig kamen die Gleiter näher. Sie eröffneten das Feuer. Die Glutstrahlen zerfetzten uralte Baumkronen und ließen das zunderdürre Holz in Flammen aufgehen. Der Sturm wirbelte einen Funkenregen auf.

In der Nähe erklang der gellende Aufschrei einer Arbeiterin – und brach ebenso abrupt ab. Kutanmarz fand keine Zeit, der Freundin zu helfen, sie sah eine der Flugscheiben auf sich zukommen und ließ sich einfach fallen.

Dünne Äste bohrten sich durch ihr Gefieder. Sie ignorierte den Schmerz, versuchte sich irgendwie abzufangen ohne die Schwingen auszubreiten und fand tatsächlich nach einem kurzen Sturz ausreichenden Halt. Verzweifelt hielt sie die erbeutete Waffe umklammert; als über ihr Schüsse die Baumkrone zerfetzten und auflodern ließen, kauerte sie sprungbereit in einer Astgabel und hob den Strahler. Eine seltsame Ruhe erfüllte sie. In diesem Moment achtete sie nicht auf die Feuersbrunst, die über ihr tobte, sie sah die mit zwei Taljja besetzte Flugscheibe nur einen Steinwurf entfernt verharren und drückte den Auslöser ihrer Waffe.

Der erste Schuß ging fehl und verriet lediglich Kutanmarz' Position, der zweite floß an der Scheibe auseinander, ohne nennenswerten Schaden anzurichten. Die Treiber reagierten schnell. Schon zerrissen neue Glutstrahlen das Astgeflecht, verkohlte die sengende Hitze Kutanmarz' Gefieder, aber noch bevor sie sich erneut fallen ließ, traf sie einen der Taljja und sah ihn über den Rand der Flugscheibe stürzen.

Knorrige Äste bremsten ihren Fall. Kutanmarz hörte gellende Schreie und begriff erst nach wenigen Augenblicken, daß es ihre eigenen Schreie waren. Die Schmerzen wurden schier unerträglich, aber immer noch peitschten Äste gegen ihren Leib, fühlte sie, wie ihr die Schwungfedern büschelweise ausgerissen wurden. Die Verletzungen würden lange Zeit brauchen, um auszuheilen.

Kutanmarz wußte, daß sie verloren hatte, und falls die Treiber sie nicht standrechtlich erschossen, würden sie ihre Opfer langsam im Moor versinken lassen – als abschreckendes Beispiel für alle anderen, und um jede weitere Rebellion schon im Keim zu ersticken.

Die letzten Äste splitterten und konnten ihren Fall nicht aufhalten. Als sie verzweifelt die Schwingen wenigstens ein klein wenig ausbreitete, um den Aufprall zu mildern, raubte ihr der Schmerz die Besinnung.

Beißende Kälte holte sie ins Bewußtsein zurück.

Schneeverwehungen unter den Bäumen hatten ihren Aufprall abgefangen. Flackernder Feuerschein vermischte sich mit dem Bersten und Krachen stürzender Baumriesen und dem unverminderten Heulen des Sturms.

Erschöpft schloß Kutanmarz die Augen. Sie wußte, daß sie sterben würde; Kälte und Hunger wühlten in ihren Eingeweiden. Einfach nur im Schnee liegen und einschlafen – und nie wieder aufwachen... Doch so verlockend der Gedanke auch sein mochte, Kutanmarz sträubte sich mit aller Kraft dagegen.

Das Strahlengewehr hatte sie verloren. Am Rand einer neuen Ohnmacht balancierend, suchte sie nach der Waffe.

Die Götter würden nicht kommen, das war ihr inzwischen erschreckend deutlich klar geworden, sie hatten ihre Kinder vergessen. Sobald Kutanmarz den Kopf nur ein klein wenig anhob, konnte sie über den Nebeln das obere Rund des Tores sehen und durch den Ring hindurch die Gipfel der fernen Berge ahnen.

Flackernder Feuerschein vermischte sich mit der Morgendämmerung. Geschossen wurde nicht mehr. Von jäh aufkommender Panik gequält, biß Kutanmarz den Schnabel zusammen, bis der Druck auf den Kiefer stärker wurde als die Schmerzen. Wie viele außer ihr hatten noch überlebt?

Verkrampft zog sie sich vorwärts. Jede Bewegung jagte neue Schmerzen durch ihren Körper, und schon nach wenigen Schritten sank sie erschöpft in die Knie. Ihr Blick schweifte zu den lodernden Baumkronen hinüber.

Eine Flugscheibe sank herab. Die Taljja hatten sie entdeckt. Kein Zweifel.

Weiter!

Nicht aufgeben!

Kutanmarz stieß sich wieder ab, ihre Bewegungen wurden hastiger. Sie atmete Schnee ein, bekam keine Luft mehr und rang keuchend nach Atem.

Die Flugscheibe war gelandet, zwei Taljja stapften langsam heran. In diesem Moment spürte Kutanmarz Widerstand unter ihren Fingern. Zu glatt für einen Ast und zu schwer: das Strahlengewehr, das sie verloren hatte.

Die Taljja waren fast bei ihr, als Kutanmarz kreischend die Waffe hochriß und schoß.

Die halbe Salve jagte schräg in den Morgenhimmel, der Rest tötete einen der Treiber, aber dann konnte Kutanmarz das Gewehr nicht mehr halten. Bevor sie es schaffte, die Waffe abermals hochzuwuchten, war der andere Taljja über ihr und trat kräftig zu.

Gurgelnd sank Kutanmarz zurück. Aus weit aufgerissenen Augen starrte sie die Echse an, deren Schuppenmaul sich zu einer breiten Grimasse verzog.

Der dünne Draht einer Schockpeitsche klatschte auf sie herab. Kutanmarz registrierte die Bewegung zu spät, aber sie hätte ohnehin nicht ausweichen können. Der Schlag jagte heftige Entladungen durch ihren Körper und ließ sie sich zuckend zusammenkrümmen. Sie verstand nicht, was der Taljja sagte.

Wieder holte er zum Schlag aus, erstarrte jedoch mitten in der Bewegung. Sein Gesichtsausdruck veränderte sich, als er ruckartig den Kopf hob und sich herumwarf.

Kutanmarz begriff erst nach einer Weile, daß etwas Unvorhergesehenes geschehen sein mußte. Da startete der Taljja bereits seine Flugscheibe und zog sie steil in die Höhe. Nicht einmal das Strahlengewehr hatte er aufgehoben. Rein mechanisch griff Kutanmarz nach der Waffe und brachte sie in Anschlag –

– aber sie feuerte nicht.

Entgeistert starrte sie hinüber zum Tor der Götter. Mehrere Flugscheiben der Treiber kreisten dort wie ein Schwarm blutgieriger Insekten.

Das Innere des stählernen Rings hatte sich verändert.

Kutanmarz sah ein helles Glühen.

Die Götter kehrten zurück!

Erinnerungen:

Nur noch vereinzelt rasten Sternschnuppen durch die Atmosphäre; sie erloschen, bevor sie in die dichten Luftschichten eintreten konnten.

Wo noch vor wenigen Stunden moderne Produktionsanlagen gestanden hatten, wälzte sich dicker, schwerer Rauch über die Hügel. Ringsum loderten Brände; viele Gebäude hatten sich in zähflüssige Glutseen verwandelt, deren Oberfläche langsam erstarrte.

Über allem lastete der Gestank der Vernichtung.

Inmitten der Zerstörung erhob sich eine einsame Gestalt, massig und bedrohlich, aber auch von einem Hauch Wehmut umgeben.

Unfertig wirkte sie, und ihre dunkle Oberfläche spiegelte matt den Widerschein des Feuers. Ihre Arme endeten in zwei breiten blutverschmierten Klingen. Eben hatte der Roboter den letzten Gegner getötet.

Eine Spur des Todes lag hinter ihm – achtbeinige, behaarte Leiber, die ihren Angriff auf den Stützpunkt teuer bezahlt hatten. Nur wenige Cerash waren von Strahlschüssen getötet worden, die meisten waren im Nahkampf erstochen worden oder mit zerschmetterten Gliedern gestorben. Den Kräften des Roboters hatten sie nichts entgegensetzen können. Hie und da zuckten noch Spinnenbeine, öffneten und schlossen sich die kräftigen Kieferzangen, doch Leben wohnte nicht mehr in ihnen.

Vergeblich der Versuch des Roboters, über Funk Verbindung zu den anderen Kontinenten zu bekommen. Niemand antwortete ihm. Auch Raumschiffe befanden sich nicht mehr im Bereich des Doppelsonnensystems; die Techniker und Wissenschaftler hatten sich endgültig zurückgezogen.

Zeit war bedeutungslos für ihn. Es mochte fünf Planetenumläufe dauern oder hundert, bis wieder ein Ringraumer in dieses System einflog – er würde warten.

Als endgültig feststand, daß keine Cerash mehr lebten, lockerte er den Molekülverbund seines stählernen Leibes und drang in den Boden ein.

Stunden vergingen, bis er das Wrack tief unter der Oberfläche erreichte. Er fühlte sich schwach, eine Folge der Lähmung, mit der ihn die Cerash schon zu Beginn ihres Angriffs vorübergehend ausgeschaltet hatten.

Daß der Ringraumer noch existierte, grenzte fast an ein Wunder. Die Angreifer hatten sein Antriebssystem zerstört, und ein partieller Ausfall des Intervallfelds hatte Gesteinsadern ins Schiff eindringen lassen.

Zu diesem Zeitpunkt war von der Besatzung bereits niemand mehr an Bord gewesen, das stand ziemlich schnell fest.

Der Roboter versuchte, den beschädigten Transmitter in Betrieb zu nehmen. Nach Tagen gelang es ihm, wenigstens eine planetare Verbindung herzustellen.

Er materialisierte in einer unterirdischen Station.

Sie war verlassen.

Der Roboter hätte an Bord des Ringraumers zurückkehren können und von dort aus mit einem Transmitter größerer Reichweite zu einer anderen Station springen. Aber das ihn beseelende Bewußtsein wurde schwächer – eine Folge des Angriffs des Cerash –, und er war gezwungen, sämtliche Funktionen auf Minimalwerte zurückzufahren.

Irgendwann würde jemand kommen, der ihn aus der Funktionslosigkeit weckte.

Er ruhte starr. Eine Hülle aus Stahl, angefüllt mit hochgezüchteter Technik. Und ein schwaches Bewußtsein.

Zeit hatte keine Bedeutung mehr...

Mein Körper könnte noch existieren, brauste Simon auf. *Warum hast du mir den Transmitter in den unteren Etagen verschwiegen? – Warum?*

Erwartete er, daß sich der Mysterious menschliches Denken zu eigen machte? Wer es gewohnt gewesen war, zwischen seinem eigenen Körper aus Fleisch und Blut und dem stählernen Leib der Maschine nach Belieben zu wechseln, dem bedeutete ein solcher Verlust vermutlich wenig.

Nein, er hatte sich zuviel erhofft, er würde bestimmt keine Entschuldigung erhalten, vermutlich nicht einmal ein Wort des Bedauerns.

Verstehst du das wenigstens? fragte er aufgebracht.

Der Roboter morphte noch immer, aber endlich griffen Simons Gedanken in das Programm ein. Der schwach spiegelnde Rahmen der Ringantenne ließ ihn erkennen, daß er langsam seine humanoide Gestalt zurückgewann. Diesmal wurde sogar der plumpe Auswuchs zwischen den Schultern deutlicher. Die Karikatur eines menschlichen Schädels begann sich zu formen, ein nahezu runder Aufsatz mit der Andeutung einer Nase, einem eingekerbten Mund und zwei verzerrt wirkenden Augenhöhlen. Das Ganze war ein schaurig verfremdetes Abbild, dennoch empfand Simon unglaublichen Triumph.

Du kannst noch viel mehr als das, wisperte die mentale Stimme des Mysterious. *Du wirst deinem Körper bald nicht mehr nachtrauern.*

Ich kenne die Programme, antwortete Simon.

... einen Bruchteil ihrer Möglichkeiten, mehr nicht.

Simon blickte an seinem Äußeren hinab. Die tofiritfarbene Haut war makellos glatt, und seine Bewegungen wirkten unglaublich geschmeidig, gar nicht wie die einer Maschine.

Verstehst du?

Nein! antwortete Simon wider besseres Wissen. Da war die Faszination wieder, die ihn vom ersten Augenblick an in ihren Bann gezogen hatte. Sie war nie weggewesen, er hatte nur verzweifelt versucht, sie zu verdrängen und sich ihr zu entziehen. Schon der Gedanke daran, daß sein menschlicher Körper schwach und voller Unzulänglichkeiten gewesen war, erschien Simon wie Verrat an seiner Abstammung.

Geh jetzt durch den Transmitter!

Simon zögerte. Noch befand er sich auf Hope, in der Nähe der Menschen – falls wirklich noch Menschen auf dieser Welt lebten. Die Mysterious hatten sich zurückgezogen; Ruinenfunde ließen vermuten, daß außerdem ein anderes Volk auf diesem Planeten heimisch gewesen und ebenfalls verschwunden war; und nun lag Cattan ebenso in Schutt und Asche...

Sie brauchen mich, dachte Simon. *Gerade jetzt sind die Menschen auf mich angewiesen.*

Aber sie werden meine Fähigkeiten kopieren wollen und deshalb den Roboter auseinandernehmen. Dabei werden sie mich töten, egal ob absichtlich oder nicht.

Das Entstofflichungsfeld hatte sich aufgebaut. Simon nahm es mit den Sensoren des Roboters deutlicher und klarer wahr als er es mit seinen eigenen Augen jemals hätte sehen können. Trotzdem schien sein Blick sich in endloser Ferne zu verlieren.

Er zögerte.

Noreen Welean ist tot, wisperte der Mysterious. *Alle sind tot. Uns vereint das gleiche Schicksal. Deshalb mache nicht den Fehler, den ich begangen habe: Versuche nicht, auf etwas zu warten, was niemals eintreffen wird.*

Das gab den Ausschlag.

Entschlossen lenkte Simon den Roboter in den Transmitter.

Von einem Sekundenbruchteil zum anderen veränderte sich die Umgebung.

Simon spürte Eiseskälte, doch sie konnte ihm nichts anhaben. Rauch vermischte sich mit Nebelschwaden, und am fernen Horizont leckten die orangefarbenen Strahlen einer aufgehenden Sonne über den wolkenverhangenen Himmel.

Ein fingerdicker Glutstrahl traf die Brust des Roboters und floß auseinander.

Zwei weitere Schützen feuerten. Die auftreffenden Energien hüllten Simon in einen Funkenregen, doch er reagierte nicht darauf und schritt weiter aus. Nach wenigen Metern erreichte er den Beginn einer abwärts führenden Rampe.

Simon registrierte vier antigravgetragene Gleiter in unterschiedlicher Entfernung. Außerdem die Ruinen steinerner Bauwerke. Zwei hintereinander gestaffelte Halbkreise in fünfhundert Metern Distanz, deren fiktiven Mittelpunkt der Transmitter bildete.

Zwei Schützen kauerten zwischen den Ruinen. Zweifellos fühlten sie sich hinter Nebelschwaden und verborgen in heftigem Schneetreiben sicher, doch für die Ortungen des Mysterious-Roboters existierten solche Hindernisse nicht. Simon »sah« die fahlen Wärmeabdrücke der Echsen ebenso wie ihre optische Abbildung. Mindestens zwei Meter zwanzig waren sie groß, und ihre Schuppenhaut schimmerte in einem fahlen Graugrün. Zu erkennen waren ohnehin nur die weit vorspringenden Schnauzen und die gedrungene Schädelpartie, der Rest war unter dicken Stoffen vermummt.

Simon wollte eine der Echsen deutlicher sehen. Kaum hatte er den entsprechenden Gedanken zu Ende gebracht, veränderte sich das Abbild vor seinem geistigen Auge. Auf weniger als Armeslänge schien er nun dem Angreifer gegenüberzustehen.

Es sind Taljja. – Die Information war plötzlich abrufbar, so wie sich auch ein Mensch beim Anblick einer längst vergessen geglaubten Person wieder erinnert.

Die Taljja waren ein Volk kaltblütiger Echsenabkömmlinge, die neben ihrem eigenen zwei benachbarte Sonnensysteme besiedelt und eine bescheidene Raumfahrt aufgebaut hatten. Überlichtschnelle Antriebssysteme kannten sie nicht, und ihre Schiffe waren jeweils bis zu zehn Jahren unterwegs. Nur ihrer großen Fruchtbarkeit verdankten sie es, daß die neu besiedelten Planeten in Besitz genommen werden konnten. Andernfalls wären weit größere technische Anstrengungen erforderlich gewesen, um die nötige Anzahl von Siedlern zu transportieren.

Wie alt sind diese Informationen? fragte Simon skeptisch.

Sie sind aktuell. – Die Antwort entstand in ihm. Sie war einfach da, als hätte sie immer schon in seiner Erinnerung geschlummert. Mittlerweile hatte sich Simon an diese Art der Kommunikation gewöhnt, die kaum Unterschiede erkennen ließ, egal ob er sich mit den Datenspeichern des Roboters unterhielt oder mit dem Geist des Mysterious, dessen Namen er nach wie vor nicht kannte. Wobei »unterhalten« ein falscher Begriff war. Die Art und Weise erinnerte eher an ein stummes Selbstgespräch, und nur die Assoziation, körperlos inmitten dichtgepackter Schaltkreise zu schweben und sich mit aufblitzenden energetischen Impulsen fortzubewegen, erschien Simon weiterhin irreal. Zugleich fand er jedoch Gefallen daran, weil er spürte, daß ein ungeheures Potential an Wissen in den Speichern verborgen sein mußte.

Aktuell? Vielleicht vor tausend Jahren. Heute bestimmt nicht mehr.

Simon lachte heiser. Sollte dem Roboter gar nicht bewußt sein, welch lange Zeit er im Zustand der Reglosigkeit verbracht hatte? Die Taljja von einst waren sicherlich nicht mit denen zu vergleichen, die ihn heute kompromißlos angriffen.

Immer noch feuerten die beiden Angreifer. Dem Mysterious-Roboter konnten ihre Waffen nichts anhaben, unbeeindruckt von den tödlichen Energien schritt er die Rampe hinab. Simon ahnte, daß die Echsen in helle Panik gerieten. Sie hatten auf Dauerfeuer geschaltet, doch einzelne Schüsse verfehlten ihn plötzlich. Zweifellos waren die Taljja nahe daran, ihr Heil in der Flucht zu suchen. Nur die anfliegenden Gleiter gaben ihnen noch Rückhalt.

Die Flugscheiben fächerten auf. Deutlich war zu erkennen, daß die Piloten versuchten, den Roboter in die Zange zu nehmen.

Wußten sie, daß es sich um einen Roboter handelte?

Simon fand keine Antwort auf die Frage. Kaum mehr als fünfzehn Sekunden waren vergangen, seit er den Transmitter verlassen hatte, und soeben erreichte er das untere Ende der Rampe. Eine Vielzahl verschiedenster Eindrücke nahm er gleichzeitig auf. Etwa zwanzig Meter entfernt wölbte sich ein hochgespannter Energieschirm. Was sich darunter verbarg, war nur schemenhaft zu erkennen; Simon identifizierte die Schatten als kastenförmige Behälter. Hinter den Ruinen, die von uralten ausgedehnten Gebäudekomplexen zeugten, schloß sich eine dichte Waldregion an. Dort tobte, vom Sturm angefacht, ein Flammenmeer.

Die Flugscheiben verfügten über starke Buggeschütze. Nahezu gleichzeitig eröffneten alle vier Gleiter das Feuer.

Armdicke Thermostrahlen wühlten den Boden auf, fraßen sich innerhalb von Sekundenbruchteilen dem Mysterious-Roboter entgegen und ließen den massigen Leib unter lodernden Gluten verschwinden. Wie eine gewaltige Fackel mußte er jetzt erscheinen – aber er brach gleich darauf aus den Flammen hervor und schritt unbeirrt weiter.

Simon zoomte die Gesichter der Taljja heran. Trotz der fremdartigen und hart wirkenden Physiognomie glaubte er das Entsetzen sehen zu können, das die Echsen in diesem Moment empfanden.

Zwei Gleiter zogen in geringer Distanz vorbei, die anderen hatten sich steil in den Himmel geschraubt und stießen nun von entgegengesetzten Seiten herab.

Erneut griffen ihre Thermostrahlen nach dem rötlich schimmernden Koloß.

Die auftreffende Energie raubte Simon die Sicht. Gleichzeitig spürte er, daß ihm die Kontrolle über das Cyberhirn entglitt. Er hatte keine Ahnung, welches der ungezählten Programme eine Notfallschaltung aktivierte, aber daß er jäh isoliert wurde, machte ihn wütend.

Du kannst es nicht verhindern, wisperte der Mysterious.

Eine Flugscheibe wurde vom armdicken olivgrünen Strahl aus dem linken Waffenarm des Roboters getroffen. Einen Augenblick sah es aus, als würde ein Netz von Überschlagsblitzen den Gleiter einhüllen, dann brach er auseinander. Keine grelle Explosion zuckte auf, nichts dergleichen, trotzdem wurde die Scheibe schier auseinandergerissen, und während die Bruchstücke samt der Besatzung davonwirbelten, lösten sie sich unter irrlichternd flackernden Erscheinungen auf.

Der Mysterious-Roboter reagierte mit der Präzision eines seelenlosen Automaten.

Ein zweiter Gleiter verging in einer Feuerlohe. Sogar der Schnee schien von den Flammen erfaßt zu werden; der Sturm peitschte Zigtausende glühender Partikel mit sich und verwehte sie zwischen die Ruinen.

Während die verbliebenen Flugscheiben erneut abdrehten und diesmal in einem waghalsigen Manöver auf Parallelkurs gingen, nahm der Roboter die Mauern ins Visier, hinter denen sich die Echsen verschanzt hatten. Eine schwache Wärmeausstrahlung verriet ihren Standort.

Nein! stöhnte Simon, als er erkannte, was der Roboter vorhatte. *Tu's nicht!*

Aus beiden Waffenarmen feuerte der Koloß auf die Steinmauern. Als hätte eine Bombe eingeschlagen, glühten metergroße Quader auf und wurden nach allen Seiten katapultiert.

Nur eines der Echsenwesen schaffte es, die vermeintlich sichere Deckung rechtzeitig zu verlassen. Es warf den Strahler zur Seite und hetzte mit grotesk anmutenden Sprüngen davon.

Einen Augenblick lang hatte es den Anschein, als schaffe es der Taljja, davonzukommen, dann bohrte sich ein Glutstrahl in seinen Rücken und tötete ihn.

Simon hatte das entsetzliche Empfinden, daß sich alles in ihm verkrampfte. *Nein*, keuchte er und weigerte sich schlichtweg zu glauben, was geschehen war. *Das hast du... das haben* wir *nicht getan...*

Die Echse war tot, hinterrücks ermordet, obwohl von ihr gewiß keine Bedrohung mehr ausgegangen war.

Warum?

Verdammt, sag mir warum!

Hatte er sich wirklich eingebildet, den Roboter beherrschen zu können? Simons verzweifelter Versuch, auf die Programme Einfluß zu nehmen, zeigte keinerlei Wirkung. Da war sie wieder, die eigene Unzulänglichkeit, die ihn auf Widerstände stoßen ließ, die er vorher nicht einmal bemerkt hatte.

Wir verhandeln mit den Taljja. Warum eigentlich nicht? Sie können uns nichts anhaben, und wenn wir aus der Position der Stärke heraus...

Er war es nicht, der den Roboter beherrschte, das hatte sich mehrfach gezeigt. Vielleicht sollte er besser schweigen und die Kraft seines neuen Körpers genießen. Schließlich war er es gewohnt zu dienen –

– aber nicht einem stählernen Monstrum, dem intelligentes Leben so wenig bedeutete. Erschreckend deutlich erkannte Simon, daß er sich entweder zum Herrn über den Roboter aufschwingen mußte, egal welche Widerstände es dabei zu überwinden galt, oder daß er über kurz oder lang daran zerbrechen würde.

Warum unterstützt du mich nicht? Er suchte nach dem Geist des Mysterious, den er nur noch schwach wahrnahm. *Haben die Mysterious ihre Maschinen wirklich zum Morden programmiert?*

Über seinen Zweifeln waren lediglich Sekundenbruchteile vergangen. Die Thermostrahlen der Gleiter rissen das schneebedeckte Pflaster vor dem Transmitter auf. Im Salventakt hämmerten die Glutstrahlen in den Boden und näherten sich rasend schnell.

Du kannst ihnen ausweichen! Du...

In ohnmächtigem Zorn stemmte sich Simon gegen das Cyberhirn, das erneut die Waffen sprechen ließ.

Er schaffte es nicht, den M-Roboter zu bezwingen. Wieder verging ein Gleiter in irrlichterndem Trümmerregen.

Die letzte Maschine jagte heran. Ihre Thermostrahlen zerflossen auf der Rampe und verbrannten den Boden zu qualmender Schlakke. Der Roboter war unglaublich schnell und geschmeidig ausgewichen, daß Simon erst in voller Konsequenz begriff, als die Taljja schon den nächsten Angriff flogen.

Du mußt die Echsen lähmen! Ich will wissen, weshalb sie uns angreifen.

Dann blieb ihm nicht einmal mehr die Zeit für einen gequälten gedanklichen Aufschrei. Die Angreifer hatten bemerkt, daß sie den Roboter allein mit ihren Waffen nicht vernichten konnten. Im Sturzflug jagte der Gleiter heran.

Nur Sekundenbruchteile noch...

Zurück! brüllte Simon. Vor Stunden hatte er den Tod herbeigesehnt, jetzt sträubte sich alles in ihm dagegen.

Ein gewaltiger Schlag fegte ihn zur Seite.

Er schrie.

Dann hatte er keine Wahrnehmungen mehr. Die Welt, die ihn ohnehin mit ihrer Stille quälte, versank in einem rasenden Wirbel.

Er hat die atomaren Sprengsätze überstanden... Wie ein Ertrinkender klammerte sich Simon an diesen einen Gedanken, der nicht minder trügerisch war als dünnes Eis über fließendem Gewässer. Er wußte nicht, was sich während der Atomexplosion abgespielt hatte, welchem Programm das schiere Wunder zu verdanken war – diesmal jedoch durchzuckte ihn ein entsetzlicher Schmerz. Als würde er bei lebendigem Leib gevierteilt.

Dann war nichts mehr.

Kutanmarz lag zusammengekrümmt im Schnee und stemmte sich mühsam auf den Unterarmen hoch. Sie blutete aus mehreren Wunden, und die Striemen der Schockpeitsche brannten wie Feuer auf ihrem Leib.

Das helle Glühen im Innern des Tores hatte Bestand. Und die auf Distanz gehenden Flugscheiben der Treiber verrieten Kutanmarz, daß auch sie nicht wußten, was geschah.

Nur das obere Drittel des Ringes konnte sie verschwommen erkennen. Vielleicht traten jetzt, in diesem Moment, die Götter daraus hervor, doch Kutanmarz konnte sie der wehenden Nebelschwaden wegen nicht sehen.

Taumelnd kam sie auf die Beine. Der Versuch, mit den Schwingen das Gleichgewicht zu stabilisieren, mißglückte. Mühsam unterdrückte sie einen gellenden Aufschrei. Die rechte Schwinge war gebrochen, stand schräg vom Körper ab und behinderte sie.

Mit Donnergetöse stürzte ein Baum hinter ihr um und riß andere mit sich. Kutanmarz spürte die Hitze der erneut angefachten Flammen, ein Funkenmeer stob über den Schnee hinweg.

Sie torkelte weiter. Eis und Harsch hatten längst ihre verhornten Fußballen aufgeschnitten, bei jedem Schritt hinterließ sie eine blutige Spur.

Das Strahlengewehr benutzte sie zweckentfremdet als Stütze; auf die Weise kam sie ein wenig schneller voran.

Die Flugscheiben kreisten wie Aasfresser über dem Gelände. Zweifellos sahen die Treiber die einsame Gestalt zwischen Wald und Ruinen. Daß sie sich nicht um die Rebellin kümmerten, bedeutete, daß weit Wichtigeres geschah.

Nur einmal schaute Kutanmarz zurück. Wie viele aus ihrer Gruppe hatten überlebt? Sie konnte niemanden erkennen, der ihr vielleicht gefolgt wäre. Aber wer immer den Taljja entkommen war, zog sich wohl tiefer in den Wald zurück, hinter die lodernden Flammen und den dichten Rauch.

Wäre nur dieser verfluchte Nebel nicht gewesen...

Ein Aufblitzen irgendwo vor ihr, die Distanz war schwer abzuschätzen. Jemand schoß. Taljja mußten es sein, die sich zwischen den Ruinen verkrochen hatten. Feuerten sie auf die Götter?

Die Gleiter kamen zurück. Unschwer zu erkennen, daß sie in Angriffsformation flogen.

Kutanmarz stieß eine Verwünschung aus. Für einen Moment spielte sie mit dem Gedanken, die Waffe hochzureißen und auf eine der Flugscheiben anzulegen. Aber die Götter brauchten keine Hilfe, so etwas anzunehmen bedeutete Blasphemie.

Die kurze Unaufmerksamkeit brachte sie zu Fall. Fast hüfthoch lag der Schnee – angeweht vor einem niedrigen Mauerrest.

Flackernder Feuerschein fiel aus der Höhe herab, als eine Flugscheibe explodierte.

Mühsam kletterte Kutanmarz über ineinander verkeilte Mauersteine. Und endlich hatte sie einen nahezu ungehinderten Blick über die noch vor ihr liegenden Ruinen bis hinüber zum Tor.

Was immer sie zu sehen erwartet hatte, die Wirklichkeit war völlig anders.

Eine einsame goldfarbene Gestalt stand nicht sehr weit entfernt.

Aus ihren Armen brachen Glutstrahlen hervor, die soeben den vorletzten Gleiter vernichteten.

Wie die alten Legenden sagten: Eines Tages würden die Götter zurückkommen und ihre Kinder aus der Sklaverei befreien...

Noch etwas sah Kutanmarz: einen Schatten. Ein Taljja, der sie ebenfalls entdeckt hatte.

Er hob seine Waffe.

Kutanmarz war schneller. Sie pfiff triumphierend, als ihr Schuß die Echse traf.

Gleichzeitig zerschellte die letzte Flugscheibe. Der Feuerball, in dem sie verglühte, fegte über den Goldenen hinweg, den einzigen, der durch das Tor gekommen war. Andere Götter würden wohl nicht folgen, denn das Wogen im Innern des Ringes war wieder erloschen.

Kutanmarz stand wie erstarrt, unfähig zu irgendeiner Reaktion. Aber dann glaubte sie, ihren Augen nicht mehr trauen zu dürfen, als der Goldene aus dem tobenden Flammenmeer hervortrat.

Er kam näher...

4.

Bericht Simon:

Ich muß mich zusammennehmen. Ansonsten stürze ich in einen Konflikt, den ich nicht durchstehen kann. Ich bin zur Mordmaschine geworden – ausgerechnet ich, der ich nicht einmal einer Spinne etwas zu Leide tun...

Was geschieht bloß mit mir? Seit Minuten hoffe ich darauf, daß dieser Alptraum ein Ende nimmt und ich aufwache. Schweißgebadet vielleicht und am ganzen Leib zitternd, aber wenigstens werde ich dann diese verdammten Nachtmahre los sein, und ich werde mich davor hüten, heute noch einmal einzuschlafen.

Wenn ich fett gegessen oder übermäßig dem Alkohol zugesprochen hätte, dann gäbe es wenigstens eine Erklärung für diese Träume, aber der Hochkommissarin und Bio-Prospektorin Welean und mir hängt der Magen bis in die Knie. Vielleicht ist es gerade der Hunger, der mir diese Alpträume beschert.

Wir befinden uns auf Kontinent 4, um die genetischen Defekte zu beurteilen, die bei den angebauten Getreide- und Gemüsesorten festgestellt wurden. Das ist alles. Keine besonders schwere Arbeit, doch für die Siedler überlebenswichtig. Wie wird sich die kosmische Strahlung während der stärker werdenden magnetischen Stürme auf den menschlichen Organismus auswirken?

Probleme allerorten. Kein Wunder, daß ich schlecht träume. Doch jetzt bin ich wach. Noreen Welean liegt neben mir, sie atmet ruhig und gleichmäßig.

Der Nachthimmel ist wolkenlos. Ich sehe einen Stern herabfallen und größer werden, er zieht eine schwache Leuchtspur hinter sich her. Vermutlich ein Kugelraumer, der Cattan anfliegt.

Die Arme hinter dem Kopf verschränkt, lausche ich in die Nacht hinaus. Alles bleibt ruhig. Die Energiezäune schützen uns vor möglichen Überraschungen. Eigentlich kein Wunder, daß im Traum die

Gefahr aus der Tiefe kam, von Tieren, die den Boden unterwühlten. Noreen und ich sind im Erdreich versunken wie in einem trügerischen Moor, und wir waren danach lange Zeit bewußtlos.

Auch für die Station und die Artefakte, die wir tief unter der Erde fanden, gibt es eine Erklärung: Vielerorts auf Hope stießen Menschen auf die Hinterlassenschaften einer verschollenen Zivilisation. Wir nennen das Volk, dessen Technik wir uns inzwischen bedienen, über dessen Aussehen wir indes nur Mutmaßungen anstellen können, *Mysterious*. Einen treffenderen Namen könnte es gar nicht geben. Wo immer wir ihre Spuren finden, türmen sich anscheinend unlösbare Rätsel auf.

Noreen Welean hat einen gesegneten Schlaf, ich beneide sie darum. Das Mondlicht zeichnet weiche Schatten auf ihr Gesicht. Für einen Augenblick komme ich mir dumm vor, sie so unverwandt anzustarren, aber dann sage ich mir, daß sie es ohnehin nicht bemerkt. Ihre Lippen bewegen sich leicht bei jedem Atemzug. Es sind volle, sinnliche Lippen. Wenn ich nicht nur ihr Diener wäre...

Unwillig schüttele ich den Kopf und versuche, die aufkeimenden Vorstellungen zu vertreiben. Ob Miß Welean ahnt, daß ich mehr für sie empfinde als ein Untergebener für seine Vorgesetzte?

Die Nacht ist seltsam still. Ich denke an das dumpfe Rumoren, das aus der Tiefe des Erdreichs erklang, und mir ist, als liege das eine Ewigkeit zurück.

Flackernder Feuerschein lodert am Horizont. Der Widerschein der beiden Col-Sonnen, die in Kürze aufgehen werden, färbt den Himmel blutig rot.

Noreen Welean wälzt sich unruhig von einer Seite auf die andere. Ihr Gesicht verzerrt sich, die flackernden Schatten lassen hohle, eingefallene Wangen erkennen.

Deutlich sehe ich die Spuren der hinter uns liegenden Strapazen. Noreens Gesicht ist schmutzverschmiert, die Haare hängen ihr zusammengeklebt in die Stirn, sie wirken beinahe wie –

– Federn?

Und überhaupt: die Kopfform ist nahezu rund, beide Augen sind größer, als sie es eben noch waren. Auch liegen sie weiter auseinander und quellen schier aus den Höhlen.

Für einen Augenblick will ich meinen Blick abwenden, einfach nur tief durchatmen und den Alptraum vertreiben, der schon wieder nach mir greift...

Ich kann es nicht.

... wenigstens mein Gesicht massieren, mit den Fingerspitzen um die Schläfen kreisen...

Die Arme sind schwer wie Blei, sie gehorchen mir nicht, und ich spüre, daß die Furcht nach mir greift. Längst nicht alles ist so, wie es sein sollte.

Was geschieht mit mir? Träume oder wache ich? – Die Grenzen scheinen längst verwischt zu sein. Vielleicht schlage ich die Augen auf und stelle fest, daß ich mich noch an Bord des Raumers der Planeten-Klasse befinde, der uns von der Erde nach Hope bringt, daß ich auf der Koje in meiner Kabine liege und...

Die Stimme, die mich eindringlich beschwört, mich den Tatsachen zu stellen, erklingt in mir.

Es ist eine fremde Stimme... ein Wispern nur...

Ich muß endlich die Augen öffnen, um diesem Alptraum zu entfliehen.

Ich muß...!

Aber ich schaffe es nicht. Unverwandt starre ich das vor mir liegende Wesen an, das einmal Hochkommissarin Welean war. Eine vogelähnliche Kreatur, größer als ich und unglaublich dürr. Ein kantiger Schnabel beherrscht das Gesicht; den dünnen, biegsamen Hals ziert eine tiefblaue Federkrause. Überhaupt ist der gesamte Körper von Federn bedeckt, lediglich die dürren Beine und die in Brusthöhe angesetzten Arme sind von einer rissigen, ledernen Haut überzogen.

Blut und Dreck verkleben das Federkleid, und eine der beiden Schwingen scheint völlig zerfetzt zu sein.

Sie ist nicht tot, aber sie leidet, raunt die Stimme in mir. *Sie wird ihre Verletzungen nicht überleben.*

Mein rechter Arm ruckt hoch. Obwohl ich mich dagegen sträube, denn ich spüre, daß dieser Arm gleich töten wird.

Neeeiiinnn! Mein eigener Aufschrei, laut und gellend, hallt in mir nach.

In diesem Moment öffnet das Vogelwesen die bislang halb geschlossenen Nickhäute und starrt mich an. Tiefschwarz sind die Augen, in denen ich mich als plump skizzierter, unfertig wirkender Mensch spiegele – als der Roboter, von dem ich geträumt habe.

Aber warum fällt es mir immer noch so unglaublich schwer, aus dem Alptraum aufzuwachen? Ich begreife es nicht.

Das Vogelwesen plustert sein Halsgefieder auf und bewegt den Schnabel, als würde es eine Reihe krächzender Laute ausstoßen. Dennoch höre ich nichts.

Mein Arm zielt jetzt auf die Kreatur, dieser stumpfe Roboterarm, dessen Projektormündung tödliche Strahlen emittiert. Erschreckend deutlich spüre ich das Aufwallen der Energien und registriere, daß Befehlsimpulse durch Schaltkreise fließen.

Entschlossen werfe ich mich dazwischen. Den Mord an dem Taljja konnte ich nicht verhindern, aber hier versuche ich es wenigstens. Obwohl ich nicht weiß, was ich zu tun habe, handle ich einfach. Ich spüre Widerstand, den ich nicht einordnen kann, als wäre da ein unsichtbarer Wall, der mich zurückhält, aber ich registrierte auch Programme, die ich schon kenne. Morphing-Programme. Während die Energie zu den Strahlprojektoren jagt, verändert sich der Arm, er verliert seine Schwere und verfügt plötzlich über Finger. Ich kann sie bewegen, ich kann die Finger...

Ich schreie vor Qual, als die ungenutzt zurückflutenden Impulse *mich* treffen. Ein gewaltiger Sog reißt mich mit sich...

... und speit mich ebenso unverhofft wieder aus.

Tu das nie wieder! dröhnt die andere Stimme in mir. *Du würdest uns beide töten.*

Das Vogelwesen liegt immer noch vor mir im Schnee. Der Wald im Hintergrund brennt, und verstreut zwischen den Ruinen flackern kleinere Feuer, die Wrackstücke der abgeschossenen Flugscheiben.

Am Ende der kurzen Rampe erhebt sich unbeschädigt der Transmitter. Sein Metall ist blank wie vor Jahrhunderten, Wind und Wetter konnten ihm ebensowenig anhaben wie die Waffen der Taljja.

Ich träume nicht, daß ich wach bin...

Ich bin wach, und alles ringsum ist erschreckende Realität.

Kutanmarz bebte innerlich. Sie wagte kaum mehr zu atmen, als der Goldene nur wenige Schritte vor ihr innehielt. Seine Bewegungen waren fließend, so wie sich Wolken immer von neuem formen oder der Bach zerstäubend über die Klippen stürzt, um anschließend unbeirrt seinen Lauf fortzusetzen.

Der Goldene war allein erschienen. Ein flüchtiger Blick hinüber zum Tor verriet Kutanmarz, daß es leer bleiben würde.

»Willkommen!«

Sie erschrak über ihre rauh krächzende Stimme. Was hatte sie nicht alles sagen wollen – vergessen war die sorgfältig zurechtgelegte Begrüßung, ihr Schädel wie leergefegt, weil sie an die Gefährtinnen denken mußte; sie war die einzige ihrer Gruppe, die überlebt hatte.

Ihr Gott war gekommen, um die Knechtschaft zu beenden. Viele Generationen hatten vergeblich gehofft, aber nun erfüllten sich die Prophezeiungen.

So stand es niedergeschrieben: ... *die Sonnen sind ihre Heimat, und ihre Haut ist wie das flüssige Licht des hoch stehenden Sterns. Aus ihren Händen schießen feurige Blitze. Der Tag wird kommen, an dem sie alle Unterdrücker hinwegfegen und von unserer Welt vertilgen.*

Dann wird eine Epoche des Friedens beginnen und vergessen lassen, daß lange Zeit Unterdrückung, Qual und Hunger herrschten...

Sie allein schien auserwählt, den Goldenen zu ihrem Volk zu führen. Kutanmarz lag lang ausgestreckt, die Hände im Schnee verkrallt, und sie hob nur leicht den Kopf, wartete darauf, daß der Gott zu ihr sprach und sie aufforderte, aufzustehen und mit ihm zu gehen.

Doch er schwieg.

Mühsam blinzelte sie zwischen halb geschlossenen Nickhäuten hindurch. Seine Haut war glatt und ohne jeden Ansatz eines Federkleids.

Am aufregendsten jedoch fand Kutanmarz das fehlende Gesicht. Warum gab er sich nicht zu erkennen?

Ihre Gedanken begannen sich zu überschlagen. Da war die Ahnung einer nahen Gefahr, schwer zu greifen, aber trotzdem gegenwärtig. Spürte der Goldene sie ebenfalls?

Oder – schlimmer noch? – ging dieser Hauch einer kaum zu erklärenden Bedrohung von ihm aus?

Sein Arm ruckte hoch. Gleich würden tödliche Flammen daraus hervorschlagen und Kutanmarz verbrennen wie vor ihr die Taljja. Sie riß die Augen vollends auf, und das Entsetzen griff nach ihr.

... sie haben viele Gesichter, sind Freund und Feind und folgen Gesetzen, die ihre Kinder nie verstehen werden. Auch kennen sie keine Zeit, weder Hunger noch Durst, keine Krankheit, und ihre Heimat nennen sie hier und dort und überall...

Kutanmarz hörte sich reden. Wie ein Wasserfall sprudelte es aus ihr hervor. Wenn der Goldene Grund hatte zu zürnen, hatte sie den Tod verdient, dann konnte sie ihn nicht daran hindern, die Hand gegen sie zu erheben, und sie würde nicht um Gnade flehen.

Kutanmarz spürte die Gefahr deutlicher. Es war eine Aura des Bösen, die ihrem Gott anhaftete. Schwach zwar nur, aber vorhanden.

Völlig überraschend veränderte sich sein Arm. Bis zum ersten Gelenk hinauf erschien ein rötlicher Farbton. Eine fünffingrige Hand entstand, plump und kaum geeignet, Gegenstände zu ergreifen, aber darauf achtete Kutanmarz in diesem Augenblick nicht. Sie begriff nur, daß sie weiterleben durfte.

Eine unsagbare Last fiel von ihr ab. Endlich würde alles gut werden.

Zitternd vor Kälte und Erregung wartete Kutanmarz, bis der Goldene ihr die Hand entgegenstreckte und ihr zu verstehen gab, daß sie sich erheben dürfe.

Er sprach nicht.

Überhaupt war sein Schädel so makellos glatt wie sein ganzer Körper. Keine Augen waren zu erkennen, keine Nasenöffnung, nicht einmal ein Mund. Kutanmarz begann sich zu fragen, wie die Götter ihren Willen kundtaten.

»Ich danke dir«, stieß sie schrill hervor. »Mein Volk zählt nicht mehr viele Köpfe, deshalb brauchen wir deinen Beistand. Der Weg zu den ersten Hütten ist nicht weit.«

Stumm schaute der Goldene sie an. Obwohl er keine Augen hatte, wußte Kutanmarz, daß er sie fixierte. Sie fühlte es. Wie sie auch weiterhin diese unheimliche Aura wahrnahm, für die sie keine Erklärung fand.

Der Atem stand vor ihrem Schnabel wie eine dichte weiße Wolke und schlug sich als Reif nieder. Der Schnee gefror in ihrem Gefieder, und Kutanmarz zitterte bis ins Mark.

»Ich... muß mich aufwärmen«, stieß sie bebend hervor. »Du verstehst das?«

Nach wie vor erfolgte keine Reaktion. Der Goldene stand unbeweglich vor ihr und hielt seine Hand mit den plumpen rötlichen Fingern ausgestreckt.

Zögernd wich Kutanmarz einige Schritte zur Seite. Floh sie vor dem Unheimlichen, das mit wachsender Distanz kaum noch wahrzunehmen war? So recht wußte sie es selbst nicht. Die Kälte ergriff nun auch von ihren Gedanken Besitz und begann sie zu lähmen.

Über einen Streifen von mindestens hundert Schritt zwischen den Ruinen und der zum Tor führenden Rampe waren die brennenden Überreste der letzten Flugscheibe verteilt. Sogar die Fugen zwischen den Steinen brannten.

Unvermittelt spürte Kutanmarz Wasser um ihre Füße, und die Hitze wurde rasch unerträglich. Prickelnd kehrten ihre Lebensgeister zurück. Wohin wollte sie eigentlich? Zum Tor?

Sie riß die Augen ungläubig weit auf, als der Goldene an ihr vorbeischritt und zwischen den immer noch mannshoch züngelnden Flammen verschwand. Für kurze Zeit wurde das Knistern und Prasseln des Feuers lauter, wurden weißglühende Metallfragmente von einer unwiderstehlichen Kraft zur Seite geschleudert, dann tauchte der Gott auf der anderen Seite unversehrt wieder auf.

Zielstrebig näherte er sich den Kisten mit den Munguswurzeln.

Kutanmarz hielt den Atem an, als die plumpen Finger die tödliche Mauer berührten. Vor langer Zeit hatte sie einen Taljja in eine solche Wand stürzen sehen, das Fleisch war ihm schier von den Knochen gebrannt worden, und nur eine Handvoll Asche war von ihm übrig geblieben.

Ein Netz flirrender Entladungen hüllte den Goldenen ein. Für die Dauer eines Herzschlags glaubte Kutanmarz, sehen zu können, wie sich seine Haut dunkler färbte – dann war die Mauer verschwunden.

Sie hatte sich nicht geirrt, ihr Gott wirkte jetzt so rötlich wie zuvor nur sein halber Arm. Auch erschien sein Körper nicht mehr so kantig, wenngleich immer noch wesentlich wuchtiger als selbst die massigen Gestalten der Taljja.

Mit schnellen Bewegungen, denen sie kaum zu folgen vermochte, brach er einen der Behälter auf. Wie von Geisterhand geführt, stieg die Kiste anschließend etliche Handbreit in die Höhe und fiel erst viele Schritte entfernt wieder zu Boden.

Nacheinander folgten die anderen Behälter.

Gebannt beobachtete Kutanmarz, was geschah. Längst spürte sie das Schneetreiben und den eisigen Wind nicht mehr; eine fiebrige Hitze hatte von ihr Besitz ergriffen. Die Flammen loderten nicht mehr so hoch, vor allem hatten sie den Nebel vertrieben.

Die Metallplatte zwischen den Pflastersteinen löste sich auf. Von einem Moment zum anderen war sie nicht mehr da, als hätte sie nie existiert. An ihrer Stelle gähnte ein lotrecht in die Tiefe führender Schacht. Kutanmarz erkannte es an dem hellen Lichtschein, der steil in die Höhe stach, sich aber schon in weniger als doppelter Körperhöhe verlor.

Der Goldene – sie nannte ihn in Gedanken immer noch so, weil ihr der Name besser gefiel als jeder andere und weil er einen Hauch von Unnahbarkeit ausdrückte – machte einen einzigen Schritt vorwärts. Er stürzte nicht ab, vielmehr schien sich das Leuchten um seinen Körper zu verdichten und ihn langsam und sicher in die Tiefe zu ziehen.

Kutanmarz brannte darauf zu sehen, was da unten war. Doch die glühenden Überreste der Flugscheibe versperrten ihr den Weg. Sobald sie versuchte, die Flügel anzuspannen, wurde sie von Übelkeit durchflutet. Also blieb ihr keine andere Wahl, als mit weichen Gelenken durch die wässrig gewordenen Schneeverwehungen zwischen den Ruinen zu stolpern.

Grelles Licht erfüllte den Schacht. Instinktiv schloß Kutanmarz die Nickhäute, doch die Blendung hielt an. Sie hatte lediglich das Gefühl, in großer Tiefe kantige Schatten gesehen zu haben. Was immer dort unten war, es existierte an dieser Stelle seit die Götter diese Welt verlassen hatten – seit ungezählten Generationen.

Entschlossen sprang Kutanmarz nach vorne. Entweder starb sie beim Aufprall in der Tiefe, oder sie schaffte es trotz des gebrochenen Flügels, einigermaßen sicher unten aufzukommen. Nicht einen Augenblick lang zog sie in Erwägung, unerwünscht zu sein.

Jäh kratzten ihre Fußkrallen über harten Stahl.

Die metallene Platte war wieder da. Aus dem Nichts heraus hatte sie sich gebildet, schwer und wuchtig und widerstandsfähig. Kutanmarz zweifelte nicht daran, daß alle Frauen einer Arbeitsgruppe zusammen zu schwach waren, diese Platte nur eine Handbreit von ihrem angestammten Platz fortzubewegen. Seit Jahrhunderten saß sie festgekeilt zwischen mächtigen Steinquadern.

Irgendwo in der Nähe fand die Frau einen handlichen Stein, mit dem sie die Platte nach einem verborgenen Öffnungsmechanismus absuchte. Der Stahl klang dumpf und satt; nichts deutete darauf hin, daß unter ihm ein Hohlraum lag.

Kutanmarz erkannte schließlich die Sinnlosigkeit ihres Tuns und hielt mit schmerzenden Armen inne. Sie begriff, daß sie zum Warten verurteilt war. Irgendwann würde der Goldene wieder in die Höhe steigen und zu seinen Kindern kommen.

Sie würde warten.

Auch wenn der Hunger sie allmählich auffraß.

Suchend schweifte ihr Blick über den Horizont. Das Schneetreiben begann abzuflauen, Sonnenstrahlen geisterten durch die aufreißende Wolkendecke. Noch waren keine neuen Flugscheiben der Taljja zu sehen. Aber auch das war nur eine Frage der Zeit, davon war Kutanmarz überzeugt.

Wenig später hielt sie das erbeutete Strahlengewehr wieder in den Händen und fand eine halbwegs geschützte Position zwischen den Mauerresten.

Sie war fest entschlossen, ihr Leben so teuer wie möglich zu verkaufen, falls weitere Taljja vor der Rückkehr des Goldenen erscheinen würden.

Simon entsann sich, wie er die Funktionen des Roboters ausgelotet hatte – nur einen Bruchteil seiner Möglichkeiten, das wußte er inzwischen. Es war ein berauschendes Gefühl gewesen, von Spiegeln umgeben zu sehen, daß sich allein kraft seines Willens der stählerne Leib veränderte. Aber das waren Spielereien, verglichen mit der Macht, die wirklich in diesem tofiritfarbenen Ungetüm steckte.

Was hatte Noreen Welean bei jener Gelegenheit zu ihm gesagt?

»Du hast einen Abdruck erwähnt. Den Abdruck eines fremden Bewußtseins, den du in dieser Hülle zu spüren meintest. Die Spur eines Bewußtseins, das den Robot vielleicht vor dir beseelte...«

Seine Antwort klang ebenfalls in ihm nach, als hätte er sie eben erst ausgesprochen: »Ein Mysterious, ja. Eine Zeitlang meinte ich, etwas in der Art zu erfühlen. Aber meine Nachforschungen verliefen im Sand. Ich bin allein. Außer mir und den Programmen beseelt diesen Körper nichts.«

Er hatte sich geirrt, er war nicht allein. Auch wenn der andere, Namenlose, schwach schien – nach tausend Jahren inaktivem Zustand wahrlich kein Wunder –, seine Anwesenheit war nicht mehr zu übersehen.

Wann werden wir beginnen, uns um den Besitz dieses Körpers zu streiten? schoß es Simon durch den Sinn.

Seine eigenen Gedanken erschreckten ihn. Zu akzeptieren, was er war, fiel ihm nicht mehr schwer. Es war ihm eigentlich nie schwergefallen, er hatte sich nur aus falscher Wehmut heraus gesträubt, weil sein Körper noch existiert hatte, sein Fleisch und Blut.

Die Entscheidung war ihm vom Schicksal abgenommen worden, und mittlerweile mußte er die Vorzüge des stählernen Leibes vorbehaltlos anerkennen.

Die ihm wirklich drohende Gefahr war gänzlich anderer Natur:

Selbstüberschätzung.

War es so weit hergeholt, in dem Roboter das ultimate Machtmittel zu sehen? Vielleicht war seine Hülle unzerstörbar.

Überheblichkeit.

Das eine bedingte das andere, aber eigentlich war beides eines Dieners unwürdig.

Wenn es sein muß, werde ich auch kämpfen. So schnell änderten sich Ansichten. Simon erschrak über sich selbst, und im gleichen Moment wischte er alle Grübeleien beiseite, die doch nur Relikte seines Menschseins waren. Über solche Torheiten fühlte er sich inzwischen erhaben. Er mußte lernen, den Robot wirklich zu beherrschen und die Programme nach seinem Willen zu lenken.

Der Zugang zu den unterirdischen Räumen stand offen. Über den Inhalt der Behälter, die unter dem Schutzschirm sicher geborgen gewesen waren, schwieg sich der Mysterious jedoch aus. Seine Überraschung war Simon allerdings nicht verborgen geblieben.

Ein Antigravfeld trug den Roboter in die Tiefe.

Du warst schon früher auf dieser Welt?

Simons Frage blieb unbeantwortet.

Zweihundert Meter tief lag die Schachtsohle. Alles hier unten erstrahlte in dem für die Hinterlassenschaften der Geheimnisvollen typischen bläulich-schattenlosen Licht. Wände und Aggregatverkleidungen bestanden aus Unitall.

Die Anlage umfaßte mehrere Etagen. Mit den Sinnen des Roboters registrierte Simon anlaufende Maschinen. Bislang stillgelegte High-Tech reagierte auf seine Anwesenheit; die Station erwachte aus ihrem Dornröschenschlaf, der vermutlich tausend Jahre gedauert hatte. Ein paar Jahre mehr oder weniger spielten dabei überhaupt keine Rolle. Ungefähr zu jenem Zeitpunkt mußten die Mysterious von der galaktischen Bühne abgetreten sein.

Warum? drängte Simon. *Wurde dein Volk von einem Gegner besiegt, oder hat es sich in die selbst gewählte Isolation zurückgezogen? Ich glaube, daß ich ein Recht darauf habe zu erfahren, was damals geschah.*

Der Roboter setzte sich wieder in Bewegung. Simon versuchte gar nicht erst, ihn zurückzuhalten, denn mehr als das war ihm daran gelegen, den Mysterious zur Rede zu stellen. So schwach, wie es den Anschein hatte, war sein Geist nicht. Immerhin machte er ihm, Simon, die Kontrolle über die Programme streitig.

Ich war lange fort. Wenn es wirklich tausend Jahre deiner Zeitrechnung sind, muß sich vieles verändert haben.

Keinerlei Gefühle schwangen in dem Satz mit.

Auch mein Leib starb auf der Welt, die du Hope nennst. Unser Schicksal gleicht sich.

Das wußte ich nicht, dachte Simon betroffen.

Ich habe es erst vor kurzem erkannt.

Das beantwortet meine Frage nicht.

Du mißtraust mir?

Sagen wir... ich wüßte gerne, woran ich bin.

Für eine Weile wurde es wieder still. Der Roboter erreichte einen Raum, der Simon an die Bilder erinnerte, die er vom Innern der POINT OF gesehen hatte. Zweifellos befand er sich in einer Art Kommandozentrale.

Schaltpulte an den Wänden leuchteten auf, in der Mitte des Raumes entstand als Bildkugel ein gewaltiges Hologramm, eine Sternkarte, mit deren Konstellationen Simon wenig anzufangen wußte. Dicht geballt standen die Sonnen, zwischen ihnen leuchtende Gasnebel und ausgedehnte Dunkelwolken. Die Abbildung zeigte einen Ausschnitt der Milchstraße, der viele tausend Lichtjahre näher zum galaktischen Zentrum lag als das Col-System.

Ich war noch nicht auf dieser Welt, beantwortete der Mysterious endlich Simons Frage. *Aber Stationen wie diese existieren* – er berichtigte sich umgehend – *sie existierten auf einer Vielzahl von Planeten. Es war die Aufgabe unserer Roboter, über diese Welten zu wachen und Angriffe zu unterbinden.*

Roboter, die ohne den Geist einer Intelligenz taube, stählerne Hüllen bleiben? platzte Simon heraus.

Sie waren Wächter! verkündete der Mysterious, als sei damit alles gesagt, was es zu sagen gab.

Simon drang nicht weiter in ihn, denn in der Bildkugel begannen mehrere Sonnen hell zu blinken. Sieben Sterne wurden auf diese Weise aus der dichten Population herausgehoben.

Zufall oder Absicht? Simon entsann sich, daß die Ziffer Sieben bei den Mysterious eine besondere Bedeutung gehabt haben sollte. Seine Neugierde war geweckt. Er hätte den Geist des Mysterious fragen können, der sich wieder zurückgezogen hatte und kaum wahrzunehmen war, aber das beschäftigte ihn im Moment nur am Rande. Vielmehr registrierte er fasziniert, daß es ihm möglich war, einen Datenaustausch mit der Bildkugel herbeizuführen. Die Programme des Roboters reagierten auf seine zaghaft tastenden Versuche, mehr über die Konstellation zu erfahren.

Ein Zoom-Modus wurde aktiv. In der dreidimensionalen Wiedergabe gähnte plötzlich ein gewaltiges schwarzes Nichts, eine Dunkelwolke, die mit einer Reihe von Ausläufern nach den Sternen ihrer unmittelbaren Umgebung zu greifen schien.

Die Überreste ausgebrannter Sonnen zeichneten sich in ihrem Innern ab. Überhaupt war die Materiedichte in weiten Bereichen der Wolke derart hoch, daß Raumschiffe niemals eindringen konnten.

Die Instrumente zeigten an, daß bis zur einer Tiefe von fünf Lichtjahren nur der vordere Bereich der Wolke erträgliche Bedingungen bot.

Ein ideales Versteck für ein Volk, das sich in die Isolation zurückziehen will, durchzuckte es Simon.

Hier wurde ihm die Lösung vieler Fragen sozusagen auf einem silbernen Tablett serviert, während sich Ren Dhark und alle anderen seit Monaten die Köpfe zerbrachen und die Spekulationen der Experten ins Endlose ausuferten.

Dabei war es so einfach.

Die sieben Sonnen hielten keineswegs gleiche Abstände zueinander ein, sie lagen jeweils zwischen acht und fünfzehn Lichtjahren auseinander. Gemeinsam bildeten sie eine Art Kugelsegment, das dem zugänglichen Bereich der Dunkelwolke vorgelagert war.

Simon brauchte nur kurze Zeit, um mit den Funktionen der Bildkugel vertraut zu werden. Zum erstenmal fühlte er sich wirklich als Einheit mit dem Roboter, einmal abgesehen von seinen anfänglichen, von Begeisterung und Neugierde gleichermaßen getragenen Morphing-Versuchen. Auch jetzt war Neugierde seine Triebfeder.

Alle sieben markierten Sonnen besaßen Planeten. Nacheinander rief Simon die Daten ab. Die Technik der Mysterious funktionierte so reibungslos, wie die Wissenschaftler es vom Industriedom von Deluge behaupteten.

Ich benötige ein Raumschiff!

Der Gedanke, einen eigenen Ringraumer zu fliegen, löste Euphorie aus. Die Sterne von nahem zu sehen war Simons Wunschtraum, seit er denken konnte.

Leider wußte die Station nichts von einem Raumschiff, das in einem verborgenen Hangar darauf wartete, endlich wieder in Besitz genommen zu werden. Es gab auf dieser Welt keinen Hangar. Und keinen Ringraumer.

Wenigstens ein kleiner Flash!

Als Simon keine Bestätigung bekam, widmete er sich wieder der für kurze Zeit vernachlässigten Bildkugel.

Fünf der sieben Sonnen verfügten über drei oder mehrere Planeten, nur zwei besaßen lediglich eine einzige Welt.

Schwerer fiel es schon, herauszufinden was diese Sonnen verband. Obwohl die Antwort auf der Hand lag: Die Mysterious hatten in jedem System einen Stützpunkt errichtet. Und alle waren über einen großen Ringtransmitter erreichbar.

...waren vor tausend Jahren erreichbar gewesen.

Simon tastete sich weiter. Hochgradig erregt, vergaß er fast, wo er sich befand. Endlich fühlte er sich wieder wie er selbst, sein Herz hämmerte bis zum Hals, und immer öfter hielt er jäh den Atem an, sobald er neue Querverbindungen aufspürte. Die gesamte Station war vernetzt. Ringsum warteten uralte Geheimnisse darauf, endlich gelüftet zu werden.

Um so größer war seine Enttäuschung, als er Datenbänke aufspürte, auf die er keinen Zugriff erhielt.

Hilf mir! herrschte er den Mysterious an. *Wenn du Interesse daran hast, zu deinem Volk zurückzukehren, dann...*

Ich kann es nicht, kam die beklemmende Antwort. *Was immer Aufschluß über den Verbleib der... Mysterious geben könnte, wurde aus den Speichern gelöscht.*

Ist das alles, was du mir zu sagen hast?

Ein gezielter Impuls des superschweren Robotkörpers aktivierte die Transmitterkontrolle. Simon »hörte« eine gedankliche Stimme, die erklärte, die Sendebereitschaft würde wiederhergestellt.

Dieser Planet gehörte nicht zum Verbund der sieben Sonnen, das hatte er herausgefunden. Simon konzentrierte sich auf die Bildkugel, auf seine Vorstellung vom Doppelsonnensystem Col mit den 18 Planeten und vom Transmitter in der verschneiten öden Landschaft zweihundert Meter über ihm.

Die Gedankensteuerung setzte den Wunsch um. Erneut veränderte sich die Holografie.

Die Dunkelwolke mit ihrer größten Ausdehnung von achtzehn Lichtjahren erschien jetzt als ausgefranster kleiner Fleck. Mehr als zwei Handspannen entfernt begann ein Stern zu blinken, und noch einmal annähernd die gleiche Distanz nach außen versetzt eine zweite Sonne.

Letztere bezeichnete zweifellos die Position des Planeten Hope, denn hier konnte Simon ebenfalls die Bestätigung eines Transmitters abrufen. Daß sein momentaner Aufenthalt auf einer geraden Linie zwischen Hope und der Dunkelwolke lag, stützte seine Vermutungen.

Er war überzeugt davon, daß sich die Mysterious in eben diese Dunkelwolke zurückgezogen und mit den sieben Stationen Vorposten errichtet hatten, die ihre Abgeschiedenheit gewährleisten sollten. Dichte Dunkelmaterie, für jedes andere Raumschiff eine tödlichen Falle, bedeutete für die im Schutz von Intervallfeldern fliegenden Ringraumer der Mysterious kein Hindernis. Nicht einmal massiver Fels konnte Schiffe wie die POINT OF aufhalten.

Ausfall der Sendejustierung! meldete die Gedankensteuerung unerwartet. *Zu keinem der Ziele kann eine Verbindung geschaltet werden.*

Unmöglich, war Simons erster spontaner Gedanke. Er glaubte an die Unfehlbarkeit der Mysterioustechnik, hatte auf Hope erlebt, was sie zu leisten imstande war, und erlebte es seither fortwährend.

Vergeblich wandte er sich an das Bewußtsein des Mysterious. Der Namenlose schien verschwunden.

Hatte er zuvor noch gegen das Gefühl angekämpft, auf Dauer nicht gemeinsam in der stählernen Hülle existieren zu können, so war es nun eine quälende Leere, die von ihm Besitz ergreifen wollte. Abschied, hieß es auf der Erde, war immer ein kleines Stückchen Tod. Vielleicht war das andere Bewußtsein zu schwach gewesen, um den Transmitterdurchgang zu überstehen. Der Kampf gegen die Taljja mochte ein übriges dazu beigetragen haben.

Warum hatte der Mysterious nicht darüber gesprochen? Weil es nicht opportun gewesen wäre? Sie hätten eine Pause einlegen und warten können, bis er sich regeneriert hatte.

Aber anscheinend hatte der Mysterious es vorgezogen, ebenso sang- und klanglos wie sein Volk abzutreten...

Simon forschte nicht weiter. Weil er von Anfang an gespürt hatte, daß dem anderen Bewußtsein allzu große Neugierde unangenehm gewesen war. Möglich, daß sie sich im Laufe der Zeit zusammengerauft hätten, aber sich nun darüber den Kopf zu zerbrechen, war müßig. Simons praktische Veranlagung zwang ihn, den Blick nach vorne zu richten. Nichts hätte er im Moment mehr gefürchtet, als auf dieser öden Welt ausharren zu müssen.

Der Transmitter ist empfangsbereit?

Im eingeschränkten Modus, bestätigte die Gedankensteuerung.

Dann kann auch die Sendejustierung wiederhergestellt werden, folgerte Simon.

Die Justierung unterliegt nicht meiner Kontrolle.

Wem dann?

Eine Aussage dazu ist nicht möglich.

Simon wünschte sich in diesem Moment, der Robot hätte wenigstens mit den Zähnen knirschen können. Denn emotionslos konnte er die Auskunft nicht hinnehmen. Das war wieder so ein Augenblick, in dem er sich eingesperrt fühlte, hilflos, gefangen, ja beinahe in seinen Gefühlen vergewaltigt. Hatten die Mysterious keine Empfindungen gekannt, waren ihre Handlungen immer rein logisch und sachlich begründet gewesen? So würde er hoffentlich nie werden. Solange er in diesem Artefakt gefangen war, wollte er sich wenigstens einen Hauch von Menschlichkeit bewahren, sogar auf die Gefahr hin, daß er sich an den Käfigstangen den Schädel einrannte. Aber kalt und unnahbar sein...? Dann lieber tot.

Wann hat der Transmitter zuletzt als Sender gearbeitet?

Die Frage kam intuitiv, Simon dachte sich herzlich wenig dabei. Er hätte nicht einmal zu sagen vermocht, ob er überhaupt eine Antwort erwartete – um so verblüffter reagierte er, als die Gedankensteuerung eine exakte Zeitangabe präsentierte.

Der letzte Sendevorgang liegt 68,34 Planetendrehungen zurück. Die Hochrechnung der aktuellen Intervalle ergibt eine voraussichtliche Aktivierung in 0,98 Umdrehungen.

Elektronenströme jagten durch den M-Robot, aktivierten Testprogramme und eine neue Funkkommunikation mit dem Stationsgehirn. Am Ende wußte Simon, daß das Transmittertor regelmäßig für einen kurzen Zeitraum aktiviert wurde, ohne daß es möglich war, dem Einhalt zu gebieten.

Jeweils alle 69,32 Planetentage.

Wo liegt das Ziel?

Die Daten sind nicht bekannt.

Existieren außer auf Hope und in den sieben Sonnensystemen vor der Dunkelwolke weitere Stationen, die von hier aus erreicht werden können?

Eine Transferstation der Wächter. Doch der Planet wurde aus seiner Umlaufbahn gerissen und vernichtet.

Nach irdischer Zeitrechnung drehte sich diese Welt in knapp 23 Stunden einmal um ihre Achse. Das bedeutete, wenn Simon die mittlerweile verstrichene kurze Spanne berücksichtigte, daß der Transmitter in wenig mehr als 22 Stunden wieder auf Sendung geschaltet werden würde, von wem und von wo aus auch immer. Vor allem, ohne daß die zuständige Justierungsstation darauf Einfluß nehmen konnte.

Über das nötige Wissen, eine derartige Schaltung durchzuführen, verfügten wohl nur die Mysterious selbst. Zudem erläuterte die Gedankensteuerung, daß der Zugriff ausschließlich über den Empfangstransmitter gesteuert wurde, eine komplexe hyperphysikalische Rückkoppelung, die, einmal in Gang gesetzt, nur vom Ort ihres Entstehens aus unterbrochen werden konnte.

Es lagen keine Erkenntnisse vor, wer den Transmitter benutzte. Die Aktivierungsdauer hatte stets nur knapp dreißig Sekunden betragen.

Simon dachte an die acht Behälter, die unter dem Schutzschirm gestapelt gewesen waren. Zwei kräftige Personen waren durchaus in der Lage, sie innerhalb von dreißig Sekunden nach oben zu tragen und durch das Entstofflichungsfeld zu schieben.

Der Inhalt der Kisten hatte ihn an Wurzeln erinnert – bleiche, verrunzelt wirkende Gebilde, an deren Schnittkanten klebrige Tropfen glänzten. Die Überraschung des Mysterious-Bewußtseins beim Anblick der Wurzeln war Simon nicht entgangen, eine Erklärung hatte er jedoch nicht erhalten.

Zudem folgerte er, daß der Inhalt der Kisten nicht ganz wertlos sein konnte, wenn sie unter Umgehung des Stationsgehirns verfrachtet wurden.

Es blieb die Frage, ob Mysterious am Empfangstransmitter die Lieferung in Empfang nahmen.

Simon fieberte dem Augenblick entgegen, in dem er das herausfinden würde.

Abrupt schreckte Kutanmarz hoch. Verwirrt starrte sie auf die von Moosen überwucherten kantigen Mauerquader, zwischen denen sie kauerte. Es gab wohl keine Handbreit an ihrem Körper, die nicht schmerzte, und die Kälte steckte in ihr und lähmte sie.

Das Erinnern fiel schwer, weil der Hunger in ihren Eingeweiden wühlte. Aber dann entsann sie sich und blinzelte erschreckt in die hoch stehende Sonne.

Es stank nach fettem Rauch und nach Tod.

Schwerfällig griff Kutanmarz nach dem Gewehr, das neben ihr an den Steinen lehnte. Lange hatte sie in einem Zustand zwischen Schlaf und Wachen dahingedämmert, die Sonne war ein beachtliches Stück weitergewandert.

Ihr Blick suchte das Tor, glitt von dort aus weiter und blieb erst wieder an den ausgeglühten Metallfragmenten hängen. Viel war nicht von den Taljja und ihren Flugscheiben übriggeblieben, aber andere würden kommen...

Kutanmarz umklammerte die Waffe so fest, daß es schmerzte. Farbige Schlieren tanzten vor ihren Augen, ein unübersehbares Zeichen ihrer Erschöpfung. Sie war am Ende. Die Zunge klebte am Schnabelboden, ein aufgequollener Fremdkörper, der ihr sogar das Atmen erschwerte.

Sie machte sich keine Illusionen. Zurück zu den Hütten der Arbeiterinnen konnte sie nicht, würde es ohnehin nicht schaffen, sondern lange vorher vor Erschöpfung zusammenbrechen. Ihre einzige Chance war der Goldene Gott...

War er wirklich ein Gott?

Kutanmarz wußte nicht mehr, was sie glauben sollte. Zeitlebens hatte sie gehofft und gesehnt, doch plötzlich war alles anders. Viel komplizierter vor allem.

Es war die Aura des Goldenen, die so gar nicht ins Bild der Legenden passen wollte. Als Todgeweihte durfte sie zweifeln. Oder war es nur ihre Schwäche, die sie phantasieren ließ?

Verwirrt blinzelte sie in den Himmel. Zwei dunkle Punkte am Horizont erweckten ihre Aufmerksamkeit. Von einem Lidschlag zum anderen waren sie da, verschwanden, tauchten von neuem auf.

Die Punkte teilten sich und wurden größer.

Sie kamen näher.

Schicksalsergeben schloß Kutanmarz die Augen. Sie konnte die Geschwindigkeit der Flugscheiben gut einschätzen; viel Zeit blieb ihr nicht mehr, bis die Treiber kamen. Doch wenigstens ein paar von ihnen würde sie mit in den Tod nehmen.

Sehnsüchtig schweifte ihr Blick zurück zum Tor. Inzwischen ahnte sie, daß sie von dort keine Hilfe erwarten durfte. Kalt und unnahbar ragte der Ring auf, das Fossil einer längst vergangenen besseren Zeit.

Auch die Stahlplatte, die den tiefen Schacht abdeckte, zeigte keine Veränderung. Vielleicht war der Goldene gegangen, als sie in halber Bewußtlosigkeit gelegen hatte.

Schon konnte sie die Taljja auf den Flugscheiben ausmachen.

Die ersten Maschinen landeten am Rand einer Trümmerspur. Die Echsen waren unschlüssig, das ließ ihr Vorgehen deutlich erkennen; vor allem wußten sie nicht, was geschehen war.

Kutanmarz hörte ihr Fauchen und verstand einiges von dem, was sie sagten.

»Sucht nach Spuren am Tor!«

»Wer immer die Wurzeln unter dem Schirm hervorgeholt hat, er könnte sich noch in der Nähe aufhalten.«

»Vielleicht kamen Cerash durch das Tor...«

Kutanmarz, die über den Rand einer verfallenen Mauer gespäht hatte, ließ sich wieder in Deckung sinken, ehe die ersten Taljja die vorgelagerten Ruinen erreichten. Eng kauerte sie sich an die Steine und hoffte, daß die Echsen nicht bis zu ihr vordringen würden. Alle Fußspuren, die sie hätten verraten können, waren entweder zugeweht oder in der Hitze der brennenden Wracks mit dem Schnee weggetaut. Eine dünne Eisschicht überzog nun das Pflaster.

Schritte näherten sich und verharrten schräg hinter ihr. Kutanmarz hatte das qualvolle Empfinden, den stinkenden Atem eines Taljja zu riechen. Noch enger drückte sie sich an den Stein, bis die Schmerzen im gebrochenen Flügel unerträglich wurden und sie einen Aufschrei kaum unterdrücken konnte. Ihre Muskeln verkrampften sich.

Wieder begann dieses Knirschen schwerer Stiefel auf dem dünnen Eis. Die Echse ging seitlich vorbei; Kutanmarz sackte noch ein Stück weiter in sich zusammen. Über die Mauerkante hinweg konnte sie den kantigen Schädel des Taljja und sogar noch seine Schultern sehen. Sobald er den Blick wendete, mußte er sie ebenfalls entdecken.

Unlösbar verkrampften sich ihre Finger um das Gewehr. Der Taljja ging weiter. Acht Schritte bis zum Ende des Mauerstreifens. Er bog in den schmalen Korridor ein, den einst eine Vielzahl mächtiger Säulen begrenzt hatte. Wenn er sich nun umdrehte...

Kutanmarz hatte den Gedanken kaum zu Ende gebracht, da fuhr der Taljja herum. Sein Maul verzog sich zu einem höhnischen Grinsen, als er die Waffe hob.

Kutanmarz war schneller. Den Kolben des Gewehrs neben sich auf den Boden gestemmt, drückte sie den Auslöser.

Der Glutstrahl traf die Echse in die Brust und brannte eine tiefe Wunde. Kein Laut kam über die verhornten Lippen des Taljja, aber das Poltern seiner zu Boden fallenden Waffe durchbrach die Stille. Er selbst sackte langsam in sich zusammen.

Ein warnendes Fauchen... hastige Schritte... Andere Echsen kamen.

Kutanmarz stockte der Atem. Mit letzter Anstrengung hob sie das Gewehr und feuerte, als ein Schatten auf sie fiel. Gurgelnd stürzte ein Taljja über die Mauer.

Blendende Helligkeit umfloß Kutanmarz, sengende Hitze verschmorte ihre Federn, und ein entsetzlicher Gestank breitete sich aus. Sie war nahe daran, die Besinnung zu verlieren, und die Taljja, die auf sie zukamen, verschwammen vor ihren Augen. Plötzlich fiel es ihr unendlich schwer, die Waffe erneut zu heben und abzudrükken.

Ihr rechter Arm war nicht mehr da, nur noch ein verkohlter Stumpf ab dem Ellenbogen.

Sie spürte keine Schmerzen, lediglich eine unendliche Leere. Alles erschien auf einmal so unbedeutend.

Dann war nichts mehr.

Bericht Simon:

Ich mußte damit rechnen, daß weitere Echsen am Transmitter erscheinen. Sie zögern nicht den Bruchteil einer Sekunde, mich anzugreifen.

Diesmal bin ich entschlossen, mich nicht zur Wehr zu setzen. Wir müssen miteinander reden, denn es gibt so vieles, was ich wissen will.

Ihr Feuer konzentriert sich auf mich, kaum daß ich wieder an der Oberfläche bin. Ich ignoriere es so gut ich eben kann, und die tödliche Glut fließt ohne Schaden anzurichten von mir ab. Aber schon starten zwei ihrer Gleiter.

Programme werden aktiv, die ich als Selbsterhaltungstrieb des Roboters identifiziere. Noch kann ich sie unterdrücken, aber ich beginne mich zu fragen, für wie lange. Dann wird der Koloß erbarmungslos zurückschlagen.

In einem bestimmten Raumsektor wurde Ren Dharks POINT OF schon während ihres Jungfernflugs angegriffen und später wieder. Die Taljja haben ebenfalls sofort das Feuer auf mich eröffnet, kaum daß ich aus dem Transmitter kam. Was also haben die Mysterious verbrochen, daß sich ein solcher Haß über Hunderte von Jahren hinweg anstauen konnte? Vielleicht sollte ich besser nicht versuchen, den Spuren der Geheimnisvollen zu folgen. Manchmal ist es angebracht, die Vergangenheit ruhen zu lassen.

Der Beschuß wird heftiger, die Taljja ändern ihre Taktik. Daß ich das Feuer noch immer nicht erwidert habe, scheint sie gar nicht zu interessieren.

Die Thermostrahlen vereinen sich auf meiner Brust. Das ist Punktbeschuß, wie man ihn anwendet, um Schutzschirme zu überlasten und zusammenbrechen zu lassen. Glauben die Echsen, daß ich – daß der Robot – von einem energetischen Schirmfeld geschützt wird?

Das Morphing-Programm läuft an. Die halbwegs menschlichen Hände bilden sich zurück, formen sich um zu den goldenen Strahlprojektoren. Ich kann es nicht stoppen, nur verlangsamen, aber vielleicht werden die Taljja noch rechtzeitig vernünftig.

Wenn ich mich ihnen wenigstens akustisch verständlich machen könnte. Seit einigen Sekunden versuche ich es auf den mir zur Verfügung stehenden Funkfrequenzen, eine Antwort ist noch nicht eingetroffen. Allerdings kann ich nicht einmal sagen, in welcher Sprache mein Friedensangebot gesendet wird.

Ein stechender Schmerz schreckt mich auf. Das ist etwas, was ich bisher nicht kenne. Sicher, die Hülle des Roboters ist mit Sensoren gespickt und vermittelt Berührungsreize, ich kann Kälte und Hitze wahrnehmen, die Nässe eines Regentropfens ebenso wie den Hauch eines fallenden Blattes, aber ich kann diese Reize willentlich unterdrücken und sie gar nicht bis in mein Bewußtsein vordringen lassen.

Diesen Schmerz indes kann ich nicht abstellen. Er wird heftiger.

Ich beginne zu laufen und lasse den Punktbeschuß wirkungslos verpuffen. Trotzdem setzen die Taljja ihre Taktik fort; ihre Schüsse vereinen sich auf meinen Schultern.

Der Schmerz wird intensiver. Bin ich doch verletzbar? Ich bedauere, daß der Mysterious nicht mehr da ist. Obwohl er in seiner Schwäche oft nur mit Verzögerung antwortete, hätte er mir vielleicht eine Antwort geben können.

Die Umwandlung ist vollständig erfolgt, ich habe den Roboter nicht mehr unter Kontrolle. Vergeblich versuche ich, wenigstens die Programme noch zu blockieren... Ich schaffe es nicht. In dem Moment, in dem die Taljja beginnen, auch auf den Transmitter zu feuern, bin ich von allem ausgeschlossen und zur Rolle des Zuschauers degradiert.

Mein neuer Körper ist eine mit Präzision tötende Maschine.

Die Gleiter, die den Transmitter unter Beschuß genommen haben, explodieren nahezu gleichzeitig.

Aus beiden Waffenarmen feuernd, bewegt sich der Roboter auf die Ruinen zu. Jeder seiner Schüsse hinterläßt ein flammendes Chaos.

Mehrere Taljja wenden sich zur Flucht. In heller Panik werfen sie ihre Waffen weg.

Ein weiterer Gleiter überschlägt sich, als ein Schuß das Triebwerk erfaßt. Zeitlupenhaft langsam nehme ich den Aufprall wahr, sehe wie die Flugscheibe aufplatzt und ein lodernder Glutball entsteht und sich in Gedankenschnelle ausweitet.

Der Roboter hat den letzten Gleiter in der Zielerfassung und feuert, als ich es endlich schaffe, die Waffenarme zu deaktivieren.

Es ist vorbei! brülle ich meinen Zorn und meine Enttäuschung hinaus.

Aber ist es das wirklich?

Ich muß mich vorsehen, daß mich nicht die gleiche Kälte erfaßt, die den Roboter auszeichnet.

Zwanzig Stunden noch, bis der Transmitter von einer anderen Station aus für wenige Sekunden aktiviert wird. Die Zeitspanne kann zur Ewigkeit werden. Vor allem hoffe ich, daß die Echsen endgültig genug haben und sich nicht noch einmal blutige Köpfe holen wollen.

Hinter einer der verwitterten Mauern fand Simon das Vogelwesen. Er konnte sich des Eindrucks nicht erwehren, daß das dürre Geschöpf trotz der Kälte und seiner Verletzungen ausgeharrt hatte, um ihn noch einmal zu sehen.

Es hat auf den *Roboter* gewartet, berichtigte er sich.

Der oder die Gefiederte – ein Hinweis auf Reproduktionsorgane war nicht zu erkennen – lebte noch, wenngleich die Vitalfunktionen denkbar schwach waren. Dieses Wesen schien über eine erstaunliche Willenskraft zu verfügen. Allein aufgrund des verkohlten Armes war eine Schockreaktion des Körpers zu befürchten, die ohne stützende Medikamente zum Tod führen mußte. Die Haut über der schrecklich entstellten Wunde war aufgeplatzt und hatte gerinnendes Körpereiweiß austreten lassen.

Simon registrierte ein leichtes Flattern der Nickhäute. Als er den

Roboter vorsichtig vor dem Wesen niederknien ließ, schlug es die Augen auf.

Zitternd öffnete sich der Schnabel.

Zum wiederholten Mal verfluchte Simon die ewige Stille, in der er gefangen war. Zu akzeptieren, daß die ansonsten so perfekten Mysterious ihre Roboter ohne akustischen Sinn produziert hatten, fiel verdammt schwer.

Ich bedauere, daß wir uns nicht verstehen können, mein Freund, dachte er bitter. *Es liegt nicht an mir – und schon gar nicht an dir. Es sind die Umstände, die uns zusammengeführt haben.*

Das Leid der gequälten Kreatur spiegelte sich in den ausdrucksstarken dunklen Augen. Aber auch etwas wie jäh aufflackernde Überraschung.

Ein Beben durchlief den geschundenen Leib. Der spontane Versuch, den verbrannten Arm zu bewegen, weckte nur neue, furchtbare Schmerzen.

Ich kann dir nicht helfen.

Verdammt, ich kann dich nicht töten, auch wenn es für dich eine Erlösung wäre.

Aber sich einfach abzuwenden war er ebensowenig in der Lage. Der Ausdruck der weit aufgerissenen Augen fesselte ihn; es war die Ahnung unausgesprochener Worte.

Der Blick des Vogelwesens wanderte zum Boden hinab. Mit zitternden Krallen begann es, die dünne Reifschicht auf den Steinen zu zerkratzen.

Im ersten Moment sah Simon keinen Sinn darin, doch dann erkannte er die stilisierte Figur. Der Sterbende versuchte, ihm auf diese Weise etwas mitzuteilen.

Die Krallen ritzten eine annähernd humanoide Gestalt. Mit der Andeutung eines Kopfes, eigentlich nur einer buckelförmigen Erhöhung auf den Schultern.

Das bin ich, nicht wahr?

Stumm hob Simon seine Hand zum Zeichen, daß er verstanden hatte.

Ein Zittern durchlief den geschundenen Körper. Im nächsten Moment zogen die Krallen einen Strich quer durch die stilisierte Figur.

Tod, meinst du das? Nicht existent? Du erkennst in dem Roboter eine Maschine? Viel hätte Simon dafür gegeben, seine Gedanken laut werden zu lassen.

Fasziniert schaute er zu, wie sein Gegenüber zwei einfache Striche zog und danach die Hand ein paar Zentimeter weit hob und versuchte, auf ihn zu deuten.

Zwei?

Du meinst, der Roboter ist zwei Wesen?

Konnte der Gefiederte Gedanken lesen? Auch wenn die Mimik kaum zu deuten war, der Ausdruck seiner Augen schien jähe Zufriedenheit zu signalisieren.

Wieder eine Skizze. Fahrig diesmal und mit letzter Kraftanstrengung hingekratzt.

Ein Oval...

Davon ausgehend vier kurze Striche; auf der anderen Seite ebenfalls vier Striche.

Simon verstand nicht. Erst als an das Oval ein Kreis gesetzt wurde, beschlich ihn eine Ahnung.

Acht Beine? Ein Tier? Aber das meinst du wohl nicht. Oder doch? Ein Spinnenwesen?

Cerash?!

Gebrochene Augen starrten ihn an. Kein Aufbäumen, nichts; der Tod war als Erlösung gekommen.

Es tut mir leid, mein Freund. Ich weiß, wir hätten Freunde werden können – unter anderen Umständen. Und was immer du mir sagen wolltest, was wichtig genug war, dein Leiden hinauszuzögern, du hast es mitgenommen.

Vielleicht warteten Cerash auf der anderen Seite des Transmitters. Hatte der Gefiederte das ausdrücken wollen? Dann waren seine Skizzen eine stumme Warnung gewesen.

Unwillkürlich schaute Simon zur Ringantenne hinüber. Nichts hatte sich verändert außer dem Spiel von Licht und Schatten auf dem blanken Metall. Deutlicher als noch vor wenigen Stunden traten flache Reliefs auf dem breiten Band hervor, uralte Symbole, deren Bedeutung in den Speichern des Roboters vergraben lag.

Beinahe ehrfürchtig dachte Simon daran, daß das Tor errichtet worden sein mußte, als auf der Erde die Wikingerhorden plündernd durch England zogen und das alte Byzanz seine Blütezeit erlebte. Aber womöglich standen die Transmitter auch schon sehr viel länger auf den Welten, auf denen die Mysterious ihre Stützpunkte unterhalten hatten.

Bei einigen Völkern rankten sich wohl Sagen und Legenden um die stählernen Ringe, die noch in weiteren tausend Jahren mit ihrer zeitlosen Ausstrahlung Landschaftsbilder prägen und ihre Faszination bestimmt nie verlieren würden.

Simon begann, das tote Vogelwesen mit großen Quadern zu bedecken. Ihm widerstrebte der Gedanke, Tiere könnten den Leichnam zerreißen.

Am späten Nachmittag entdeckte die Ortung des Roboters einen Gleiter der Taljja dicht über dem Horizont. Im Laufe weniger Stunden wurden es ein Dutzend Flugscheiben. Doch die Echsen wagten sich nicht näher heran. Offensichtlich warteten sie auf die kommende Nacht.

Die Sonne ging mit einem prächtigen Farbspiel unter. Wenig später tobte erneut ein Schneesturm über die Ebene.

Die Gleiter näherten sich vorsichtig. In der Infrarotortung erschienen sie als hell strahlende Punkte.

Der Roboter verharrte wenige Schritte vor dem Transmitter, und der Sturm häufte Schnee um seine Füße. Eiskristalle setzten sich auf seiner Hülle fest.

Als die Morgensonne ihre ersten zaghaften Strahlen ausschickte, war das Land im Frost erstarrt. Rund um den Transmitter hatten sich in den Grenzschichten der Luftströmungen bizarre Ablagerungen gebildet.

Eis überzog auch den Mysterious-Robot, ein dicker weißer Panzer, der kaum ahnen ließ, was er verbarg.

Die Gleiter der Taljja wagten sich bis auf drei Kilometer heran. Aber die Echsen griffen nicht wieder an. Vielleicht ahnten sie, daß ihr Gegner, so unverhofft er aufgetaucht war, in Kürze wieder verschwinden würde.

Zur vorberechneten Zeit registrierte der Roboter einen ersten kurzen Energiefluß unbekannter Herkunft.

Die Schaltungen reagierten.

Sekundenbruchteile später wurde das Innere des Ringes trüb. Fünfdimensionale Energien bauten sich auf, und die Ablagerungen von Schnee und Eis zersprangen in einem aufstiebenden Glitzern. Gleichzeitig sprengte Simon seinen frostigen Panzer.

Exakt seit zehn Sekunden hatte das Transportfeld Bestand, als der Roboter hindurchschritt.

5.

Simon rechnete mit allen Eventualitäten, doch die Realität erwies sich als unerwartet banal. Weder wurde er von Energiefeldern umschlossen, die ihm jede Bewegungsfreiheit raubten, noch stand er einem Trupp Bewaffneter gegenüber, der augenblicklich das Feuer auf ihn eröffnete.

Vielleicht heulte in der vermeintlichen Stille schon der Alarm. Simon wußte es nicht.

Wer immer den Transmitter in regelmäßigen zeitlichen Abständen auf Empfang schaltete, wartete auf die Behälter mit den Wurzeln. Doch es gab keine Kisten mehr, die transportiert worden waren; die Angriffe der Taljja hatten das wenig widerstandsfähige Material zerstört.

Fahle Dunkelheit herrschte, überwiegend vom Widerschein des Transmitterfeldes erhellt.

Dies war einer der Stützpunkte, die Simon in der Bildkugel gesehen hatte, der massiven Dunkelwolke wenige Lichtjahre vorgelagert. Ein anderer Ort kam nicht in Betracht.

Der Transmitter erhob sich im Zentrum einer nahezu kreisförmigen Halle. Sie durchmaß fünfhundert Meter, und die kuppelförmige Decke ebenso wie die Wände bestanden aus Unitall.

Niemand war da, um die ankommenden Waren in Empfang zu nehmen. Es gab auch keine maschinellen Vorrichtungen für den Weitertransport.

Die Sinne des Roboters tasteten rundum. Die Halle war leer. Auch von den Behältern, die während der letzten Aktivierung hierher verschickt worden sein mußten, gab es keine Spur. Jemand oder etwas hatte sie also entfernt.

Das Transportfeld erlosch.

Vergeblich versuchte Simon, Kontakt zu einer Gedankensteuerung oder ähnlichen Vorrichtungen zu bekommen. Die Ortungen des Roboters erfaßten Fragmente unterschiedlichster Versorgungsanschlüsse, dennoch blieb unklar, was für Aggregate hier gestanden hatten. Überhaupt erweckte die Hallenwand einen kompakten Eindruck; weder Tore noch in andere Etagen führende A-Grav-Schächte schienen vorhanden zu sein. Wer immer die Halle betreten wollte, konnte dies offenbar nur über den Transmitter. Das ergab jedoch wenig Sinn.

Wenn sich jemand mit den Gegebenheiten auskennt, dann du, Mysterious, dachte Simon bitter. Seit wenigen Sekunden, eigentlich seit dem Erlöschen des Transmitterfeldes, nahm er die Anwesenheit des anderen Bewußtseins wieder wahr. *Warum hattest du dich zurückgezogen?*

Schwäche... Die Gedankenbilder, die vor Simons geistigem Auge entstanden, wiederholten nur seine Vermutungen. Tausend Jahre hatte der Mysterious zur Untätigkeit verdammt in dem Robotkörper geruht und an Lebenskraft verloren. Zuletzt war der Verfall rapide vorangeschritten. Hundert Jahre noch, vielleicht etwas mehr, vielleicht auch weniger, dann wäre das Bewußtsein endgültig verweht und hätte nicht viel mehr als einen vagen Abdruck in den Elektronenströmen zurückgelassen.

Zum erstenmal wurde es Simon richtig bewußt, daß der Roboter nur auf die Berührung eines lebenden Wesens gewartet hatte. Daß ausgerechnet er transferiert worden war, hing keineswegs mit ihm selbst zusammen oder irgendwelchen besonderen Gaben, über die er verfügte, sondern war schlichtweg Zufall gewesen. Ebensogut hätte Noreen Welean das Artefakt berühren können oder jeder andere, der den stählernen Koloß aufgespürt hätte.

Auch ein G'Loorn? dachte Simon verblüfft. *Oder ein Cerash?*

Es fiel ihm nicht schwer, sich auszumalen, welches Unheil diese Kampfmaschine in den falschen Händen anrichten konnte.

Auch ein Cerash, antwortete der Mysterious in diesem Moment. *Sofern es diesen Wesen in ihrer Fremdheit möglich wäre, die Programmstrukturen zu erfassen.*

In Simon stiegen neue Bilder auf, die jedoch wie Seifenblasen zerplatzten, bevor er sie festhalten konnte. Aus den wirbelnden Bruchstücken formten sich noch verwirrendere Szenen.

Sich auf alle Wahrnehmungen gleichzeitig zu konzentrieren, führte zu Orientierungsproblemen; für eine derart spontane Informationsflut war das menschliche Bewußtsein nicht geschaffen. Aber schon einzelne Fragmente, denen Simon nachspürte, zeigten ihm viel umfangreichere Möglichkeiten des Roboters, als bisher angenommen.

Manches wirst du nie erfassen können, also kümmere dich nicht um Dinge, die deiner Entwicklung voraus sind.

Die Worte troffen vor Überheblichkeit. Endlich wurde Simons Empfinden bestätigt, daß der Mysterious ihn für einen Halbwilden hielt, so wie Menschen einen Schimpansen betrachteten.

Ich bin für dich nur Mittel zum Zweck? fragte er verwirrt und gedemütigt zugleich. Oder redete er sich das nur ein? Suchte er eine Zuflucht in Schuldzuweisungen, weil ihm die Schwierigkeiten über den Kopf wuchsen? Er war eben nur ein Diener und hatte sich in der Rolle wohl gefühlt. Alles andere...

Mit einem lautlosen Aufschrei versuchte Simon sich aus der Sackgasse zu befreien, in die er sich selbst hineinmanövriert hatte. Er hatte seine Situation doch schon akzeptiert, weshalb mußte er alles noch einmal von vorne durchstehen?

Du schweigst, also habe ich recht. Sehen sich die Mysterious als Krone der Schöpfung und allen anderen Intelligenzen überlegen?

Es gibt keinen Grund, darüber zu diskutieren.

Simon glaubte, sich verhört zu haben. Und ob es Gründe gab, mehr als genug sogar. Er war es gewohnt gewesen, den Dingen nachzuspüren und sich nicht mit Halbwahrheiten und Ungereimtheiten abspeisen zu lassen. Aber genau das geschah zur Zeit.

Er dachte an die Szenen zurück, die ihm das Mysterious-Bewußtsein offenbart hatte, an den Angriff der Spinnenkreaturen auf den Planeten Hope.

Die Cerash haben den Roboter damals lahmgelegt, platzte er heraus. *Weshalb haben sie ihn nicht übernommen und gegen euch eingesetzt?*

Er spürte das Zögern des anderen Bewußtseins. Es schien ganz so, als brächen alte Wunden auf. Hatten die Mysterious es nicht verwunden, besiegt worden zu sein, und sich deshalb in die Abgeschiedenheit zurückgezogen?

Du selbst hast es mir gezeigt: Der Roboter war während des Angriffs der Cerash gelähmt. Simon stocherte weiter in der Wunde herum, und seltsamerweise bereitete es ihm sogar Vergnügen, den Mysterious zu provozieren. Oh ja, es tat gut, sich für kurze Zeit überlegen zu fühlen. Die Mysterious hatten ihm alles genommen, was er jemals besessen hatte. Es gab kein Zurück, kein verdammtes Entweder-Oder, sondern nur ein Immer-Weiter, und er mußte lernen, sich zu nehmen, was er brauchte. Das war das Gesetz des Lebens: Fressen oder gefressen werden.

Du wirst es nie lernen, spottete der Mysterious. *Du bist zu schwach und zu unwissend. – Sieh dir die Wände an!*

Eine Veränderung der Molekularstruktur?

Das Unitall schien aufzuwallen, Blasen entstanden, platzten und gaben die Umrisse humanoider Körper frei... Das alles dauerte nur Sekundenbruchteile, und bis Simon sich seiner Beobachtung sicher war, kamen sie mit wiegenden Schritten näher.

Sie, das waren fünf bizarre Geschöpfe, wie sie eigentlich nur einer überreizten Phantasie entsprungen sein konnten.

Zwischen eineinhalb und zweieinhalb Meter groß waren diese Wesen und damit merklich kleiner als der Roboter. Und sie waren dürr, extrem dürr sogar. Auf doppelgelenkigen Beinen stakten sie durch die Halle.

Ihre Arme verfügten ebenfalls über zwei gegenläufige Gelenke. Je zwei Greifklauen erfüllten die Funktion von Händen. Simon zweifelte nicht daran, daß diese Klauen präzise arbeiten konnten.

Der Körper selbst wirkte beim einen schlangengleich biegsam und schlank, beim anderen eher birnenähnlich plump. Eine mehr oder weniger große Zahl von Hautlappen erinnerte nur auf den ersten Blick an zerfledderte Kleidung. In manchen dieser »Lappen« pulsierte es – das waren die Körperbereiche, die im Infrarotscan die größte Wärmeabstrahlung erkennen ließen. Simon vermutete darin ein System außenliegender Organe, die der körpereigenen Temperaturregulierung dienten. Körperflüssigkeit wurde nach außen gepumpt und kühlte ab, zudem nahm ein Membransystem an der Oberfläche der Hautlappen Sauerstoff auf.

Die genetische Vielfalt dieser Wesen mußte außergewöhnlich

groß sein, denn auch die Schädelformen waren unterschiedlich ausgeprägt. Gemeinsam waren allen nur die dunkel schimmernden Facettenaugen und der karpfenartige Mund mit den dick verhornten Lippen.

Wer sind sie? fragte Simon verblüfft.

Deutlicher als zuvor spürte er die Erregung des Mysterious-Bewußtseins. Der Namenlose kannte diese Kreaturen.

Waren sie die Geheimnisvollen?

Zwei der Dürren trugen langschäftige Geräte: armdicke, meterlange Röhren mit oval verdickten Enden. Energien begannen zu fließen, als sie jeweils ein Ende auf den Roboter richteten und die Verdickungen wie ein Blütenkelch aufklappten.

Simon hatte Waffen vermutet, doch die Sinne des M-Robots registrierten gerichtete Schwerkraftfelder. Offensichtlich waren die Dürren gekommen, um die erwartete Lieferung abzuholen und vergriffen sich nun in Ermangelung der banalen Behälter an dem tofiritfarbenen Artefakt.

Mühelos widerstand der Roboter den gerichteten Schwerefeldern.

Wer sind diese Wesen? wiederholte Simon.

Die Antwort bestand aus neuen Gedankenbildern. Sie zeigten schlanke, feingliedrige Wesen, denen eine Ähnlichkeit mit den Dürren nicht abzusprechen war. Nur wirkten sie für Simons Empfinden ästhetischer und längst nicht so alptraumhaft verzerrt.

Unbeeindruckt von den immer noch projizierten Schwerkraftfeldern setzte sich der Roboter in Bewegung. Zwanzig Meter trennten ihn von den Fremden, als sie ihre Projektoren herumwirbelten und aus den anderen Enden fahl flirrende Strahlbahnen schossen. Ein flüchtiges Prickeln auf der Haut ließ Simon an die Duststrahlen der POINT OF denken, die anorganische Materie in Staub verwandelten.

Dann ging alles sehr schnell. Der Roboter setzte sich zur Wehr. Wie von einer unsichtbaren Faust getroffen, taumelten die Waffenträger zur Seite und brachen zuckend zusammen. Ein anderes dieser Wesen warf sich im gleichen Moment nach vorne und griff mit bloßen Klauen an.

Die jäh auflodernde Lust zu töten beeinträchtigte Simon. Mit überraschender Heftigkeit hatte das Mysterious-Bewußtsein in die

Programmfunktionen eingegriffen. Der Roboter veränderte sich, seine Schädelpartie floß auseinander, und Klauen oder Zangen entstanden. Auch die Armstümpfe wurden von diesem Prozeß erfaßt.

In tödlichem Griff umklammerten die stählernen Glieder den Angreifer.

Sie können uns nichts anhaben! brüllte Simon. *Hör auf damit, oder ich...*

Ein spöttisches Lachen antwortete ihm.

Was willst du tun? Mich aufhalten? Versuche es!

Simon fror plötzlich wieder; die innere Kälte kehrte eisiger als zuvor zurück. Obwohl er die Reaktion kaum hätte verhindern können, so völlig unerwartet war sie erfolgt, kam er sich schäbig vor.

Vielleicht war der Mysterious krank, psychisch labil durch das lange Eingesperrtsein in dem Robot. Ein Wunder wäre es wahrlich nicht gewesen. Simon dachte daran, daß er selbst inzwischen eine ganze Palette von Gefühlen durchlebt hatte.

Ich benötige deine Hilfe nicht mehr, Mensch. Ab jetzt bist du unwichtig.

Der Roboter stürmte weiter, auf jene Stelle in der Unitallwand zu, durch die die Dürren gekommen waren. Simon registrierte noch, daß einer der unverletzten Fremden eine Waffen aufhob und auf den Roboter richtete –

– dann drang er in die Wand ein, als sei sie nicht existent.

Ein einziger Gedanke des Mysterious-Bewußtseins verschmolz mit den Elektronenströmen des Roboters:

Für wen kämpfen die Mirrgam?

Übergangslos stand er unter freiem Himmel. Abzuschätzen, welche Entfernung er zurückgelegt hatte, war unmöglich. Vielleicht trennten ihn nur wenige Meter Erdreich oder gewachsener Fels von der Transmitterhalle, möglicherweise aber auch viele Kilometer. Andererseits war der Vorgang kein Transmittersprung gewesen.

Egal. Simon wußte, daß er das Problem zumindest momentan nicht würde lösen können. Vorerst galt es, sich auf die neue Umgebung einzustellen und zu verhindern, daß das andere Bewußtsein endgültig durchdrehte. Leider hatte er keine Ahnung, wie er das bewerkstelligen sollte.

Ruinen, wohin das Auge blickte. Monströse Stahlskelette als deprimierende Zeugnisse einer einstmals hochstehenden Kultur. Verwitterung überall. Die kühn geschwungene Architektur war nur noch zu ahnen, denn längst gähnten geborstene Fensterhöhlen dem Verfall entgegen, wucherten Pflanzen in breiten Mauerrissen und beschleunigten mit ihrem üppigen Wachstum den Verfall.

Rost und Ruß waren die beherrschenden Farben. Ein steter Wind trieb welkes Laub durch die Straßenschluchten, in denen sich Schutt und Unrat türmten.

Beklemmung hing über der Stadt. Vor langer Zeit mochte sie eine Millionenmetropole gewesen sein, angefüllt mit lärmendem, pulsierendem Leben. Dann war der Tod gekommen. Viele Fassaden schienen in sengender Hitze verbrannt und abtropfend wieder erstarrt zu sein. Eine Feuerwalze war über die Stadt hinweggefegt.

Der M-Robot maß Radioaktivität an. Die Halbwertzeit der strahlenden Elemente ließ eine Datierung der Zerstörungen auf vor ungefähr einhundertundfünfzig Jahren zu.

Die Überlebenden der Katastrophe sind mutiert, dachte Simon betroffen. Die Strahlung hat sie verändert. Das erklärt die Genvielfalt und das veränderte Aussehen. Trotzdem blieb die Frage, ob es sich bei den Mirrgam, wie das andere Bewußtsein die Dürren genannt hatte, um Nachfahren der Mysterious handelte.

Der Roboter registrierte Bewegungen. Zwischen den Schuttbergen und in den Straßen ringsum begann es lebendig zu werden. Die bedauernswerten Kreaturen, die in dieser Schuttwüste ihr Dasein fristeten, kamen zögernd aus den verfallenen Häusern.

Wer sind sie? dachte Simon intensiv.

Einige hundert Dürre waren es bereits, die sich wie auf ein geheimes Kommando hin auf den Straßen sammelten.

Sind das die Nachfahren deines Volkes? bohrte Simon weiter.

Auf den annähernd fünfhundert Meter durchmessenden Platz, den er von der Transmitterhalle aus erreicht hatte, mündeten breite Straßen. Vielleicht, durchzuckte es Simon, liegt der Transmitter genau unter uns.

Zaghaft kamen die Bewohner heran. Keiner glich wirklich dem anderen, manche verdeckten ihre körperlichen Makel mit grellbunten Stoffen, die inmitten der grauschwarzen Wüste wie ein Anachronismus anmuteten.

Näher als bis an den Rand des Platzes kam niemand. Immer wieder schweiften suchende Blicke zum Himmel empor.

Der orangefarbene Fleck hinter den schnell treibenden Wolkenbänken kennzeichnete den Stand der Sonne. Sie hatte fast den Zenit erreicht.

An die fünfhundert Mirrgam warteten.

Simon glaubte, ihre Erregung spüren zu können. Das war kein Zufall, eher schon ein Ritual. Auf was warteten sie?

Das nur noch drei Stockwerke hohe geschwungene Bauwerk hinter ihm hatte ihn ausgespuckt. Unvermittelt taumelten zwei Mirrgam daraus hervor.

Simon erkannte sie sofort. Es waren die Überlebenden aus der Transmitterhalle. Jetzt trugen sie die röhrenförmigen Waffen und eröffneten augenblicklich das Feuer, als sie ihn entdeckten.

Sie müssen einen Grund haben, uns anzugreifen. Warum tun sie das?

Simon spürte, daß der Roboter unter dem Einfluß des Mysterious erneut die Waffenarme aktivierte. Innerhalb von Sekundenbruchteilen wurden die benötigten Energien zur Verfügung gestellt.

Sie greifen an, also müssen sie sterben.

Er erschrak über die Verachtung in den Gedanken des anderen Bewußtseins. Gleichzeitig handelte er. So konsequent und unnachgiebig, daß es ihn selbst überraschte.

Der Robot feuerte nicht. Weil Simon die Energieversorgung der Waffensysteme unterbrach. Lange genug hatte es gedauert, die betreffenden Schaltungen aufzuspüren.

Er brauchte sich nicht zu verstecken, nicht einmal vor dem Bewußtsein eines Mysterious. Entscheidend war nicht, was sie einmal gewesen waren, sondern schlicht und einfach, daß sie sich arrangieren mußten. Für keinen von ihnen gab es ein Zurück. Oder, der Gedanke durchzuckte ihn jäh, existierte der Körper des Mysterious noch? Vielleicht tiefgefroren und seiner Funktionen beraubt in einem Hibernationstank? War es unter Umständen besser, den Mysterious gewähren zu lassen, weil sich dann womöglich schon in wenigen Tagen ihre Wege wieder trennen würden?

Die flirrenden Waffenstrahlen der Dürren verwandelten den aufgebrochenen Straßenbelag vor seinen Füßen in amorphen Staub und zuckten sofort in die Höhe. Schlagartig kehrte das unangenehme Prickeln zurück, das Simon als bedrohlich empfand.

Gib die Energieversorgung frei, drängte das Mysterious-Bewußtsein.

Es tat weh.

Warum greifen sie uns an? beharrte Simon.

Ich weiß es nicht.

Und ich glaube dir nicht, versetzte der ehemalige Diener.

Er spürte den Reflex, sich in Bewegung zu setzen und die Mirrgam niederzuwalzen. Der Mysterious gab sich nicht geschlagen, wenn es sein mußte, würde er die Angreifer allein mit seiner Masse... Unvermittelt endete der Beschuß. Aber nicht weil die Dürren die Sinnlosigkeit eingesehen oder sich gar zur Flucht gewandt hätten. Die Köpfe weit in den Nacken gelegt, starrten sie in den Zenit.

Nur noch fahle Wolkenschleier dämpften das Licht der Sonne. Knapp eine Handbreit neben ihr war ein zweiter, kaum weniger hell strahlender Stern erschienen. Winzig zwar im Vergleich, doch er wuchs rasch an.

Ein Raumschiff!

Die vergrößernde Optik des Roboters zeigte bereits die ringförmige Struktur, obwohl das Schiff noch etliche Kilometer hoch stand.

Sekunden später war die Form schon mit bloßem Auge zu erkennen.

Ein Ringraumer der Mysterious! durchfuhr es Simon siedendheiß, und er wußte nicht, ob er in Freudenschreie ausbrechen oder wie die Dürren schier erstarren sollte. *Sie existieren also noch, die Geheimnisvollen.*

Das andere Bewußtsein schwieg.

Soll ich dir sagen, warum wir angegriffen wurden? Simon fühlte sich durch dieses Schweigen geradezu herausgefordert. *Die Dürren haben erwartet, die Behälter mit den Wurzeln vor dem Transmitter zu sehen. Weil regelmäßig solche Behälter geliefert werden. Sie glauben, daß wir die Fracht entwendet haben.*

Und nun landen die Mysterious. Das kann kein Zufall sein. Sie kommen, um die Fracht abzuholen.

Mit gemischten Gefühlen blickte Simon dem Ringraumer entgegen, der nur noch dreihundert Meter hoch über den Ruinenstadt hing. Mit 180 Metern Durchmesser und einer Ringzellendicke von 35 Metern war er so groß wie Ren Dharks POINT OF. Fünfundvierzig Paar Landebeine lösten sich aus dem Rumpf und reckten sich dem Boden entgegen. Augenblicke später setzte das mächtige, blauviolett schimmernde Schiff erschütterungsfrei im Zentrum des Platzes auf.

Es war, als hätte sich eine stumme Drohung manifestiert.

Lange Zeit hatte er gewartet. Und gehofft. Jahre waren für ihn wie ein Augenblick gewesen, und sogar eine Ewigkeit hätte er überdauert, solange ihm ausreichend Energie zur Verfügung stand. Er hatte die Zeit gemessen, während er auf ein Signal wartete – doch diese Zeit bedeutete ihm nichts mehr.

Zivilisationen mochten aufblühen oder vergehen – im Lauf der Geschichte blieben sie nur eine kleine Randnotiz.

Er wartete...

Weil das die Aufgabe eines Wächters war. Bis der Ruf an ihn erging...

Früher, bevor die Cerash seinen Stützpunkt überfallen und vernichtet hatten, war er ein Sklave der Zeit gewesen und von ihrem Wohlwollen abhängig. Aber sein natürlicher Körper existierte schon lange nicht mehr, der von den Angreifern entfachte Feuersturm hatte ihn verbrannt wie so vieles, was nur in der Erinnerung lebendig geblieben war.

Warum ausgerechnet der Ring aus Unitall die Vernichtung überstanden hatte – er wußte es nicht, hatte auch nie nach den Gründen dafür geforscht. Die Meere und die Lufthülle des sterbenden Planeten waren in der Kälte des Weltraums erstarrt und hatten den Ring in sich aufgenommen. Bis irgendwann das Schwerefeld einer Sonne den Kometen einfing. Seitdem war viel Masse verlorengegangen, doch es würde weitere Jahrtausende dauern, bis das Eis vollends auseinanderbrach.

Nun war der Ruf ergangen – die Cerash waren wieder aktiv. Nur ein Individuum hatte eine Stützpunktwelt betreten, aber so war es auch damals gewesen: Einem Späher folgte die Horde, und zurück blieb eine Spur der Vernichtung.

Seine Schaltungen aktivierten den Transmitter. Es gab keine Verbindung, keine Bestätigung für den Aufbau des Materialisationsfeldes.

Station ULur-B ausgefallen oder in der Gewalt des Gegners, registrierten die Datenspeicher. *Ein technischer Defekt ist schwer vorstellbar.*

Die anderen Stationen...

Ebenfalls keine Rückmeldung.

Der Wächter spulte alle Programme ab und wußte danach, daß die Zeit zum Handeln gekommen war. Er würde sterben oder den Kampf gewinnen – eine andere Alternative gab es nicht.

Für den Bruchteil einer Zeiteinheit fragte er sich, wie viele seiner Art ebenfalls überdauert und den Ruf empfangen hatten. Die Antwort darauf war für die Erfüllung seiner Aufgabe jedoch nur von geringer Bedeutung.

Er registrierte Fremde innerhalb der Station. Ihre Herkunft konnte er nicht einordnen, gleichwohl war ihre Existenz in diesem Augenblick für ihn unwichtig. Ebenso, daß sie mit zwei kleinen Beibooten auf dem Kometen gelandet waren.

Die Konverter lieferten Energie für das Intervallfeld, das sich um die Station aufbaute. Auch die Waffensysteme wurden hochgefahren.

Der Wächter erkannte Fehlfunktionen, die zu beheben Zeit in Anspruch genommen hätte, die ihm nicht mehr zur Verfügung stand. Denn gleichzeitig erhielt er die erwartete Bestätigung. Mit dem Aufbau des Transmitterfeldes, das ihn über zweieinhalbtausend Lichtjahre in ein Depot versetzen sollte, verlor alles andere an Bedeutung.

Der unförmige Klumpen Metall, als der er geruht hatte, bildete vier Gliedmaßen aus – eine der Urformen, die den humanoiden Völkern der Galaxis nachempfunden war.

Alle Verteidigungssysteme sind aktiviert, meldete die Gedankensteuerung.

Der Wächter wählte den geradlinigen Weg zum aktivierten Transmitter. Hindernisse existierten nicht für ihn.

Einer der Fremden war soeben im Begriff, sich in die Funktionskontrollen der Station einzuschalten – ihre Vernichtung würde er dennoch nicht aufhalten können.

Bevor er in den Transmitter trat, erfuhr der Wächterrobot von der Gedankensteuerung die Namen der Fremden:

Ren Dhark und Arc Doorn.

Sie nannten sich selbst Menschen – eine Bezeichnung, die er zum erstenmal vernahm.

Er bedauerte, daß ihm keine Zeit blieb, die Fremden zu studieren, wie es seine Pflicht gewesen wäre. Sie bedienten sich der Gedankensteuerung, als hätten sie nie etwas anderes getan. Daß sie mit Beibooten gelandet waren, bedeutete außerdem, daß die Technik sie akzeptierte.

Fehlfunktion! Die Anlage wird in wenigen Nurkas vom Gegner vernichtet.

Kein Gedanke des Bedauerns, aber auch keine Hast. Das Entstofflichungsfeld würde nach seinem Durchgang zusammenfallen und eine Rekonstruktion des Zielpunktes unmöglich machen.

Eine Rückkehr war ausgeschlossen.

Der Wächter ging, und Nurkas später brach die Station im Atombrand auseinander. Ihre Vernichtung war die Folge einer Funktionsstörung, die es eigentlich nicht geben durfte. Aber was war noch so, wie es hätte sein sollen?

Zwei kleine Beiboote zogen ihre energetische Spur durch den Weltraum, als der Ring verglühte. Aber davon erfuhr der Wächter nichts mehr. Er hatte sein Ziel erreicht.

Bericht Simon:

Meine Nerven liegen blank. Da steht der Ringraumer, groß und massig und imposant, aber ich zögere, den Schatten der Ruinen zu verlassen und einfach hinüberzugehen.

»Wir Menschen nennen euch Mysterious, die Geheimnisvollen. Wir haben euer Erbe angetreten, weil wir der Meinung waren, die Geschichte hätte euch ausgelöscht wie so viele andere große Völker vorher.« – Nein, so geht es nicht, das kann ich ihnen nicht sagen, obwohl ich im stählernen Leib eines ihrer Roboter stecke.

Bin ich überhaupt der Richtige für den ersten Kontakt zwischen Menschen und Mysterious? Diese Verantwortung kann und will ich nicht übernehmen. Ich war nie ein Diplomat, immer nur Diener oder mein eigener Herr.

Für die gesamte Menschheit sprechen zu müssen – das macht mir Angst.

Nichts regt sich beim Ringraumer. Er ist gewaltig, ganz anders als die Holografien der POINT OF, die auf der Erde kursieren. Ein Hauch von Ewigkeit umweht dieses Schiff mit seinem matten blauvioletten Glanz. Verzerrt spiegeln sich die Ruinen auf dem Rumpf, ein Abbild, das die Umgebung noch unwirklicher erscheinen läßt, als sie es ohnehin schon ist. Allmählich kann ich verstehen, wie sich Ren Dhark und seine Freunde fühlen mußten, als sie in den Höhlen von Deluge auf die damals noch nicht fertiggestellte POINT OF stießen. Sie waren klein und unbedeutend, und die Artefakte, zu denen sie ehrfürchtig aufschauten, wahrhaft gewaltig.

Wie ein stählernes Gebirge aus Unitall ragt die Ringzelle vor mir auf. Ich habe fast das Gefühl, das Schiff ergreifen zu können.

Eine Öffnung entsteht im unteren Drittel des Rumpfes. Aber noch erscheint kein Mysterious.

Dabei platze ich fast vor Neugierde.

Wie mögen sie aussehen, diese Intelligenzen, von denen wir annehmen, daß sie ein drittes Auge auf dem Schädeldach besitzen? Welchen Sinn sollte sonst die Überkopfprojektion in den Flash haben?

Ich veranlasse den Roboter, die optische Erfassung zu zoomen. Die geöffnete Schleusenkammer springt mir schier entgegen. Aber nach wie vor zeigt sich keine Bewegung.

Na los doch, worauf wartet ihr? Kommt schon. Ich will euch sehen, bevor ich den nächsten Schritt mache.

Aufzeichnen... Der Robot muß alles speichern... Ich spüre doch, daß ein großer Augenblick bevorsteht. Das erste Händeschütteln zwischen Mensch und Mysterious, ein historisches Ereignis.

Na ja, ich bin kein Mensch mehr. Auch wenn ich gelernt habe, den Roboter so zu beeinflussen, daß er zwei halbwegs menschliche Hände mit Stummelfingern formt.

Und die Mysterious? Wer sagt mir eigentlich, daß sie Gliedmaßen in unserem Sinn besitzen? Vielleicht sind es Tentakel, mit denen sie greifen, oder...

Ich wende mich an das Mysterious-Bewußtsein:

Du hast mir noch nicht verraten, wie du in Wirklichkeit ausgesehen hast. Auch dein Name ist mir nach wie vor unbekannt.

Warum halte ich mich zurück? Deutlicher als mit der offenstehenden Schleuse kann eine Einladung gar nicht ausgesprochen werden. Die Mysterious haben den Robot längst entdeckt und warten darauf, daß er an Bord kommt.

Roboter sind Diener, genau wie ich; von ihnen erwartet niemand, daß sie schicksalhafte Verhandlungen führen.

Die Bedenken, diese unterschwellige Furcht, das sind doch nicht meine eigenen Gedanken? Ich fühle plötzlich die schleichende Beeinflussung. Das andere Bewußtsein will mir suggerieren, mich von dem Schiff fernzuhalten.

Warum? frage ich wütend. Ich mag es nicht, wenn nicht einmal meine Gefühle sicher sind. *Versuche das nie wieder – nie!*

Das Mysterious-Bewußtsein reagiert nicht. Eigentlich habe ich es nicht anders erwartet. Ich sollte mich endlich fragen, wie unterschiedlich unsere Denkweisen sind, statt zu erwarten, daß sich der Mysterious wie ein Mensch verhält.

Schlagartig ist alles das unwichtig. Was ich sehe, kann nur ein Trugbild sein. Das ist niemals die Realität.

Die Wahrnehmung im Bereich des sichtbaren Lichts... Infrarotscan... Kurzstreckenortung... Alle Funktionen des Roboters ergeben ein identisches Muster.

In der Schleuse des Ringraumers sind achtbeinige, düstere Kreaturen erschienen. Dicht an dicht drängen sie sich, und schon schweben die ersten, von A-Grav-Feldern getragen, dem Boden entgegen.

Siedendheiß durchzuckte Simon die Erkenntnis: *Cerash!* Zu deutlich standen die Bilder noch vor seinem geistigen Auge, die das Mysterious-Bewußtsein ihm gezeigt hatte. Aber das waren Bilder gewesen, die tausend Jahre in die Vergangenheit reichten, und inzwischen hatte sich vieles verändert. Waren Mysterious und Cerash nicht mehr die Gegner von einst, sondern heute womöglich Verbündete?

Die ersten Arachnoiden hatten den Boden erreicht. Nach allen Richtungen strebten sie auseinander wie eine gewaltige schwarze Flut. Viele Mirrgam in den Straßen rund um den Landeplatz hatten sich schon wieder zurückgezogen, der Rest wandte sich zur Flucht. Was immer sie erwartet hatten, es schien nicht eingetroffen zu sein. Hätten sie eine Belohnung für die Ablieferung der Kisten erhalten sollen?

Die Cerash machten Gefangene. Zwei der Dürren zappelten in den Fängen der Spinnen und wurden zum Ringraumer geschleppt. An die hundert Spinnenwesen, schätzte Simon, hatten das Schiff mittlerweile verlassen.

Sekunden später fielen die ersten Schüsse. Aber weder Thermosalven noch Sprengsätze konnten die Cerash aufhalten, die geschmeidig Hindernisse überwanden und an brüchigen Fassaden emporkletterten, um durch die gähnenden Fensterhöhlen in die oberen Etagen zu gelangen.

Simon sah eine der borstig behaarten Kreaturen eine glatte Wand überwinden. In zwanzig Metern Höhe hing ein Mirrgam verrenkt im leeren Fenster und gab aus seiner röhrenförmigen Waffe Schuß um Schuß ab. Der Winkel, unter dem er feuern mußte, war für die Handhabung der plumpen Waffe denkbar ungünstig. Trotzdem wurde die Spinne von den materieauflösenden Energien getroffen. Überdeutlich konnte Simon erkennen, wie ein fahles Flirren ihren Schädel und die vorderen Gliedmaßen einhüllte, vermutlich eine Art Schutzschirm.

Die Bewegungen waren schnell und geschmeidig. In zwanzig Metern Höhe stemmte der Cerash sechs Hinterbeine gegen die Wand und packte mit den Vorderläufen zu. Daß der Mirrgam seine Waffe zur Keule umfunktionierte und sie mit aller Gewalt gegen den runden Spinnenschädel schmetterte, half ihm wenig. Gleich darauf hing er in den Fängen des Angreifers. Seine Waffe zerbrach beim Aufprall auf der Straße und verglühte in einem Funkenregen.

Als weitere ausgemergelte, bleiche Stadtbewohner in der Fensterhöhle erschienen und mit unterschiedlichen Waffen nach dem Cerash schlugen, ließ der seine Beute einfach fallen. Hilflos ruderte der Mirrgam mit den doppelgelenkigen Gliedmaßen in der Luft, bevor er aufschlug.

Die mannsgroße Spinne hatte ein neues Opfer gefunden. Mit ihren kräftigen Kiefern zerrte sie einen heftig widerstrebenden Mirrgam über die Fensterbrüstung nach draußen, schüttelte ihn ruckartig und schmetterte ihn mehrmals gegen die Fassade. Die Bewegungen des Bedauernswerten erlahmten bereits, als der Cerash ihn ebenfalls fallen ließ.

Ein Blick weiter die Straße hinab zeigte Simon, daß eine Gruppe von zehn Spinnen zwei Mirrgam jagte, die sich verzweifelt gegen die Übermacht zur Wehr setzten.

Eine der Arachnoiden, von zwei Energieschüssen gleichzeitig aus nächster Nähe getroffen, explodierte förmlich. Augenblicke später erlahmten die Mirrgam unter den heftigen Bissen der anderen.

Funkkontakt zu den Mysterious an Bord des Ringraumers war nicht zustandegekommen, was möglicherweise daran lag, daß die häufig benutzten Frequenzen innerhalb von tausend Jahren geändert worden waren.

Simon konnte nicht länger tatenlos zusehen, ohne daß sich ihm der Magen umdrehte. Ihm war egal, ob er allein gegen hundert kampflüsterne Arachnoiden stand, schließlich hatte der Robot seine Fähigkeiten längst unter Beweis gestellt.

Drei, allerhöchstens vier Minuten waren vergangen, seit die ersten Spinnen den Ringraumer verlassen hatten.

Die mentale Attacke des Mysterious-Bewußtseins erfolgte für Simon völlig überraschend. Sein Zugriff auf die Datenauswertung des Roboters erlosch. Gleichzeitig kam die Kälte. Er hatte schon vergessen, wie eng und bedrohlich ihm der stählerne Körper eine Zeitlang erschienen war. Doch das war nichts gegen das momentane Gefühl gewesen, zu einem Eisklumpen zu gerinnen.

Seine Gedanken begannen zu verwirbeln...

Er schrie seine Qual hinaus...

So hatte er sich das Ende nicht vorgestellt. Ausgerechnet jetzt, da die Mysterious zum Greifen nahe sein mußten.

Simon klammerte sich an seinen Erinnerungen fest wie ein Ertrinkender an einem morschen Ast.

Ich habe dich gebraucht, Mensch, um zu meinem Volk zurückzukehren. Allein hätte ich den wandelfähigen Körper nicht mehr wekken können...

Die Stimme des Mysterious?

Erkennst du die Wahrheit noch immer nicht? Beißender Spott schwang in jedem Wort mit. *Jetzt ist es zu spät dazu.*

Simon wirbelte dem Vergessen entgegen. Vergeblich kämpfte er gegen den Sog an, der ihn mit sich riß.

Ich habe meinesgleichen wiedergefunden. Nach tausend Jahren deiner Rechnung. Und ich bringe einen Wächter als Beute.

Seine Kräfte schwanden, sie verwehten einfach. Da war ein Gesicht. Noreen Welean? Er wußte es nicht mehr, konnte sich kaum noch entsinnen.

Eine nie gekannte innere Ruhe breitete sich aus...

... bis die unsanfte Berührung ihn aufschreckte. Er wurde herumgewirbelt und tauchte für die Dauer eines Gedankens aus dem Sog der Lethargie empor.

Tückisch funkelnde Augen starrten ihn an, sie waren hintereinander aufgereiht wie Perlen auf einer Schnur.

Unter diesen Augen klappten kräftige Kieferzangen. Simon spürte ihren Biß, auch wenn er die Haut nicht durchdringen konnte, aber irgendwo tief in sich wußte er, daß ihr Gift ihn erst lähmen und danach töten konnte. Nicht das Gift eines einzelnen Cerash, dazu waren viele nötig, aber immer mehr drängten heran. Wie ein Knäuel ineinander verfilzter Leiber und Gliedmaßen lasteten sie auf ihm.

Welche Ironie des Schicksals. Der namenlose Cerash war heimgekehrt und wurde von seinesgleichen getötet, weil sie in dem Roboter einen Gegner sahen.

Simon schüttelte die letzte Benommenheit ab. *Wie gefällt dir das?* wollte er wissen. *Du bist noch zu schwach, um an zwei Fronten zu kämpfen.*

Er war es gewohnt, keine Antwort zu erhalten. Andererseits spürte er die Nähe des anderen Bewußtseins deutlicher als bisher.

Was hatte der Cerash gesagt? »*Du bist der Wächter. Du hast eine Aufgabe zu erfüllen, der du dich nicht entziehen kannst!*«

In diesem Moment kannte Simon seine Aufgabe. Fast erschien es ihm wie ein vertrautes Gefühl, als er seine mentalen Fühler wieder ausstreckte und sich in die Programmabläufe des Roboters integrierte.

In dem stählernen Artefakt steckte mehr, sehr viel mehr als er bisher angenommen hatte – auch das Aussehen eines Cerash. Konnte der Koloß jede Gestalt annehmen, sobald der entsprechende Geist ihn einmal beseelt hatte? Dann würde er eines Tages wieder so aussehen wie der Mensch, den er jeden Tag im Spiegel beobachtet hatte? Simon... Einfach nur Simon. Einen Nachnamen brauchte er nicht, obwohl er die längste Zeit Diener gewesen war.

Simon erschrak über die eigenen Gedanken.

Seine gemorphten Kieferzangen packten zu. Tief gruben sie sich in die zuckenden Gliedmaßen eines Cerash und durchtrennten sie mit einem schnellen Biß. Die Kreatur über ihm geriet ins Taumeln, sie strauchelte und wurde von den kräftigen Spinnenbeinen des Roboters zur Seite gestoßen.

Ruckartig kam er hoch und schüttelte die anderen Angreifer ab, die noch nicht begriffen hatten, was geschah. Mit kräftigen Bissen tötete er zwei von ihnen und trampelte über die anderen hinweg, die nicht mehr in der Lage waren, ihn aufzuhalten.

Das Gefühl, auf acht Beinen über Schutthaufen zu rennen, war verwirrend und aufregend zugleich. Eine nie gekannte Lust brach in Simon auf, eine Herausforderung, wie sie kein Mensch vor ihm erlebt hatte. Gleichzeitig wußte er jedoch, daß es nur die Programme der Mysterious waren, die ihm ungehinderte Bewegungsabläufe erlaubten, andernfalls hätte er sich hoffnungslos in der Vielzahl von Gliedmaßen verstrickt.

Betonbrocken prasselten auf ihn herab. Einen Cerash hätten sie vielleicht erschlagen, ihn konnten sie nicht einmal verletzen. Simon hielt nur flüchtig inne und wandte den Blick in die Höhe. Zwei der Stadtbewohner turnten weit über ihm mit halsbrecherischer Geschicklichkeit über ausgefranste Stahlskelette und wuchteten quadratmetergroße Fassadenverkleidungen in die Tiefe.

Die Cerash sammelten sich zum Rückzug. Aus Kellerschächten und anderen Verstecken quollen die monströsen Spinnen hervor und zerrten Gefangene mit sich.

Simon war sich jetzt endgültig sicher, daß er Zeuge einer Strafaktion wurde. Die Kisten, die über die Transmitterverbindung hätten eintreffen sollen, waren für die Cerash bestimmt gewesen.

Tote lagen auf den Straßen, viele von den Kieferzangen der Spinnen übel zugerichtet. Wie eine dunkle Woge fluteten die Arachnoiden zurück und zerrten ihre eigenen Verwundeten mit sich.

Auch in der neuen Gestalt hatte die Welt für Simon keine Geräusche. Fast zu spät bemerkte er die angreifenden Cerash. Seine glatte Haut mußte ihn verraten haben.

Die optische Wahrnehmung begann zu verschwimmen. Als würde das Bild, das er wahrnahm, mehrfach überblendet und dabei jeweils um eine winzige Nuance verschoben. Die acht Augen, zu einem breiten Band angeordnet, bedurften eben einer exakten Koordination.

Das Gift beginnt zu wirken, wisperte die Stimme des Cerash-Bewußtseins. *Aber du wirst nicht sterben – noch nicht.*

Simon taumelte, als kräftige Spinnenbeine ihn trafen. Dennoch fuhr er herum und rammte einem der Gegner die Kieferzangen in die Flanke.

Ineinander verbissen rutschten sie einen Schuttberg hinunter. Sie überschlugen sich, aber keiner fand ausreichenden Halt.

Weitere Arachnoiden hasteten heran. Ihre Übermacht war erdrükkend. Simon wurde unter zuckenden Leibern begraben.

Seine Gegenwehr begann zu erlahmen, er spürte seine Kräfte nachlassen. Trotzdem schaffte er es noch einmal, sich aufzubäumen und die Angreifer abzuschütteln.

Er torkelte weiter, benommen von dem Gift, das sogar auf den Robotkörper einwirkte...

Er knickte ein und raffte sich wieder auf...

Alles ringsum begann sich plötzlich aufzublähen – die Ruinen, der Ringraumer am Ende der Straße, die Cerash...

Simon spürte, daß er stürzte. Vergeblich versuchte er, wieder auf die Beine zu kommen, die unter ihm wegknickten...

Er war hilflos, als die Spinnen ihn packten und mit sich zerrten. Das letzte was er noch bewußt wahrnahm, war der über ihm aufwachsende Rumpf des Ringraumers.

Als er im A-Grav-Feld in die Höhe schwebte, schwanden ihm die Sinne.

6.

Bericht Simon:

Ich wache auf. Völlig unspektakulär. Da ist keine Übelkeit, kein Pochen oder Hämmern in meinem Schädel wie nach einer durchzechten Nacht... ich tauche einfach aus der Bewußtlosigkeit empor und habe sofort meine volle Erinnerung wieder. Die Cerash haben mich – nein, sie haben den Mysterious-Robot betäubt und an Bord des Ringraumers verschleppt.

Neue Wahrnehmungen stürzen von allen Seiten auf mich ein. Im ersten Augenblick fühle ich mich von ihnen fast erschlagen. Ich hätte erwartet, wenn schon, dann nur unter strengen Sicherheitsvorkehrungen aufzuwachen, eingesperrt in eine ausbruchsichere Zelle und von Energiefeldern gefesselt. Aber dem ist nicht so.

Ich kann sehen, riechen und – hören?

Doch der Reihe nach:

Ich befinde mich eindeutig in der Zentrale des Ringraumers. Die optischen Systeme des M-Roboters zeigen Instrumentenpulte und eine Vielzahl farbiger Kontrollen. Cerash sitzen vor den Pulten und bereiten den Start vor. Aber da sind keine Sessel im eigentlichen Sinn, sondern eigenwillig konstruierte Halterungen, von denen die ausladenden Spinnenleiber in der Schwebe gehalten werden. Mit den vier hinteren Gliedmaßen stützen sie sich zusätzlich ab, die vorderen dienen ihnen als gelenkige Handlungsarme.

Keiner der Cerash beachtet mich.

Eine Zeitlang wirbelt alles in mir durcheinander. Was bin ich jetzt eigentlich – Freund, Feind, Gefangener oder Gast? Im Aussehen gleicht der Roboter immer noch einem Cerash.

Sind sie also doch die Geheimnisvollen?

Aber die Spinnen haben auf Hope gegen die Mysterious gekämpft. Es sei denn, die vermeintlichen Erinnerungen wurden bewußt falsch dargestellt. Alles erscheint mir plötzlich möglich, ich weiß nicht mehr, was ich denken soll und verstricke mich in meinen eigenen Spekulationen.

Sind alle Menschen so leicht zu verwirren?

Das klingt lauernd. Und bösartig zugleich.

Ich muß mich zwingen, an nichts zu denken. Jetzt nur nicht in Gedanken zur Erde abschweifen, nicht über die Flotte und die Verteidigungsmaßnahmen sinnieren, die gegen eine Invasion... Die Cerash haben Hope überrannt, das ist Realität, sie dürfen die galaktische Position der Erde nie erfahren.

Ich muß mich ablenken. Irgendwie. Wenn ich mir Noreen vorstelle, ihre aufreizende Figur, die ich schon auf der Erde bewundert... Bei Gott, ich darf nicht zur Erde abgleiten, nicht zu den Kugelraumern, die wir von den Giants übernommen haben. Wegwerfraumer sagen die einen, weil wir keine Ahnung haben, wie die ausgebrannten Energiemeiler neu zu bestücken sind.

Was soll das? Ich will nicht daran denken. Machst du das, du namenloses Bewußtsein eines Cerash, verleitest du mich dazu? Aber nicht mit mir. Ich werde dir zeigen, wozu ein Mensch fähig ist. Erst will ich die Wahrheit kennen, und dann kehren wir zur Er... Ganz bestimmt nicht, ich habe mich doch soweit im Griff, daß ich meine Gedanken unter Kontrolle bekomme.

Eins...

Das ist es. Zahlen lenken ab. Ich muß Schafe zählen, das hilft.

Zwei...

Drei...

Ich will mehr wissen. Über den Ringraumer und die Cerash. Auch Ren Dhark hat einen Ringraumer in den Höhlen von Deluge erbeutet. Aber dir verrate ich bestimmt nichts darüber, dir und dieser verdammten Spinnenbrut.

Vier...

Ich kann euch nicht riechen. Die Luft in der Zentrale ist trotz der steten Umwälzung zum Schneiden dick. Ich glaube, das ist ein Moschusgeruch, den eure Leiber absondern.

Bernd Eylers und die GSO müssen von den Cerash erfahren. Damit sie Maßnahmen treffen können. Die Erde braucht eine schlagkräftigere Verteidigung.

Für einen Augenblick bin ich abgelenkt, und ich bin mehr als froh darüber. Das an der Grenze zur Hörbarkeit liegende Summen wird deutlicher, es steigert die Frequenz hin zu dumpfen Schwingungen. Der Robot kann also wirklich Schallwellen erfassen, ich habe mir die Geräusche nach dem Aufwachen nicht nur eingebildet.

Hast du das geschafft, Cerash? Du kennst die Funktionen des Cyberhirns besser als ich. Das heißt aber auch, daß deine Kräfte zunehmen. Weil du nicht mehr allein bist? Ihr seid Gemeinschaftswesen, keine Individualisten wie wir Menschen. Deshalb hast du es auf Hope nicht mehr geschafft, den Roboter zu benutzen – das ist dein schwacher Punkt.

Und dein Name? Du hast ihn mir nie genannt. Weil du keinen Namen besitzt? Ihr seid einfach nur – Cerash. Dann paß auf: Ich zeige dir, was Menschen fertigbringen. Es gibt genug von uns, die Spinnen nicht ausstehen können und sie einfach zertreten. Ich habe das nie getan, aber vielleicht fange ich endlich damit an. Es wird Zeit. Auge um Auge, Zahn um Zahn, so steht es in der Bibel. Ich werde jetzt den Roboter in seine humanoide Gestalt zurückverwandeln, und dann verlasse ich dieses Raumschiff...

Die Kälte ist unerträglich geworden. Ich habe jeden Zugriff auf die Programme verloren; sobald ich es versuche, glaube ich, zu einem Eiszapfen zu erstarren.

Nur zögernd akzeptiere ich, daß sich der Cerash regeneriert hat. Ich sitze fest, unfähig, mich gegen die Gefangenschaft zu wehren. Aber ich werde dich zertreten, ich werde es tun – und verdammt, es wird mir sogar Vergnügen bereiten.

Fünf...

Ich muß wieder zu zählen beginnen, sonst schweifen meine Überlegungen ab.

Sechs...

Wie schaffe ich es, mich dem Einfluß des Cerash-Bewußtseins zu entziehen? Ich lasse mich nicht benutzen – von niemandem. Das war früher einmal. Da war ich noch ein Diener und vollauf zufrieden damit. Aber das scheint mir sehr lange zurückzuliegen.

Befehle hallen durch die Zentrale. Die Spinnen haben eine knarrende, unmelodische Stimme. Visionen steigen in mir auf, die ich lieber nicht sehen möchte: Eine Flotte von Ringraumern landet auf bewohnten Welten. Aus den Schleusen fluten Hunderttausende von Cerash, ein unüberschaubares Heer, das alles niederkämpft, was sich ihm in den Weg stellt.

Mit Schaudern erkenne ich eines der Sonnensysteme. Es hat neun Planeten, darunter einer mit ausgeprägtem Ringsystem. Nummer Drei dreht sich als strahlend blaue Kugel in der Schwärze des Alls; weiße Polkappen sind zu erkennen, die Umrisse von Kontinenten...

Sieben...

Acht...

Gerade noch rechtzeitig begreife ich, daß der Cerash mich erneut beeinflußt. Ich muß mich konzentrieren und darf mich auch vom Start des Ringraumers nicht ablenken lassen.

Meine Gedanken schweifen zurück zur Erde. Warum nicht? Diesmal sehe ich weder Planeten noch Koordinaten vor mir, sondern eines der Zimmer, die ich vor dem Abflug nach Hope bewohnte. Es war spärlich eingerichtet.

Ich konzentriere mich auf den hellen Fliesenboden. Ein dunkler Fleck bewegt sich. Es ist ein zweieinhalb Zentimeter messender, behaarter Körper. Sogar die glotzenden Augen glaube ich zu sehen. Auf acht flinken Beinen will die Spinne sich in Sicherheit bringen. Aber sie ist nicht schnell genug. Ich trete zu, zerquetsche sie unter meinem Schuh, angewidert zwar, aber ich mache es. Was übrig bleibt ist eine blutige Masse, sind zwei heftig zuckende Beine.

Ein gellender Aufschrei reißt mich aus der Konzentration; für einen kurzen Augenblick glaube ich, die Qual des Cerash-Bewußtseins zu spüren.

Nein, wehrlos bin ich nicht.

Als das Transmitterfeld erlosch, gab es kein Zurück mehr. Aber das hätte der Wächter auch nie in Erwägung gezogen.

Das Depot war eng, der Raum mit der Ringantenne durchmaß lediglich siebzehn Meter. Hinter den blauviolett schimmernden Wänden existierte noch eine zweite, ähnlich gestaltete Höhle, fünf Kilometer tief unter der Oberfläche eines Planeten.

Der Aufbau einer neuen Transmitterverbindung war nicht möglich. Das bestätigte den Eindruck, daß entweder alle sieben Stützpunkte zerstört oder von den Cerash erobert worden waren.

Oder hatte *der Gegner* zugeschlagen?

Die Gedankensteuerung enthielt keine relevanten Daten. Überhaupt war seit sehr langer Zeit keine Nachricht von anderen Stationen mehr eingetroffen.

Eines Tages werden sie zuschlagen, rekapitulierte das Bewußtsein, das den Wächterrobot beseelte. *Auf diesen Tag warten wir.*

Ein kleiner Hangar grenzte an den Transmitterraum an. Nur ein einziges Boot stand hier auf zwölf weit gespreizten, dürren Auslegern. Vorgesehen war es für einen Notfall wie diesen, falls die Transmitterverbindungen versagten oder dem Gegner in die Hände gefallen sein sollten.

Der superschwere Robotkörper sandte den Identifizierungsimpuls, worauf sich hinter der plumpen Nase des Bootes eine große Schleuse öffnete. Das Zwischendeck war entfernt worden, um dem massigen Robotkörper ausreichend Bewegungsraum zu gewährleisten. Außerdem gab es Zusatzaggregate, die in anderen Booten oder auch größeren Raumern nicht zu finden waren.

Der Wächter aktivierte die Kontrollen. Alle Anzeigen leuchteten violett, es gab nichts, was einen raschen Start verzögert hätte.

Die Gedankensteuerung meldete viertausend Meter härtesten Fels über dem Hangar, darüber ausgedehnte Grundwasservorräte und Kohleflöze. Der Planet selbst war von intelligenten Wesen bewohnt, die sich auf einer äußerst niedrigen Entwicklungsstufe befanden. Den Simulationen zufolge hatten sie inzwischen erst die Kunst der Eisenherstellung entwickelt, es bestand also keine Gefahr einer Entdeckung.

Das Intervallfeld baute sich auf.

Gleichzeitig begann der Brennkreis des Sub-Licht-Effekts zu arbeiten. Das Boot schwebte lautlos in die Höhe und drang, nachdem die Ausleger in der Hülle verschwunden waren, in die Höhlendecke ein.

Nur ein wesenloses Wogen war in der Bildwiedergabe zu erkennen. Der Reizstrahl, der die optische Verbindung nach außen darstellte, konnte zwar das Intervall durchdringen, nicht aber den massiven Fels, in dem das Boot flog.

Unvermittelt registrierten die Taster gewaltige Wassermengen, als hätte sich ein Ozean in subplanetare Hohlräume ergossen. Darüber lagen einige hundert Meter brüchiges Gestein, dann folgten erneut Hohlräume.

Für wenige Augenblicke erschienen in der Wiedergabe mit Eisenträgern abgestützte Stollen. Breite Gleise, auf denen dampfgetriebene Transportkarren fuhren, wurden ebenso registriert wie elektrisches Licht, das die künstlich angelegten Tunnel taghell ausleuchtete.

Ungläubig starrten mehrere Arbeiter dem Boot hinterher, das dicht vor ihnen aus der Tiefe kam und in den Gesteinsschichten über ihren Köpfen verschwand. Schon kurz darauf mochten sie sich endlos darüber streiten, was sie wirklich gesehen hatten. Zu diesem Zeitpunkt hatte das Boot bereits die Oberfläche erreicht.

Das Land war eben und bar jeder Vegetation. Gewaltige Erdbewegungsmaschinen fraßen sich im Tagebau in die Tiefe vor. In der Ferne zeichnete sich die Silhouette einer Stadt ab. Quaderförmige Bauten türmten sich über- und nebeneinander. Unzählige Schlote spuckten dichten Qualm in die Atmosphäre.

Aus mehreren Kilometern Höhe sah es aus, als würde die Region unter dem Rauch ersticken.

Der Wächter registrierte Funkanrufe auf kurzwelligen Frequenzen. Es interessierte ihn nicht. Mochten die Eingeborenen, deren Entwicklung weiter vorangeschritten war als erwartet, rätseln, was da aus der Tiefe ihres Planeten gekommen war, sie würden es nie erfahren.

Während das Boot immer stärker beschleunigte, konzentrierte sich der Wächter auf das, was ihn am Zielort erwarten mochte.

Immer schneller fiel der Planet unter dem Ringraumer zurück. Schwarz verbrannte Landschaften, nur spärlich von grünen Oasen durchbrochen, beherrschten noch die Bildschirme.

Reglos verharrte der Mysterious-Robot in Spinnengestalt in der Zentrale, während rings um ihn zwei Dutzend Cerash Mühe hatten, alle Funktionen unter Kontrolle zu halten.

Sie beherrschen das Schiff nicht, durchzuckte es Simon.

Keinesfalls waren die Cerash mit den Mysterious identisch. So sehr er gehofft hatte, den Geheimnisvollen zu begegnen, so erleichtert war er über die Erkenntnis, daß die Spinnen den Ringraumer bestenfalls erbeutet hatten. Sie steuerten die Funktionen längst nicht in derselben Leichtigkeit wie Ren Dhark und seine Crew. Vielleicht reagierte die Gedankensteuerung nicht.

Einen Augenblick lang fühlte sich Simon versucht, die eigene mentale Abschottung zu lockern und den Bordrechner zu kontaktieren. Aber das Cerash-Bewußtsein lauerte wohl nur auf einen solchen Fehler. Solange er sich der Funktionen des Robots nicht bedienen konnte, gab er sich keinen Illusionen hin, was ihn am Ende des Fluges erwartete. Die Spinnen würden seinen Widerstand brechen und die Informationen aus ihm herausholen, die er ihnen freiwillig niemals geben würde.

Er hatte gesehen, daß die Cerash mit ihren Gegnern nicht eben zimperlich umsprangen, für sie bedeutete der Einzelne wenig, nur das Überleben und der Erfolg der Gemeinschaft zählten.

Was würde geschehen, falls er blitzschnell versuchte, die Kontrolle über den Roboter an sich zu reißen und innerhalb der Zentrale dessen Waffen einzusetzen?

Nicht daran denken, redete er sich ein. *Ich muß handeln, ohne mir einen Plan zurechtzulegen, alles nur intuitiv.*

Weiterhin versuchte er, sich durch Zählen abzulenken. Ob er damit wirklich den gewünschten Erfolg hatte, wußte er nicht. Aber irgendein Parapsychologe hatte vor kurzem im TV darüber geredet, eine pseudowissenschaftliche Sendung, die ungezählte Fragezeichen hinterlassen hatte und das schreckliche Gefühl, nichts und niemandem trauen zu dürfen.

Zweiundzwanzig...

Seine Gedanken schweiften schon wieder zur Erde ab. Das Cerash-Bewußtsein war stärker geworden und versuchte, ihn zu manipulieren.

Versuch's doch! keuchte Simon.

Er konzentrierte sich auf das Bild vom hellen Fliesenboden und die vor ihm fliehende Hausspinne... Wieder trat er mit aller Kraft zu.

Simon glaubte zu spüren, wie der haarige Leib unter seinem Fuß zerquetscht wurde, und ein eisiger Schauer lief seinen Rücken hinab.

Er konzentrierte sich stärker. Die nächste Spinne krabbelte vorbei. Eine unbändige Lust übermannte ihn, als er aufstampfte und das Tier zermalmte.

Aus den Augenwinkeln heraus bemerkte Simon einen huschenden schwarzen Leib. Herumfahren und zutreten war eins.

Dir zeige ich's! hämmerten seine Gedanken.

Die nächste Spinne suchte die trügerische Sicherheit seiner Schuhspitze. Er schüttelte sie ab und trat diesmal mit dem anderen Fuß zu.

Nummer Vier.

Plötzlich waren sie überall. Immer mehr Spinnen erschienen wie auf ein geheimes Kommando hin in seinem Blickfeld. Tiere waren darunter, die fast so groß wie seine Faust sein mochten, aber auch kleine, giftgrün schillernd und mit schwarzer Zeichnung. Andere schwebten auf silbrigen Fäden in der Luft; er schlug mit beiden Händen nach ihnen und zerquetschte sie zwischen den Fingern.

Das Zählen hatte er längst vergessen. Überall waren die Biester; der Boden war schwarz von ihren wogenden Leibern, an den Wänden krabbelten sie empor und ließen sich von der Decke herabfallen.

Simon riß die Arme hoch und fuhr sich mit beiden Händen durchs Haar, als er die ersten Spinnen auf dem Kopf spürte. Angewidert wischte er die Tiere zur Seite, aber schon fielen andere in sein Hemd, tasteten ihre Füße und Zangen über seine Haut.

Von den Schultern quollen sie herab, eine ekelerregende Masse. Sie hatten begonnen, ihn mit ihren klebrigen Fäden einzuspinnen.

Simon stöhnte gequält auf, als die ersten fetten Exemplare von der Stirn herab über sein Gesicht krabbelten. Vergeblich versuchte er, die Spinnen wegzuwischen, doch er wurde ihrer nicht mehr Herr. In Mund und Nase spürte er sie und krallte die Finger in seine Wangen und riß sich selbst blutige Striemen.

Keuchend brach Simon zusammen –

– und schaffte es erst in dem Moment, wieder einigermaßen klar zu denken.

Der Cerash war im Begriff, ihn mit seinen eigenen Waffen zu schlagen. Dabei hatte sich nichts verändert.

Oder doch? Auf den Bildschirmen war die Projektion anfliegender Raumschiffe zu sehen, und offenbar verdankte er ihnen das Ende des Alptraums. In Formation kamen sie näher – vier, fünf, sechs Schiffe konnte Simon erkennen, und ihr Auffächern war eindeutig:

Sie flogen auf Angriffskurs.

Die Geräuschkulisse steigerte sich innerhalb von Sekunden. Befehle hallten durch die Zentrale, Bestätigungen wurden gegeben, Ortungsdaten gebrüllt. Zudem erwachten tief im Schiff weitere Konverter zu rumorendem Leben.

All das konnte Simon endlich hören, und es erschien ihm nach der seit Tagen durchlebten Totenstille wie eine Erlösung. Obwohl er nicht verstand, was die Spinnen sagten; gesprochene Worte waren anders als Gedankenbilder. Möglich, daß der Mysterious-Robot eine Übersetzung liefern konnte. Simon zweifelte nicht daran, aber ihm bot sich keine Zugriffsmöglichkeit, das Cerash-Bewußtsein hatte vorgesorgt.

Der Roboter reihte sich in den Arbeitsplatz vor einer Konsole ein. Mit zwei Vorderbeinen tastete er über farbige Kontrollflächen.

Grafiken erschienen und veränderten sich schnell. Simon hatte sich mehrfach in Raumschiffen aufgehalten und glaubte zu erkennen, daß er die Distanzortung vor sich hatte. Nun ja, zumindest hatte er während einer Ausstellung einen teilweise abgewrackten Giant-Raumer besucht und sich außerdem in dem Kugelraumer umgesehen, der ihn nach Hope gebracht hatte.

Die Symbole auf den Schirmen entstammten der Mysterious-Technik. Entweder hatten die Cerash es für unnötig angesehen, die Darstellungen zu verändern, oder sie waren nicht dazu in der Lage. Auf Hope hatte Simon sich die gängigsten Zahlen eingeprägt. Demnach betrug die Distanz zu den anderen Schiffen noch wenig mehr als eine Lichtsekunde.

Sie lagen auf Kollisionskurs.

Innerhalb weniger Augenblicke waren die Angreifer heran. Turmdicke Thermostrahlen flammten auf, sprangen glutend von den Schirmen herab und verloren sich im All.

Die Cerash hatten das Feuer noch nicht erwidert.

Die Angreifer kamen zurück. Ihre Schiffe hatten Keilform und maßen an die hundert Meter, sonderlich imposant wirkten sie nicht.

In der Sternenpracht der Milchstraße gähnte ein gewaltiges, ausgefranst wirkendes Loch. Das mußte die Dunkelwolke sein, die Simon in der Bildkugel gesehen hatte und von der er annahm, daß sie zur Wahlheimat der Mysterious geworden war.

Unvermittelt wurden die Projektoren für den Sle des Ringraumers abgeschaltet, flog das Schiff ohne weitere Beschleunigung. Die Cerash stellten sich den Angreifern.

Sekunden später sprang erneut die gleißende Lichtfülle einschlagender Thermostrahlen von den Schirmen. Paarweise griffen die Keilraumer an, jagten vorbei und drehten nach verschiedenen Seiten ab. Exakte Berechnungen gehörten dazu, im Bruchteil von Sekunden die gebündelten Energien ins Ziel zu lenken.

Mit der zweiten Salve explodierten Torpedos auf der Außenhülle des Ringraumers. Siedendheiß durchzuckte es Simon: Das Schiff flog nicht im Schutz eines Intervalls. Andernfalls hätten weder Erschütterungen noch eine derart intensive Geräuschkulisse durchschlagen können.

Diesmal reagierten die Spinnen. Flüchtig zeichneten sich die olivgrünen Bahnen der Duststrahlen ab. Die Bildwiedergabe sprang auf extreme Vergrößerung um und ließ erkennen, daß die materieauflösenden Energien von einem fahlen Schirmfeld abgewehrt wurden. Aber zugleich schlugen Nadelstrahlen ein und entfachten ein Feuerwerk, dem die gegnerischen Schirme nicht gewachsen waren. Flackernde Eruptionen lösten sich von den Einschlagstellen der hochenergetischen Nadelstrahlen, Strukturrisse entstanden und weiteten sich aus, gleich darauf umgaben nur noch verwehende Schleier den Keilraumer. Die tödliche Brisanz dieses irrlichternden Schauspiels wurde richtig offenbar, als die durchschlagenden Energien der Duststrahlen ein gewaltiges Leck in den Rumpf fraßen. Ein Reihe von Explosionen im Schiffsinnern war die Folge, die Bugregion brach auf. Wie Lava unter einer dünnen Erdkruste hervorbricht und riesige Schollen mit sich reißt, brodelten die Energien explodierender Konverter auf. Jedes Detail war in der Bildwiedergabe zu erkennen, selbst das stählerne Rumpfskelett, das für Augenblicke noch zur Stabilisierung beitrug, aber dann ebenfalls regelrecht zerplatzte. Die nachfolgenden Explosionen, von einschlagenden Nadelstrahlen geschürt, rissen den Raumer der Länge nach auf. Dort drüben, bereits mehr als fünfzigtausend Kilometer entfernt, tobte in diesen Sekunden ein unbeschreibliches Inferno.

Dennoch lösten sich zwei Beiboote aus den atomaren Gluten und beschleunigten.

In ohnmächtigem Zorn mußte Simon mit ansehen, wie die Cerash die Rettungsboote ins Visier nahmen. Nadelstrahlen verwandelten sie in auseinandertreibende Explosionswolken.

Was seid ihr nur für Bestien, schoß es Simon durch den Kopf. Er erfuhr nicht einmal, ob das Cerash-Bewußtsein diese Gedanken überhaupt registrierte.

Zwei weitere Keilschiffe explodierten im Abwehrfeuer des Ringraumers, eines scherte schwer beschädigt aus dem Kurs. Bevor die letzten Raumer dem Havaristen zu Hilfe eilen konnten, verglühte er von innen heraus in einem wabernden Glutball.

Die nächste Kursänderung der Keilschiffe führte weg vom Ringraumer. Sie beschleunigten mit Höchstwerten und gingen Minuten später in Transition.

Bericht Simon:

So mies habe ich mich noch nie gefühlt. Ich bin nicht nur im Körper des Mysterious-Roboters gefangen, der nach wie vor Spinnengestalt hat, ich bin zudem inzwischen völlig hilflos.

Dabei kann ich noch nicht einmal erkennen, woraus mein Gefängnis besteht. Am ehesten scheint mir der Vergleich mit einer Gummizelle angebracht. Vielleicht sind es Elektronenströme, die mich umgeben – sobald ich mich dagegenwerfe, dringe ich ein Stück weit in diese eigenartige Masse ein und werde zurückgeschleudert.

Der Ringraumer beschleunigt wieder. Das kann ich erkennen. Nach wie vor habe ich Zugriff auf das optische Zentrum des Roboters, ebenso auf akustische Wahrnehmungen. Aber ich kann mich nicht verständlich machen, und der Funk bleibt mir versperrt.

Das Cerash-Bewußtsein schweigt. Es will mich zermürben, und wahrscheinlich schafft es das auch. Eines Tages. Irgendwann. Vorerst gebe ich mich nicht geschlagen. Auch du bist nicht vollkommen und hast Schwächen. Ich hab's doch bemerkt. Oder wie war das, als ich in Gedanken die fette Hausspinne zertrat? Dein Schrei hallt immer noch in mir nach und verschafft mir etwas Genugtuung. Daß du Mistvieh dann den Spieß umgedreht hast, soll mir eine Lehre sein. Wir Menschen sind lernfähig, und wir passen uns an. Andernfalls hätten Dhark und seine Freunde den Ringraumer... Aus, vorbei! Ich weiß nicht, wie du das schaffst, meine Gedanken immer wieder in die von dir gewünschte Richtung zu lenken, aber so bekommst du mein Wissen nicht. Lieber sterbe ich, als Bestien wie euch Cerash unsere Geheimnisse zu verraten. Doch vorher wird die POINT OF hier erscheinen und... Bei allen Geistern dieser Galaxis, wo bin ich mit dem Zählen stehengeblieben?

Siebenhundertachtunddreißig...

Siebenhundertneununddreißig...

Der Ringraumer beschleunigt. Erst Sle, dann Sternensog. Ich bin überrascht, als sich das Intervallfeld aufbaut, in dessen Schutz der überlichtschnelle Flug ohne Transition erst möglich wird.

Das ist nicht das Verdienst der Cerash, richtig? Die Gedankensteuerung oder auch der Checkmaster, oder wie immer man den Bordrechner nennen mag, gibt bestimmte Funktionen erst frei, wenn es unumgänglich wird.

Was mich interessiert: woher haben die Cerash den Ringraumer? Aber das bekomme ich heraus, sobald ich mich aus diesem engen Gefängnis befreit habe. Ren Dhark hat sein Schiff zusammen mit den Flash... Oh nein, wie lange soll dieses Spiel so weitergehen? Ich weiß doch, daß du meinen Gedanken lauschst.

Nur einer von uns beiden kann Sieger sein. Und ich habe nicht vor zu verlieren. Hörst du? Ich werde gewinnen, ich... ich... ich...

Jede Transition, also die zeitlose Fortbewegung eines Raumschiffs durch den übergeordneten Hyperraum, erforderte einen mehr oder weniger großen Energieaufwand. Abhängig war dieser von der

Masse des zu entstofflichenden Objekts und der zu überbrückenden Entfernung. Zurück blieben nach jedem Sprung Energiefahnen, die von hochgezüchteten Ortungsgeräten erfaßt und umgerechnet werden konnten. Daraus ließen sich, innerhalb eines beschränkten zeitlichen Limits, die Sprungkoordinaten einigermaßen genau bestimmen.

Das war natürlich arg verallgemeinert. Eine entscheidende Rolle beim Lesen solcher Spuren spielten vor allem der Sonnenwind, magnetische oder energetische Störströmungen und letztlich die ein-gesetzte Computertechnik.

Die Mysterious verfügten über hervorragende Rechnersysteme. Deshalb fiel es den Cerash leicht, die Spur der Keilraumschiffe zu verfolgen. Obwohl die Angreifer bemüht gewesen waren, sich den Rücken freizuhalten.

Ihre erste Transition führte in Richtung Dunkelwolke. Nach nur dreieinhalb Lichtjahren Distanz waren beide Schiffe im interstellaren Leerraum materialisiert und hatten sofort wieder beschleunigt.

Als der Ringraumer der Cerash nach kurzem Überlichtflug die betreffende Position erreichte, hing die Dunkelwolke wie ein Sterne verschluckender Moloch in den optischen Wiedergaben. Brodelnde Schwärze oder ein gigantisch aufgeblähtes Nichts, so erschien sie auf den Schirmen. Durch einen optischen Linseneffekt schienen sich an den Rändern die Sterne zu ballen, sie hüllten den »Kohlensack« wie eine leuchtende Aura ein.

Für die Cerash war dieses Bild Alltag, für Simon bedeutete es die Erfüllung seiner Träume, allerdings unter alles andere als traumhaften Umständen.

Der Roboter wandte sich, vom Cerash-Bewußtsein gelenkt, wieder den Ortungen zu.

Eine zweite Kurztransition hatte die Keilschiffe in die Nähe einer Doppelsonne versetzt. Ein roter Riese wurde von einer wesentlich kleineren blaßgelben Sonne umkreist. Der Raum zwischen ihnen war angefüllt von spiralförmig sich windenden leuchtenden Gasschleiern, Materie, die der Schwerkraftsog dem kleineren Begleiter entriß.

Simon kannte diese Konstellation aus der unterirdischen Station der Mysterious. Die Doppelsonne besaß lediglich einen einzigen Planeten auf extremer Umlaufbahn.

Die Keilraumschiffe hatten minutenlang mit Höchstwerten in Richtung der Sonnen beschleunigt und waren dann erneut in Transition gegangen, bevor die zeitweise extremen Schwerkraft- und Strahlungsbedingungen negative Auswirkungen befürchten ließen.

Diesmal benötigten die Cerash mehr Zeit für ihre Berechnungen. Die Anspannung innerhalb der Zentrale wurde mit jeder Minute deutlicher spürbar.

Vielleicht sind euch die anderen doch überlegen, schoß es Simon durch den Sinn. *He, namenloser Cerash, wie gefällt dir das? Weißt du, was Guerillataktik ist?*

Keine Reaktion erfolgte.

Die Keilschiffe sind nicht vor euch geflohen, versetzte Simon spöttisch. Er wollte provozieren. Wieder einmal. Um wenigstens eine Reaktion zu erzielen. *Wir Menschen würden euch mit einer großen Flotte auflauern und vernichten.*

Verstehst du das? Am Rand unseres Sonnensystems würden wir euch vernichtend schlagen...

Urplötzlich erklang die mentale Stimme des Cerash, lauter und markanter als Simon sie je vernommen hatte. Unwillkürlich hatte er das Gefühl, daß ihm ein Schauder den Rücken hinablief, aber das war Einbildung.

Außerhalb des neunten Planeten, den ihr Pluto nennt? fragte der Cerash scharf. *Oder würde die TF uns erst über dem dritten Planeten und seinem Mond abfangen?*

Das war ein Tiefschlag. Für Simon brach in dem Moment eine Welt zusammen.

Woher... woher hast du diese Informationen? stieß er abgehackt hervor.

Du selbst hast sie mir gegeben!

Niemals!

Oder doch?

Die Zweifel nisteten tief in seiner Seele. Sie fraßen ihn auf. Vergeblich versuchte Simon, sich abzulenken und an andere Dinge zu denken. Es wollte ihm nicht gelingen, seine Gedanken schweiften sofort wieder ab. Alles Schäfchenzählen war sinnlos, das hatte sich erschreckend deutlich erwiesen. Irgendwie hatte es der Cerash fertiggebracht, wenigstens einige Informationen zu bekommen.

Du bildest dir ein, überlegen zu sein, aber du bist es nicht. Je mehr du glaubst, deine Gedanken unterdrücken zu müssen, desto mehr befaßt sich dein Unterbewußtes damit. Was du zu verbergen glaubst, liegt offen da.

Wenn der Cerash Simon demütigen wollte, dann war ihm das perfekt gelungen. Simon konnte sich nicht mehr sicher sein, ob er überhaupt noch denken durfte.

Nein, versetzte das andere Bewußtsein zynisch, *sterben wirst du erst, wenn ich das will. Vielleicht brauche ich dich noch – nicht als Diener, sondern als Sklave.*

Du wirst mir deine Welt zeigen. Vor allem die Tiere, die du Schäfchen nennst; sie wären ein gutes Futter für die Brut. Du hast dich oft verzählt.

Gedankenbilder entstanden, die Simon schockierten: in Kokons aus Spinnweben eingeschlossene Schafe, blökend und vergeblich um die Freiheit kämpfend. Ein unüberschaubares Heer von Nymphen stürzt sich auf sie und saugt ihnen das Blut aus den Adern.

Die mühsam errungene Zuversicht wich dem Gefühl, in einen bodenlosen Abgrund zu stürzen. Für Simon war das ein weiterer in einer Serie von Tiefschlägen. Zu allem Überfluß versuchte der Cerash nicht mehr, von neuem in ihn zu dringen oder ihn zu beeinflussen. Hatte er schon alles erfahren, was er über die Erde wissen wollte?

Oder bluffte er nur? Weil er anders nicht an die Informationen herankam?

Als Pokerspieler wärst du unschlagbar, Cerash, dachte Simon. *Aber ich bin auch gut, so leicht lasse ich mich nicht aufs Kreuz legen.*

Trotzdem wurden seine Zweifel stärker. Zweifel waren immer der Anfang vom Ende. Das Psychospiel mit dem Cerash hatte Simon gereizt, er hatte geraume Zeit sogar geglaubt, dem geschwächten Bewußtsein überlegen zu sein.

Eigentlich hatte er es sich eingeredet.

Die neuen Koordinaten standen fest. Der Ringraumer beschleunigte und ging in den Überlichtflug.

Achtzehn Lichtjahre betrug diesmal die Entfernung. Das Ziel war eine Sonne mit fünf Planeten – so hatte Simon sie aus der holografischen Darstellung in Erinnerung. Der dritte Planet, innerhalb der Biosphäre kreisend, mußte ein Stützpunkt der Mysterious sein.

Weit griffen die Taster des Ringraumers in den Weltraum hinaus. Aber nur vier Planeten umliefen die nicht besonders große Sonne.

Keine Energieechos wurden angemessen.

Die Cerash reduzierten ihre Fluggeschwindigkeit auf weniger als ein Drittel Licht.

Wo nach physikalischen Gesetzmäßigkeiten die Umlaufbahn des dritten Planeten zu erwarten war, umkreisten Asteroidenschwärme die Sonne, öde Felsbrocken, von denen die kleinsten nur wenige Meter maßen, die größeren aber dem Ortungsbild zufolge etliche hundert Kilometer.

Die Station der Mysterious mitsamt dem Planeten, auf dem sie errichtet worden war, existierte nicht mehr.

Du wolltest wissen, woher der Ringraumer stammt, vernahm Simon wieder die mentale Stimme des Cerash-Bewußtseins. *Die Mysterious haben ihn uns überlassen.*

Ich glaube dir nicht, erwiderte Simon bitter. *Du warst tausend Jahre auf Hope gefangen.*

Spöttisches Gelächter antwortete ihm. *Wer zuviel Zeit mit sinnlosem Zählen vergeudet, erfährt nie, was wichtig ist.*

In Simon keimte ein entsetzlicher Verdacht. *Das Schiff stammt von der Welt, die wir gerade anfliegen? Aber dieser Planet war bewohnt!*

Worüber regst du dich auf? Er war nicht deine Heimatwelt. Ich bin schon gespannt darauf, die kleinwüchsigen Cerash kennenzulernen, die dort leben. Wie nennst du sie? Spinnen?

Simon wurde einer Antwort enthoben und damit der Gefahr, sich erneut in Gedanken über die Erde und das Sonnensystem zu verlieren. Energie- und Distanzortung sprachen an. Der Ringraumer hatte längst die Umlaufbahn des zweiten äußeren Planeten überquert – die Welt selbst stand viele hundert Millionen Kilometer entfernt und war nur als abnehmende Sichel zu erkennen – und raste dem Asteroidenfeld entgegen.

Sekunden später materialisierten die ersten Keilschiffe in Flugrichtung voraus und eröffneten sofort das Feuer.

Unterlichtflug, das bedeutete aus unerfindlichen Gründen kein Intervallfeld. Torpedos explodierten auf der Unitallhülle, schwere Thermosalven vermischten sich mit den lodernden Glutbällen.

Der Angriff mußte von langer Hand vorbereitet worden sein. Nicht nur im Ortungsschutz der äußeren Planeten hatten Keilraumschiffe gewartet, auch zwischen den Asteroiden brachen sie hervor. Fünfzig Einheiten unterschiedlicher Größe, deren Feuerkraft zusammengenommen ausgereicht hätte, ganze Welten in Schutt und Asche zu legen, warfen sich den Cerash entgegen.

Die Unbekannten hatten dem Ringraumer eine Falle gestellt. Und sie hatten bewußt eigene Schiffe geopfert, um diese Falle unverdächtig erscheinen zu lassen.

Die zerstörte Welt war ihre Heimat?

Simon mußte die Frage wiederholen, bevor das Cerash-Bewußtsein antwortete.

Niemand kennt sie. Eines Tages waren sie da und versuchten, die ehemaligen Stützpunkte zu besetzen. Wir haben sie vertrieben, aber sie kommen immer wieder.

Auf den Schirmen schien der Weltraum zu brennen. Selbst lichtschnelle Strahlbahnen, mit bloßem Auge kaum zu erfassen, wurden als filigranes Netz tödlicher Energien dargestellt. Die Abbildung des Ringraumers im Zentrum des Strahlengewitters empfand Simon wie eine fette Spinne im Netz, die auf Beute lauerte.

Wer immer die Fremden sein mögen, sie haben Mut.

Ein eisiger Schmerz durchzuckte Simons Wahrnehmungen, als hätte sich ein mächtiger schwarzer Leib mit kräftigen Kieferzangen in ihm verbissen. Vergeblich stemmte er sich gegen den Druck des Cerash-Bewußtseins.

Das dumpfe Rumoren eines fernen Gewitters schien rasch näherzukommen. Unaufhörlich schlugen die Geschosse und Salven der Gegner ein.

Noch hielt die Unitallhülle stand.

... erforderlich ist ein 210 Sekunden dauernder Beschuß mit einem Nadelstrahlgeschütz, durchzuckte es Simon. Aber noch etwas fiel ihm ein. Die Cerash hatten über Hope einen Ringraumer zum Absturz gebracht und seine Zelle beschädigt.

Es war also gut, dich nicht sofort zu töten. Du wirst dein Wissen zur Verfügung stellen.

Ich weiß nichts!

Einen Augenblick lang war Simon abgelenkt gewesen. Aber was hatte er denn schon preisgegeben außer der potentiellen Unzerstörbarkeit von Unitall? Er selbst hatte ohnehin wenig Ahnung und bezog sein Wissen überwiegend aus dem Hörensagen, während Dhark und Riker mit Hilfe der Mentcaps...

Du wirst immer interessanter. Wo gibt es diese Pillen, in denen das Wissen der Mysterious gespeichert ist?

Fahr zur Hölle, du Mistvieh! Laut schrien Simons Gedanken die Verwünschung hinaus. Gleichzeitig fragte er sich, wie lange er dem Cerash noch würde widerstehen können. Daß eine Spirale aus Zorn und Verzweiflung ihn unwiderstehlich in die Tiefe zog, konnte er selbst dann nicht mehr übersehen, wenn er die Augen schloß, sich umwandte und den Kopf in den Sand steckte.

Die Hölle, in die er den Cerash wünschte, tobte außerhalb der Ringzelle.

Seit zwanzig Minuten tobte die Schlacht mit unverminderter Heftigkeit und verlagerte sich zusehends in den Bereich oberhalb der Ekliptik.

Die Angreifer hatten sich zu einer lückenhaften Kugelschale um den Ringraumer geschlossen, der unter ihrem Feuer einer lodernden Fackel glich.

Acht ausgeglühte und zerfetzte Wracks trieben durch die Unendlichkeit. Den Nadelstrahlen hatten die Keilschiffe wenig entgegenzusetzen; ihre Schutzschirme hielten zwar kurzfristig stand, doch Punktbeschuß ließ sie unweigerlich zusammenbrechen. Wo die hochenergetischen Waffen des Ringraumers die gegnerische Schiffszelle durchschlugen, richteten sie verheerende Zerstörungen an.

Die Wut der Unbekannten steigerten sie eher noch.

Simon fühlte sich an die Hartnäckigkeit erinnert, mit der die POINT OF wiederholt angegriffen worden sein sollte. Richtete sich der Zorn der Fremden gegen die Mysterious und gar nicht gegen die Cerash? Eigentlich unwahrscheinlich angesichts der Aggressivität und Lebensverachtung der Spinnen.

Die Schlacht artete zum Gemetzel aus. Mit ihrer Taktik konnten die Fremden dem Ringraumer nicht beikommen, die Unitallhülle hielt dem Beschuß stand. Die einzige Möglichkeit, das Schiff zu zerstören, wäre eine Explosion im Inneren gewesen. – Simon schrie gellend auf als ein jäher Schmerz ihm fast die Besinnung raubte. Für bange Augenblicke fürchtete er, im Nichts zu verwehen.

Nimm dir so etwas nie wieder vor! Leise erst, dann unerträglich laut dröhnte die mentale Stimme des Cerash durch Simons Ich.

Zwei weitere Keilschiffe wurden zu expandierenden Glutbällen, ein Inferno, in dem niemand überleben konnte.

Simon nahm es kaum wahr. Die Schmerzen, die ihm der Cerash zufügte, waren schlimmer als jede körperliche Qual und ließen seinen Widerstand schwinden.

Vielleicht war es besser, sich zu fügen.

Zu verlieren hatte er ohnehin nicht mehr viel, nur zu gewinnen. Er brauchte wieder einen Körper – und ein Raumschiff, mit dem er die Milchstraße durchstreifen konnte auf der Suche nach allem, was ihm die Menschen bislang verwehrt hatten – Ansehen, Reichtum und Lust. Die Reihenfolge war egal.

Kannst du mir das geben, Cerash? Dann bin ich dein Diener.

Erwartungsvoll lauschte Simon in sich hinein. Aber da war nur der langsam abklingende Schmerz, keine Bestätigung.

Was willst du dafür, Cerash?

Die Erde?

Keine Reaktion. Allerdings herrschte Hektik, von der sogar der Roboter erfaßt wurde. Immer noch wie durch einen Schleier hindurch registrierte Simon, daß das andere Bewußtsein wirklich nicht mehr auf ihn achtete.

Alarm gellte durch den Ringraumer.

Ich hab's versucht, sinnierte Simon mit einer gehörigen Portion

Bitterkeit. *Ich bin eben kein guter Lügner. Aber ich werde es wieder versuchen, wieder und wieder, bis diese Brut in die Schranken gewiesen ist.*

Endlich erfaßte er mit voller Konsequenz, was das schrille Heulen bedeutete: Zum erstenmal Gefahr für die Arachnoiden.

Er wünschte den Angreifern, daß sie Erfolg hatten.

Falls er selbst dabei starb, was machte das schon, sofern dieser Sektor der Milchstraße von der tückischen Gefahr befreit wurde. Denn die Cerash und die Technik der Mysterious, das war eine Potenzierung, die unzähliges Leid verhieß.

Ein tausendjähriges Reich der Spinnen? Simon hatte eher den Eindruck, daß die Cerash erst mit ihren Eroberungen begonnen hatten. Möglicherweise hatten sie Jahrhunderte gebraucht, um sich von dem Krieg mit den Mysterious zu erholen.

Sechs Keilschiffe hatten sich aus dem Verbund gelöst und stürzten mit flammenden Triebwerken und aus allen Waffensystemen feuernd den Cerash entgegen.

Nur noch Sekunden blieben bis zum ersten Aufprall, und die dabei freigesetzten Energien mußten selbst Unitall auseinanderbrechen lassen.

Nadelstrahlen verwandelten drei Schiffe der Angreifer fast gleichzeitig in brodelnde Glutbälle. Die Ausläufer der Explosionen erfaßten den Ringraumer und drückten ihn aus dem Kurs.

Ein unheilvolles Knistern durchlief die Wände, danach dröhnte lauter werdendes Prasseln durch das Schiff. Wie Hagel auf einem Blechdach – doch es waren Wrackstücke, die gegen die Ringzelle prallten und über das Unitall schrammten.

Immer noch kein Intervallfeld...

Vorübergehend setzte die künstliche Schwerkraft aus. Bildschirme implodierten und mehrere Explosionen überschütteten die Zentrale mit grellweißem Flackern, einem Licht, das alles auszutilgen schien.

Gleich würde der Kampf vorbei sein.

Simon fühlte eine ungeahnte Ruhe in sich aufsteigen, Bedauern, daß alles so enden mußte, aber auch Genugtuung.

Er kam frei und hatte plötzlich wieder Zugriff auf Funktionen des

Roboters. Schade nur, daß es zu spät war, daß er nie erfahren würde, wieso der Cerash ihn als Wächter bezeichnet hatte.

Riesengroß füllte ein Keilschiff die Bildschirme aus. Es war im Begriff, sich in den Ringraumer zu bohren und ihn auseinanderzureißen.

Simon wartete auf den alles vernichtenden Ruck und die nachfolgende Glutwoge.

Die Stille war unheimlich. In diesem Moment prallte das Keilschiff gegen den Ringraumer und löste sich auf, als hätte es nie existiert. Innerhalb eines einzigen Augenblicks durchdrangen sich die Schiffe und folgten unbeirrt ihrem bisherigen Kurs.

Im allerletzten Sekundenbruchteil war das Intervallfeld aktiviert worden.

Die Existenz des Wächters ist zu schützen, wisperte eine lautlose Stimme in Simons Gedanken.

In der ersten Überraschung glaubte er, nicht richtig gehört zu haben. Trotzdem verstand er, daß die Gedankensteuerung aktiv geworden sein mußte.

Aber, wieso...?

Du bist als Wächter akzeptiert, frage nicht, wieso.

Dann hilf mir, das Schiff in meine Gewalt zu bringen!

Das ist nicht mehr möglich.

So vieles gab es, was Simon durch den Sinn schoß, denn die Gedankensteuerung war für ihn schon wieder unerreichbar fern. Die Fesseln, die das Cerash-Bewußtsein ihm angelegt hatte, schnappten erneut zu.

Simon hatte inzwischen gelernt, an Unverfängliches zu denken.

7.

Die Bemühungen des Wächters, Funkkontakt zu anderen planetaren Stationen zu erhalten, waren vergeblich geblieben. Daraus zu schließen, daß die unterirdischen Bastionen ebenso wie die kleineren Depots nicht mehr existierten, hätte bedeutet, vieles in Frage zu stellen, sogar die eigene Existenzberechtigung. Andererseits bestand die geringe Wahrscheinlichkeit, daß die Hyperfunksprüche auf den weiter entfernten Welten nicht empfangen worden waren oder sie nur verstümmelt erreicht hatten. Die mit natürlichen Schwankungen nicht zu erklärenden Veränderungen des galaktischen Magnetfelds konnten daran schuld sein. Heftige Magnetstürme, Einbrüche fünfdimensionaler Energiefronten oder auch einfach nur Frequenzverzerrungen schienen an der Tagesordnung.

Mehrmals ortete der Wächter während des Überlichtflugs Raumschiffe in geringer Entfernung. Sie interessierten ihn nicht, solange sie sein vergleichsweise winziges Boot nicht aufspürten.

Nach einem kurzen Flug von wenigen Gintras erreichte er sein Ziel – eine sterbende Welt, deren Sonne erkaltete. Aktuelle Messungen ergaben ein Anwachsen der polaren Eiskappen bis in Äquatornähe. Vielleicht schon in wenigen Jahrzehnten würden die ausgedehnten Wälder unter Schnee und Eis ersticken.

Klassifizierung des Planeten nach Stufe 3.

Einheimische intelligente Lebensform. Flugfähig. Darüber hinaus häufig anzutreffende mentale Begabung. Hilfsdienste einzelner Individuen an Bord von Raumschiffen.

Ansonsten fand er keine weitere Eintragung in den Datenspeichern.

Dies war eine der wenigen Welten, auf denen Transmitter frei zugänglich errichtet worden waren. Der Wächter überließ dem Boot den Anflug auf die Hochebene nördlich des Äquators. Er empfing weder Funkwellen, noch nennenswerte Energieemissionen. Dieser

Planet stellte sich ruhig dar – trotz des gemeldeten Transmitterdurchgangs eines Cerash.

Wenige hundert Meter über dem Transmitter verharrte das Boot.

Lockerer Pulverschnee bedeckte das Land, die Temperaturen lagen wenig unter dem Gefrierpunkt. Im näheren Umkreis gab es keine Spuren, nicht einmal Tiere schienen sich bei den Ruinen aufzuhalten.

Die Ortung registrierte verstreut liegende Metallfragmente, teilweise Legierungen, wie sie für den Bau leichter A-Grav-Gleiter verwendet wurden. Die Anordnung der Trümmerfelder ließ darauf schließen, daß die Gleiter in unterschiedlicher Höhe explodiert waren. Zweifellos hatte vor wenigen planetaren Tagen ein Kampf stattgefunden.

Die Feinanalyse einiger großer Fragmente ergab Veränderungen ihrer atomaren Struktur, wie sie durch hochenergetische Nadelstrahlen hervorgerufen wurden.

Die Ringantenne selbst war unbeschädigt. Trotzdem zeigten schon erste Messungen Frequenzbeeinträchtigungen der Trägerwelle, die einen uneingeschränkten Transport aus Sicherheitsgründen nicht mehr zuließen.

Veränderungen wie diese konnten nur durch gezielte Manipulation ausgelöst werden.

Ein zufälliger Beobachter hätte gesehen, wie ein zylinderförmiges Raumfahrzeug langsam in den Boden einsank und darin verschwand, als hätte es nie existiert.

Auf den Bildschirmen wogte eine schier undurchdringliche Schwärze, die erst bei genauerem Hinsehen Konturen gewann. Das Gefühl, ins Nichts zu stürzen und von diesem lichtlosen Abgrund verschluckt zu werden, hatte etwas Endgültiges. Nur noch wenige Lichtmonate trennten den Ringraumer von den Ausläufern der Dunkelwolke.

Die Schlacht war geschlagen, aber obwohl mehr als die halbe Flotte der Angreifer zerstört durch den Raum trieb und irgendwann dem Sog der Schwerkraft folgend in die Sonne stürzen würde, hatte das Schiff der Cerash kaum Schäden davongetragen.

Die letzten Keilraumer waren der Vernichtung nur entgangen, weil sie mit Wahnsinnswerten beschleunigt und Nottransitionen eingeleitet hatten.

Simon ertappte sich bei dem Gedanken daran, daß er die Fremden schon als potentielle Verbündete in einem gemeinsamen Feldzug gegen die Cerash sah. Auch wenn das weder heute noch morgen geschehen würde, eine Konfrontation von Menschen und Cerash war unausweichlich, allein schon deshalb, weil sich beide Völker um das Erbe der Mysterious bemühten.

Mit vielfacher Überlichtgeschwindigkeit raste der Ringraumer seinem Ziel entgegen.

Die Mysterious würde Simon am Ende des Fluges nicht antreffen, diese Hoffnung hatte er begraben und gab sich keinen Illusionen mehr hin. Zugleich glaubte er zu spüren, daß auch das Cerash-Bewußtsein der Ankunft entgegenfieberte. Tausend Jahre waren an dem Namenlosen vorübergegangen, eine Zeit, in der Welten ihre Gesichter veränderten.

Kein Cerash würde sich mehr an jenes einzelne Individuum erinnern, das einen Wächter der Mysterious erobert hatte. Oder vielleicht doch? War das namenlose Bewußtsein, das im Körper dieses nahezu unbesiegbaren Roboters zu seinem Volk zurückkehrte, ein Symbol einstiger Stärke, und warteten die Spinnen nur auf einen solchen Heerführer, um die Milchstraße zu überschwemmen?

Eine apokalyptische Vision wuchs vor Simons innerem Auge. Er sah Spinnenraumschiffe, sie flogen von Sonne zu Sonne und setzten brandschatzende Horden auf bewohnten Welten ab. Nichts und niemand konnte ihnen Einhalt gebieten.

Der Ringraumer tauchte in die Ausläufer der Dunkelwolke ein. Da während des überlichtschnellen Fluges das Intervall aktiviert war, bedeuteten die Materiepartikel kein Hindernis.

Irgendwo voraus lag die Heimat der Spinnen.

Es war ein Hasardspiel, das die Cerash trieben, doch sie wußten genau, was sie dem Schiff zumuten konnten. Kein Kugelraumer der Giants, schon gar kein irdisches Schiff, hätte diesen Wahnsinnsflug nur einen Bruchteil der Zeit durchgehalten, sie wären auseinandergebrochen und verglüht.

Die Dunkelwolke war eine Bastion, ein uneinnehmbares Versteck, oder auch ein Ort der Verbannung. Hatten sich Mysterious und Cerash vor tausend Jahren gegenseitig aufgerieben – und hatten vielleicht nur einige wenige Raumschiffsbesatzungen im Schutz der dichten Materieballung Zuflucht gefunden? Ein solcher Erklärungsversuch war nicht von der Hand zu weisen; die nahen Stützpunkte der Mysterious schienen indes eher einer Verbannung das Wort zu reden.

Der Ringraumer verzögerte.

In dem Augenblick, in dem die Lichtgeschwindigkeit unterschritten wurde, erlosch das Intervall. Obwohl sie alle anderen Funktionen kontrollierten, schafften es die Cerash nicht, das Mini-Kontinuum zu aktivieren.

Ein leises, fernes Rauschen begann, hervorgerufen durch die an der Schiffshülle abprallenden Materiepartikel. Jeder übliche Stahl wäre innerhalb kürzester Zeit perforiert und abgeschmirgelt worden, um den Ring aus Unitall begannen nur irrlichternde Energieschwaden zu wehen.

Die Geschwindigkeit sank weiter ab. Auf den Bildschirmen legte sich ein rötliches Glühen über die Wiedergabe.

Hörst du mich? Simons Gedanken riefen nach dem Bordrechner. *Dieses Schiff darf den Planeten der Cerash nie erreichen!*

Nichts veränderte sich.

Nicht einmal das Cerash-Bewußtsein meldete sich.

Eingehüllt von seinem Intervall, schwebte das Boot im Zentrum der subplanetaren Anlage. Der Wächter hatte sich vorübergehend in den Ortungsschutz der Station zurückgezogen.

Was er vom Stationsgehirn erfuhr, ließ auf bevorstehende weitere Veränderungen schließen und auf ein Wiedererstarken vergangener Gefahren.

Über Jahrhunderte hinweg war der Transmitter nicht mehr frequentiert worden. Der erste Aufbau des Materialisationsfeldes nach langer Zeit war vor wenig mehr als einhundertfünfzig planetaren Jahren erfolgt. Echsenhafte Wesen hatten damals den Transmitter benutzt.

Aufzeichnungen von Spionsonden zeigten, daß die Echsen in den äquatorialen Sumpfgebieten Pflanzen ausgebracht und begonnen hatten, die Eingeborenen zu versklaven und für sich arbeiten zu lassen. Schächte und Tunnel unter die Erde zu graben, hatte viele Leben gefordert.

Bald hatte sich gezeigt, daß die Echsen nur an bestimmten Wurzelwucherungen der Pflanzen interessiert waren. Inzwischen wurde der Transmitter in regelmäßigen Abständen von Empfängerseite aus aktiviert, und die Echsen verschickten jedesmal mehrere Transportkisten voll pflanzlichem Material.

»Die Empfangskoordinaten?« fragte der Wächter.

»Eine Identifizierung ist unmöglich.«

»Aber der Ruf an mich erging wegen eines Cerash«, wiederholte der Robot. »Er benutzte den Transmitter während dessen letzter Aktivierung?«

»Das ist richtig.«

»Wo befindet sich das Raumschiff, mit dem der Späher kam?«

»Er erreichte die Station über das Tor.«

Beinahe erschien es dem Wächter, als erfolgte die nächste Aussage des Stationsgehirns zögernder als zuvor.

»Der Cerash kam nicht in seinem Körper – er ließ sich von einem Wächter transportieren. Und er versuchte, sich vor mir zu verbergen. Ich konnte seine Anwesenheit erst während des Transmitterdurchgangs erkennen.«

»Kein Wächter wird jemals den Geist eines Cerash aufnehmen. Wurden deine Funktionen überprüft?«

»Es ist keine Fehlerquelle nachweisbar. Abgesehen davon konnte der Wächter nicht identifiziert werden. Eine andere Intelligenz steuerte die Hülle – ich hatte Mühe, Kontakt mit ihr zu halten. Aber das lag an der Unkenntnis dieses Wesens.«

»Also ein Verbündeter des Cerash-Spähers?«

»Das ist leider anzunehmen.«

»Ich werde die Wahrheit herausfinden. Da mir keine Aktivierung des Transmitters möglich war, gehe ich davon aus, daß der Cerash von einer bevorrechtigten Welt kam und ihr übergeordneter Steuerimpuls die Manipulation für die Dauer des Durchgangs aufhob.«

»Rückschlüsse sind nicht möglich.«

»Also müssen wir den Weg der Echsen zurückverfolgen.«

Das Stationsgehirn kannte ihre Herkunft nicht. Wie die Auswertung der Speicherdaten bewies, war schon der erste Transmitterdurchgang manipuliert worden. Von Anfang an hatte jemand jeden Rückschluß verhindern wollen.

Erst in den umfangreichen Datenspeichern seines Bootes wurde der Wächter fündig. Einige Dutzend echsenartige Rassen waren verzeichnet, darunter zwei Völker, deren körperliche Merkmale bis auf geringfügige Abweichungen mit den vorhandenen Bildaufzeichnungen übereinstimmten.

Eines dieser Völker war als kriegerisch beschrieben. Die Taljja beherrschten drei Sonnensysteme, würden sich aber kaum über deren Grenzen hinweg ausbreiten können, da ihr Metabolismus auf Transitionen mit einem tödlichen Schockzustand reagierte.

Ihre Welten lagen nur wenige Lichtjahre vor den Ausläufern der Dunkelwolke, in Nachbarschaft eines Transmitterstützpunktes.

»Die Cerash sind also zurückgekehrt«, folgerte der Wächter. »Ich muß den Späher finden und das Ausmaß der Bedrohung feststellen.«

Der Sle beschleunigte das Boot. Als es die Oberfläche durchstieß, schwebten zwei Flugscheiben über den Ruinen.

Die Taljja eröffneten sofort das Feuer. Aber da verschwand das zylinderförmige Raumschiff schon im wolkenverhangenen Himmel.

Bericht Simon:

Ich fühle mich um eine Hoffnung betrogen, weil ich jetzt weiß, daß ich die Mysterious nicht finden werde.

Ohnehin sehe ich die Dunkelwolke als Endstation für mich. Ich habe keine Ahnung, was die Cerash mit mir vorhaben, bin mir aber bewußt, daß es alles andere als angenehm werden wird. Sie kennen keine Skrupel, und Leben scheint ihnen nur Mittel zum Zweck zu sein.

Vergeblich renne ich gegen die unsichtbaren Mauern an, die mich von den Funktionen des Robotkörpers trennen. Die Hilflosigkeit macht mich noch verrückt.

Mir ist klar, daß der Cerash meinen Widerstand brechen will. Deshalb läßt er mich alles mit ansehen; ich soll die Ausweglosigkeit meiner Situation erkennen und kooperieren. Wenigstens bleibt mir die Genugtuung, daß ich noch nichts verraten habe.

Der Ringraumer fliegt seit wenigen Augenblicken Unterlicht, also muß die Heimat der Cerash vor uns liegen.

Ein düsteres Glimmen erscheint voraus.

Es wird größer und wächst sich aus zu einem verwaschen rötlichbraunen Fleck.

Die Partikelschleier beginnen sich zu lichten. Sie lassen Schichtungen erkennen, Zusammenballungen und Wirbel...

Unvermittelt sind wir durch. Nur noch einzelne Materieschwaden trüben die Sicht. Der Weltraum um den Ringraumer glüht in einem düsteren Rot, es ist ein unheimliches, geradezu unheilvolles Bild.

Ich habe nicht erwartet, inmitten der Dunkelwolke ein Stück nahezu freien Weltraums zu finden. Vermutlich fegt der Sonnenwind alle Partikel beiseite. Die solare Korpuskularstrahlung ist es auch, die in Wechselwirkung mit der Dunkelmaterie das schaurig-schöne Farbenspiel auslöst.

Besonders groß ist das Sonnensystem nicht. Wenn ich die Anzeigen richtig interpretiere, durchmißt es etwa 180 Millionen Kilometer. Das bedeutet, daß der einzige Planet seiner Sonne sehr nahe steht; die Verhältnisse auf der Oberfläche dürften für einen Menschen nicht sonderlich angenehm sein.

Fast fühle ich mich versucht zu lachen. Ich bin kein Mensch mehr, werde nie wieder einer sein. Ob auf dem Planeten der Spinnen Temperaturen von mehreren hundert Grad Celsius herrschen, oder ob er in Eiseskälte erstarrt, spielt für mich überhaupt keine Rolle.

Langsam wird das Ziel größer – ich erkenne eine weitgehend wolkenverhangene, düstere Kugel.

Raumschiffe stehen im planetennahen Orbit. Sie ähneln den Spinnen und wirken mit ihren acht an den Rumpf geschmiegten Auslegern wie aufgeblähte, schlafende Leiber. Seltsam, daß ich diesen Vergleich ziehe, vielleicht veranlaßt durch die Farbreflexe der Hülle, die sich bei geringer Distanz hektischer zu verändern beginnen, so als spürten die Schiffe unsere Annäherung.

Dann sind wir vorbei und tauchen in die Atmosphäre ein. Wolkenschleier und Dunst huschen vorüber. Als die Sicht endlich wieder frei ist, hängt der Ringraumer nur noch wenige Kilometer über einer endlosen, hitzeflirrenden Wüste. Oberirdische Wasservorkommen gibt es hier nicht, Wasser würde zu kochen beginnen und verdampfen.

Tiefe Grabenbrüche durchziehen den Boden. Am Horizont steigt das Land jedoch steil an, und ein gewaltiges Hochplateau wird sichtbar.

Was noch von weitem wie ein Konglomerat übereinandergetürmter Gesteinsformationen wirkt, entpuppt sich kurz darauf als eine unüberschaubare Ansiedlung der Spinnen. Dutzende Kilometer in alle Richtungen reichen die halbrunden, ovalen, kokonartigen Bauwerke, und die höchsten Erhebungen liegen schätzungsweise dreihundert Meter über dem Boden.

Selbst in meinen schlimmsten Alpträumen hätte ich so etwas nicht für möglich gehalten. Die Szenerie ist faszinierend und abschreckend zugleich und scheint geradewegs einem psychedelischen Kunstwerk entsprungen zu sein. Ich spüre, daß sich alles in mir verkrampft; am liebsten würde ich schreiend davonlaufen, nur – ich kann es nicht.

Dies ist eine Millionenstadt, ein brodelnder Wurmtopf (zumindest fällt mir spontan kein anderer Vergleich ein). Dagegen bleibt selbst die Rush-hour in einer irdischen Metropole ein Sonntagsausflug.

Dicht an dicht drängen sich die Bauwerke, viele scheinen sich gegenseitig zu stützen, andere wieder streben davon weg, schräg in den blutroten Himmel hinein. Und über allem liegen diese schimmernden dicken Taue. Wie Stützseile hängen sie von den Fassaden herab, schwingen sich von Dach zu Dach oder spannen sich bis in die lichtlosen Tiefen der kaum vorhandenen Straßen. Spinnenfäden. Ich sehe weitläufige Netze, die sich auch über die Felsabbrüche vom Plateau hinab in die Tiefe erstrecken.

Und überall hasten, krabbeln, warten Spinnen. Zehntausende sind es, die aus den dunklen Fensterhöhlen der Gebäude hervorquellen, mit beachtlichem Tempo an den »Tauen« entlanghangeln oder einfach über die Fassaden huschen. In der Vergrößerung sehe ich Cerash wie Trauben zusammengeballt, ineinander verstrickt, und andere klettern über sie hinweg und scheinen dabei zu kommunizieren.

Ich fühle mich abgestoßen; diese Zivilisation ist fremd und unnahbar. Nichts haben wir Menschen mit diesen Wesen gemeinsam. Wie greifbar sind dagegen die Kulturen von Amphis oder Nogk, sogar die Giants erscheinen mir im Vergleich unendlich vertraut.

Ich akzeptiere Leben in jeder Form, ich würde mich nicht davor scheuen, einen Nogk meinen Freund zu nennen, mit einem Echsenabkömmling über die Evolution zu sinnieren oder schuppenhäutigen Wasserbewohnern in ihr Reich am Grund eines Ozeans zu folgen, und das keineswegs aus Abenteuerlust oder weil mich das Exotische reizt.

Vielleicht sind die Cerash von Natur aus auf Mord und Eroberung programmiert, ich weiß es nicht und will es auch nicht wissen. Ihnen gegenüber bin ich jedenfalls voreingenommen. Aber ist das nicht mein gutes Recht nach allem, was ich mit ansehen mußte? Die Cerash sind aggressiv.

In der Ferne schält sich das Areal eines Raumhafens aus dem flirrenden Dunst. Im Gegensatz zu der quirligen und brodelnden Metropole wirkt er verlassen.

Ich bin erleichtert, auf den gläsern wirkenden Landeflächen keine weiteren Ringraumer zu sehen. Zwei Spinnenschiffe ruhen auf ihren Auslegern, ihre Rümpfe schimmern matt und wirken... ausgezehrt, das ist der beste Vergleich, der mir in den Sinn kommt.

Einen Kilometer entfernt liegt ein halb abgewracktes Keilschiff. Die Cerash haben es mit einem Gespinst von »Fäden« fixiert und sind dabei, die zerstörten Sektoren zu restaurieren. In diesem Bereich des Raumhafens wimmelt es von Spinnen.

Am Horizont, über den flirrenden Luftschichten, ist die Silhouette eines schroffen Gebirgsmassivs zu ahnen. Zweifellos hatte diese Welt vor undenklichen Zeiten ein anderes Gesicht. Die gewaltige Tiefebene mit ihren Grabenbrüchen muß einst Meeresgrund gewesen sein, und die kilometerhohen steilen Felsabbrüche zeichnen den Verlauf der Küstenlinie nach.

Ein unwirtlicher Planet, doch er paßt zu den Cerash.

Das alles wird sich ändern. Zum erstenmal seit dem Einflug in die Dunkelwolke höre ich wieder die mentale Stimme des anderen Bewußtseins.

Diesmal bin ich es, der schweigt.

Weil ich Mühe habe, mein Erschrecken zu verarbeiten. Ich wünschte, ich wäre mir über meine Empfindungen wirklich im klaren.

Brodelnde Hitze lastete auf dem Landefeld. Obwohl die Sonne schon vor einiger Zeit untergegangen war, herrschten noch Temperaturen von wenig unter 100 Grad Celsius.

Ein steter, dem Sonnenlauf folgender Sturm fegte feinkörnigen Staub über das Land. Die Atmosphäre war trocken und ohne jede Spur von Feuchtigkeit.

Die Nacht brachte ein unwirkliches, düsteres Glimmen. Das Firmament schien in Flammen zu stehen, und dieses Licht warf keine Schatten. Auf der Welt der Spinnen wurde es nie wirklich dunkel, weil das vom Sonnenwind angeregte Leuchten der Wolkenmaterie gleichmäßig zurückstrahlte.

Gleiter landeten vor dem Ringraumer und nahmen Besatzungsmitglieder an Bord. Ausgiebig betasteten sich die Cerash mit ihren Vorderbeinen und den kräftigen Kieferzangen. Vor allem der Mysterious-Robot wurde zum Objekt des allgemeinen Interesses. Simon erschauerte, als er die unterschiedlich großen, nach vorne und seitwärts gerichteten Augen der Cerash so dicht vor sich sah und ebenso die kräftigen Kiefer und die seitlich vorstehenden Palpen. Vergeblich versuchte er, sich von den Wahrnehmungen abzukoppeln.

Der Flug endete in einem riesigen Gebäudetrakt am Stadtrand. Einige tausend Cerash hatten sich versammelt, um den Roboter in Empfang zu nehmen. Die zuckende, wogende Mauer behaarter Leiber erschreckte Simon. Da waren Männer, die er an den Palpen beiderseits des Kiefers erkannte, aber auch eine Vielzahl von Frauen, die Dutzende quirliger Jungspinnen auf dem Rücken trugen.

Handelte es sich um die Elite der Cerash? Jedenfalls erschienen sie ihm größer und auch kräftiger als die meisten Arachnoiden an Bord des Ringraumers oder die Gleiterpiloten.

Auf den Hinterbeinen aufgerichtet, versuchten etliche Spinnen, den Roboter zu berühren. Simon vermutete, daß es sich um ein Ritual oder eine Ehrenbezeugung handelte. Immerhin hatte das Cerash-Bewußtsein es fertiggebracht, einen Wächter der Mysterious zu besiegen. Gerade dieses Artefakt schien so etwas wie ein Symbol zu sein –

– das arachnoidische Überlegenheit demonstrierte.

Geredet wurde sehr viel. Simon verstand kein Wort, er spürte nur, daß eine gereizte Stimmung aufkam, doch seine Hoffnung, die Spinnen würden übereinander herfallen, erfüllte sich nicht.

Das Cerash-Bewußtsein beachtete ihn nicht, und Simon fragte sich immer drängender, als was er sich künftig zu betrachten hatte: als lästiges Anhängsel, das der andere möglicherweise doch nicht problemlos beseitigen konnte, als Jagdtrophäe – oder einfach nur als Informationsquelle, solange jedenfalls, bis bessere Möglichkeiten vorhanden waren?

Kein Festbankett war vorbereitet. Vielmehr flammte nach geraumer Zeit eine holografische Projektion auf. Simon hatte sich schon in schauerlichen Befürchtungen von in Kokons eingesponnenen Opfern ergangen, denen die Cerash gemeinsam das Blut aussaugten...

Hegte er Vorurteile? Die Überlegung, irgendwie zu einer Verständigung beitragen zu können, hatte er ohnehin nicht weiterverfolgt.

Mit den Cerash war kein Kompromiß zu finden, das bestätigten auch die Hologramme, die er zu sehen bekam. Auf einen einfachen Nenner gebracht, lautete die Philosophie der Arachnoiden: du oder ich. Alternativen gab es nicht.

Tausend Jahre Cerash-Geschichte wurden wiedergegeben. Zweifellos, um das Bewußtsein zu informieren, das den Mysterious-Robot beherrschte.

Die ersten Sequenzen zeigten Hope. Das Umfeld war unverkennbar. Der Angriff der Spinnen auf den 4. Kontinent wirkte aus großer Höhe wie eine Simulation. Auch der Abschuß des Ringraumers. Schon zuvor von Störungen überlagert, brach die Bildfolge abrupt ab.

Weitere Szenen von Raumschlachten folgten. Ebenso Angriffe auf bewohnte Welten, deren blühende Landschaften unter Feuerstürmen erstickten.

Simon hatte keine Möglichkeit zu erkennen, wie lange diese Epoche der Eroberung währte. Vermutlich nur wenige Jahre, denn das Bild änderte sich bald.

Eine Flotte von mindestens vierzig großen Spinnenschiffen wurde von Ringraumern gestellt. Die Kämpfe im Bereich eines Mehrplanetensystems mußten sich über Tage hingezogen haben, aber zum Schluß war nicht eines der Cerash-Schiffe entkommen.

Die Gegenoffensive hatte begonnen.

Ringraumer landeten auf besetzten Welten, und spinnenförmige Roboter kämpften die Cerash nieder.

Die Szenen wechselten unheimlich schnell, die nächsten Aufnahmen stammten schon aus dem Innern der Dunkelwolke. Auch hier erschien eine große Flotte der Mysterious, zweifellos eine Strafexpedition. Die Raumschiffe der Spinnen wurden ebenso wie die orbitalen Abwehrforts vernichtet, in der Atmosphäre des Planeten tobten Energiegewitter unvorstellbaren Ausmaßes.

Als die Angreifer längst wieder verschwunden waren, begann die Heimat der Cerash ihr Gesicht zu verändern. Der Planet näherte sich auf seiner Umlaufbahn der Sonne. Zuerst verlandeten Seen und Flüsse, dann verschwanden die Meere; Wasser mußte mühsam aus großer Tiefe emporgepumpt werden.

Über Jahrhunderte hinweg blieb die Bevölkerungszahl gering. Erst als die nachfolgenden Generationen sich der heißeren Umwelt angepaßt hatten, konnten sie daran denken, neue Städte zu bauen.

In unterirdischen Kavernen, beleuchtet von trüben Kunstsonnen und üppig bewässert, unternahmen die Cerash enorme Anstrengungen, um Pflanzen zu züchten, deren Wurzeln sie anschließend ausgruben.

Simon hatte solche Wurzeln erst vor kurzem in den Transportbehältern vor dem Transmitter gesehen. Auf irgendeine Weise hingen sie mit dem Raumschiffsbau zusammen, denn das Bild wechselte wieder und zeigte ein großes Spinnenschiff. Überfüllt mit Cerash, verließ es die Dunkelwolke und landete auf einer von Echsen bewohnten Welt. Jeder Widerstand wurde niedergeschlagen. Aufgrund ihrer überlegenen Technik – die Echsen identifizierte Simon als Taljja – gab es in den Reihen der Spinnen nur wenige Ausfälle.

Schnitt.

Eine Station der Mysterious, eine bewohnte Welt. Taljja und Cerash überwanden gemeinsam alle Widerstände, und schließlich gingen die ersten Taljja durch den Transmitter. Hinter ihnen verbrannten Städte im atomaren Feuer.

Ein spöttisches Gelächter – Simon interpretierte es jedenfalls als Gelächter – schreckte ihn aus seinen Betrachtungen auf.

War das interessant für dich? dröhnte die mentale Stimme des Cerash-Bewußtseins. *Du hast alles erfahren, was du wissen wolltest – nun sag mir, welches Schicksal dein Volk erlitten hat. Niemand kann ihm so übel mitgespielt haben wie uns.*

Die Giants! platzte Simon ungewollt heraus.

Gleiches Schicksal schafft Verbündete, du wirst begreifen, daß wir keine Geheimnisse voreinander haben dürfen. – Wir brauchen wieder Raumschiffe. Aber das ist kein Problem mehr. Willst du unsere Werften sehen?

Simon glaubte, sich verhört zu haben. Dann erst verstand er die Absicht, die dahintersteckte.

Soll mich deine Großzügigkeit beeindrucken? fragte er zynisch. *Das tut sie nicht. Ich weiß, daß wir auf Gedeih und Verderb miteinander verbunden sind, Cerash, jedenfalls solange wir uns diesen Körper teilen. Du kannst mich von vielem ausschließen, aber nicht von den optischen Wahrnehmungen.*

Wenn du mich wirklich loswerden willst, mußt du mich töten. Leider erfährst du dann nichts mehr. Und schrecken kann mich der Tod nicht – mein Körper ist auf Hope verbrannt.

So sehe ich die Dinge.

Mit zigtausendfacher Lichtgeschwindigkeit jagte das Boot durch das Sternenmeer. Die Ortungen arbeiteten ohne Unterbrechung und korrigierten die vorhandenen Speicherdaten.

Am auffälligsten waren die Veränderungen im galaktischen Magnetfeld. Allem Anschein nach sorgten sie für beträchtliche Unruhe unter den raumfahrenden Völkern.

Ob die Anomalien mit der eigentlichen Gefahr in Zusammenhang standen? Das Bewußtsein, das den Wächter beseelte, verfügte momentan nicht über die Möglichkeit, die Wahrheit zu erkennen.

Nach den typischen Signaturen der Cerash-Raumer hielt er vergeblich Ausschau. Das bestätigte ihn in der Annahme, daß nur ein Späher die Transmitterverbindung benutzt hatte.

Ohne Zwischenfall erreichte er die Transmitterstation. Schon aus dem Orbit erkannte er eine verwüstete Welt. Die Spuren der Cerash waren unübersehbar; sie hatten einen blühenden Planeten und seine Bevölkerung nahezu ausgelöscht, nur um ungehindert den Transmitter benutzen zu können.

Die Steueranlage war manipuliert worden, der Wächter bekam keine Verbindung.

Im Schutz des Intervalls konnte das Boot jedoch ungehindert in die Station eindringen.

Die Spinnen hatten gründliche Arbeit geleistet und nicht nur die Justierung grundlegend verändert, sondern auch alle Reparaturmechanismen lahmgelegt – einschließlich des Stationsgehirns, das ihre Anwesenheit nicht weitermelden konnte. Trotzdem entsprach es der Mentalität der Cerash, daß nicht sie selbst die empfangenen Transmittersendungen abgeholt hatten, sondern Bewohner der Ruinenstadt.

Der Wächter fand keine Möglichkeit, die Umprogrammierungen innerhalb kurzer Zeit rückgängig zu machen, deshalb unterbrach er die gesamte Energieversorgung des Tores. Zu einem späteren Zeitpunkt würde er geeignetere Maßnahmen ergreifen.

Inzwischen hatte die Gedankensteuerung mittels Feinortung die Spuren einer Raumschlacht innerhalb dieses Sonnensystems aufgespürt.

Eine in die Hunderte gehende Anzahl unterschiedlich großer Wrackteile war über ein Gebiet von mehreren Lichtstunden verstreut. Deshalb hatten die ersten Masse- und Energieortungen keine ungewöhnlichen Ergebnisse gebracht. Erst ein detaillierter Gesamtüberblick war ausreichend, die Materiedrift zu relativieren. Die Gedankensteuerung errechnete daraus zwei verzerrte Kugelschalen mit nur wenige zehntausend Kilometer auseinanderliegenden Zentren.

Mit Sicherheit zwei, wahrscheinlich aber mehr Raumschiffe waren zerstört worden, jedoch hatten Energiebrände den überwiegenden Masseanteil verzehrt. Derartige Effekte gingen einher mit dem Einsatz hochenergetischer Waffen, wie sie vor allem Nadelstrahlgeschütze darstellten.

Gibt es Energiefahnen, die auf Sle oder Sternensog hindeuten? wollte der Wächter wissen.

Verzerrte Emissionen werden nachgewiesen, antwortete die Gedankensteuerung. *Eine eindeutige Zuordnung ist jedoch nicht möglich.*

Kann ein Kursvektor herausgefiltert werden?

Die Angaben blieben ungenau, vor allem gab es in der bezeichneten Richtung kein einziges bedeutendes Sonnensystem. Fast hatte es den Anschein, als sei die Spur bewußt gelegt worden, um Verfolger in die Irre zu führen.

Wurden Form und Materialbeschaffenheit der Fragmente exakt definiert? Außerdem verlange ich eine Analyse der molekularen Partikel nach speziellen Legierungen oder Aminosäuren.

Der Wächter mußte nicht lange warten, bis in der Bildwiedergabe der dreidimensionale Aufriß von Wrackteilen erschien. In alle Richtungen gedreht und verschoben, wurden die ersten Fragmente bereits in einen fiktiven Zusammenhang eingeordnet.

Erkennbar war eine gleichmäßige Verdickung des zerstörten Raumschiffs hin zum Heckbereich, dazu passend ein hoher Partikelanteil schwerer Elemente und Legierungen, wie sie von vielen Völkern für den hochbeanspruchten Triebwerksbereich verwendet wurden.

Eine Simulation vollendete den Aufriß und ließ ein keilförmiges, etwa einhundert Meter messendes Raumschiff entstehen.

Ein humanoides Volk baute solche Schiffe. Sein Heimatsystem besaß fünf Planeten, Nummer drei war die eigentliche Hauptwelt und barg seit langer Zeit eine Wachstation.

Damit stand das neue Ziel fest. Der Wächter aktivierte den Sternensog.

Tod und Vernichtung überall. Die Spuren einer gewaltigen Raumschlacht waren nicht zu übersehen.

Die dritte Welt des Systems existierte nicht mehr, an ihrer Stelle kreiste ein gewaltiger Asteroidengürtel um die Sonne. Die Umlaufbahnen vieler Bruchstücke des Planeten waren aber noch äußerst instabil, und die Nachbarwelten würden auch in den kommenden Jahrzehnten ein Bombardement über sich ergehen lassen müssen.

Sehr lange lag die Zerstörung dieser Welt nicht zurück.

Vernichtet durch Nadelstrahlbeschuß! Das Ergebnis der Analyse überraschte den Wächter nicht.

Die treibenden Raumschiffswracks waren ebenfalls durch Nadel- und Duststrahlen zerstört worden.

Diesmal spürte er eindeutige Energiefahnen von Sle und Sternensog auf.

Der Wächter erkannte, daß alles noch weitaus schlimmer war, als er befürchtet hatte. Die Cerash waren längst wieder aktiv – und sie verfügten über eine Technik, die ihnen nicht zustand.

Ein Ringraumer hatte die Spur der Vernichtung hinterlassen. Es gab keine Überlebenden, und sogar Rettungsboote waren von Hochenergiesalven zerstört worden.

Die Energiefahnen verrieten den Kurs, den der Ringraumer genommen hatte.

Die nahe Dunkelwolke war sein Ziel.

Dort lag der Heimatplanet der Cerash.

8.

Simon dachte an die Erde, an blauen Himmel und weiße Schäfchenwolken. In Gedanken lag er im Gras und lauschte dem Murmeln des Bächleins neben ihm, das weit mäandernd die Bergwiese durchschnitt.

Erfrischend kühl war das klare Gletscherwasser, das sich plätschernd über die Steine ergoß. Mit der hohlen Hand schöpfte er und genoß es, das Wasser über sein Gesicht rinnen zu lassen.

Saftiges Gras wuchs am Bachrand, und winzige Tautropfen hingen in kunstvoll gesponnenen Spinnennetzen. Sie schillerten in allen Farben des Spektrums.

Die Fäden klebten zwischen langen Grashalmen; am Ende eines Signalfadens lauerte eine Spinne, ein dürres, graubraunes Exemplar mit langen, unaufhörlich tastenden Vorderbeinen.

Die ausbleibende Reaktion des Cerash-Bewußtseins ärgerte Simon. Er wollte provozieren und legte es darauf an, eine Konfrontation herbeizuführen. Verschlechtern konnte er seine Situation kaum, aber viel gewinnen.

Mit beachtlicher Schnelligkeit hastete der Robot durch das Gebäude, geführt von einer Schar fetter Spinnenwesen. Es gab keine Treppen, die ein Wechseln zwischen den Stockwerken ermöglicht hätten, sondern breite, gewundene Rampen oder auch nur Kletterstangen, die jeweils über mehrere Etagen reichten.

Die ungewohnte Perspektive und vor allem die weite Rundsicht hatten Simon an Bord des Ringraumers kaum Schwierigkeiten bereitet, in der neuen Umgebung war das aber spürbar anders. Wände, Maschinen, andere Spinnen, alles huschte so schnell vorbei, daß er Mühe hatte, die unterschiedlichen Eindrücke auseinanderzuhalten, außerdem pendelte der Spinnenschädel des Roboters gerade einen Meter über dem Boden. Simon ertappte sich dabei, daß er verzweifelt nach einem sicheren Halt suchte, und fast hätte er gellend aufgeschrien, als der Cerash plötzlich kopfüber an einer senkrechten Wand hing und mit unglaublicher Schnelligkeit in die Tiefe kletterte. Vor und neben ihm waren immer noch viele Cerash, ein wogendes Meer dunkler Leiber, das sich endlich durch kahle Öffnungen ins Freie ergoß.

In der Ferne waren der Raumhafen und der Ringraumer zu sehen. Simon schätzte, daß die Spinnen im Innern der Gebäude zwischen zehn und fünfzehn Kilometer zurückgelegt hatten, ohne ein einziges Mal nach draußen gelangt zu sein. Beängstigend war vor allem das Tempo; im schnellen Lauf erreichten die Cerash leicht Geschwindigkeiten von hundert und mehr Stundenkilometern.

Unvermittelt ging es abwärts. Im freien Fall stürzten die Spinnen in die Tiefe, bis sie von einem Antigravfeld abgefangen und sanft abgesetzt wurden.

Tief unter der Stadt erstreckte sich eine Industrieanlage, die Simon hier nicht vermutet hätte. Das Areal war gewaltig.

»Magnetschwebebahnen« führten entlang der Fertigungsstraßen. Eigentlich waren es nur schmale Schienenstränge, über die in ununterbrochener Folge zylinderförmige Transporteinheiten verkehrten. Die Cerash schwangen sich hinauf und klammerten sich beidseits fest.

Sind das Werftanlagen?

Kilometerweit führte die Bahn zwischen den Fertigungsstraßen hindurch. Mitunter glaubte Simon, vertraute Aggregate zu erkennen, war sich aber schon Augenblicke später nicht mehr sicher.

Die spinnen, die Spinnen, schoß es ihm durch den Sinn. Irgendwann hatte er einen ähnlichen Ausspruch vernommen, er wußte nur nicht mehr, wann. Irgend etwas Antiquarisches mußte es gewesen sein. Egal, das war unwichtig.

Er dachte wieder an das munter plätschernde Bächlein und das flirrende Netz mit den vielen winzigen Wassertropfen.

He, Cerash, was hältst du davon?

Seine Hand schwebte neben der graubraunen Spinne, die nur in seiner Vorstellung existierte, dann schnippten die Finger nach vorne. Das Tier verlor den Halt und fiel ins Wasser, ein winziger Sog wirbelte es nach unten.

Ich bin nicht dein Sklave! keuchte Simon. *Ich werde es nie sein. Eher bringe ich uns beide um.*

In den vergangenen Tagen hatte er gelernt, sich zu konzentrieren. Alle Kraft, deren er fähig war, legte er in seine Gedanken und stellte sich vor, daß eine hochgehende Sprengladung den Transportzylinder aus dem Magnetfeld schleuderte.

Simon spürte das motorische Zucken der Gliedmaßen ebenso wie die kurze Unsicherheit des Cerash-Bewußtseins...

...und hatte plötzlich wieder Zugriff auf die Programme.

Morphen!

Die geballte Konzentration nur auf einen Waffenarm!

Duststrahl!

Völlig hilflos war er nicht. Die für Sekunden aufflackernde Hoffnung erstarb jedoch ebenso schnell. Er schaffte es nicht, hatte keine Chance, die Mauern wirklich zu durchbrechen, die ihm gesetzt waren.

Bericht Simon:

Ich habe zuviel riskiert, das wird mir schlagartig bewußt. Das Cerash-Bewußtsein hat mich gebraucht, um heimzukehren, aber nun ist es wieder unter seinesgleichen.

Du hast die Koordinaten der Erde nicht, du wirst sie nie bekommen. – Das rede ich mir ein. Sicher bin ich mir dessen jedoch nicht.

Seltsamerweise empfinde ich kein Bedauern, nur Zorn. Es war ein schöner Traum gewesen, den Roboter der Mysterious zu beherrschen und ihn nach meinem Willen zu formen... Leider, scheint es, habe ich die Rechnung ohne den Wirt gemacht.

Wenn es mir möglich wäre, die Zeit zurückzudrehen, würde ich die unterirdischen Räume auf Hope versiegeln lassen. Damit dir niemand zu neuen Kräften verhelfen kann, du Monstrum. Lieber würde ich mir die Hände abhacken, als noch einmal den stählernen Leib zu berühren.

He, Cerash, ich wünsche dir alle Krankheiten der Galaxis an den Hals. Schade nur, daß ich das nicht mehr erleben werde.

Wieviel Zeit bleibt mir noch?

Egal.

Weißt du, daß man auf der Erde den zum Tode Verurteilten einen letzten Wunsch gewährt hat?

Ich habe einen solchen Wunsch.

Ich will Spinnen zertreten!

Daß die Cerash einen Ringraumer erbeutet hatten, komplizierte die Angelegenheit. Während der Wächter nach eventuellen Überlebenden der Raumschlacht Ausschau hielt, verließ ein Hilferuf die Antennen des zylinderförmigen Bootes.

Die einzige Antwort blieben das Rauschen des kosmischen Hintergrunds und ein fahles Echo des eigenen Hyperfunkspruchs. Nicht einmal eine verstümmelte Sendung wurde von den Antennen aufgefangen.

Der Sle begann wieder zu arbeiten und riß das kleine Boot vorwärts; im Schutz des Intervalls bedeutete eine mögliche Kollision mit den weit verstreut abdriftenden Wracks keine Gefahr.

In einer Distanz von wenigen Lichtsekunden tangierte das Boot die äußeren Asteroidenbahnen, als die Gedankensteuerung ein schwaches Signal registrierte. Es wurde nicht auf Hyperfrequenz empfangen, sondern im normal lichtschnellen Bereich, und es konnte nur demjenigen auffallen, der wußte, wonach er suchte.

»Steht die Peilung?«

In der Wiedergabe erschienen optische Einblendungen, konzentrisch von außen nach innen laufende Kreise, die sich im Zielpunkt violett färbten. Der Sender befand sich in einem der größeren Felsbrocken.

Nur Minuten später senkte sich das Boot – Menschen, die schon mit Mysterious-Technik konfrontiert gewesen waren, hätten es sofort als übergroßen Flash bezeichnet – auf den bizarr geformten Asteroiden herab. Er rotierte um mehrere Achsen gleichzeitig, wobei Licht und Schatten unaufhörlich sein Aussehen veränderten.

Aber darauf achtete der Wächter nicht, während der Flash dicht über die Oberfläche hinwegglitt. Fast schon zum Greifen nahe vor ihm wurde die zerstörte Station sichtbar.

Dicker Stahl, zerfetzt, geschmolzen und den Kraterrändern angepaßt wieder erstarrt. An einigen Stellen ragten noch Versorgungsleitungen aus der blauvioletten Masse heraus. Die Bruchstücke eines Transmitters waren ebenfalls festgebacken.

»Die exakte Position des Speichermoduls ist angepeilt«, meldete die Steuerung des Bootes.

»Leite den Datentransfer ein!«

Energetisch autarke Module wie das geortete waren erst nach einer Reihe überraschender Erfolge der Cerash installiert worden. Vorrangig sollten sie unersetzbare Daten sichern. Deshalb waren die Erwartungen des Wächters vielleicht ein wenig zu hoch gesteckt. Die Datenmenge, die der Transfer überspielte, hielt sich dagegen deutlich in Grenzen.

Über Jahrhunderte hinweg hatte das Stationsgehirn keine Kontakte verzeichnet, auch nicht mit den eingeborenen raumfahrenden Intelligenzen. Erst vor achtundzwanzig Jahren hatte überraschend ein Ringraumer den Planeten angeflogen.

Für die Reparatur angeblich schwerwiegender Schäden war eine Landung unumgänglich gewesen. Aber nur wenige Kilometer über dem Boden hatte der Ringraumer überraschend das Feuer eröffnet und ein gezieltes Bombardement begonnen. Viele Schiffe der Verteidiger waren zusammen mit ihrer Welt untergegangen.

Aufgrund der ausgestrahlten Kennung hatte das Stationsgehirn den Ringraumer identifiziert. Es handelte sich um eine der Einheiten, die am Einsatz gegen die Heimatwelt der Cerash beteiligt gewesen waren.

Weitere Daten existierten nicht. Daß die Cerash alle Wachstationen ausgeschaltet hatten, lag auf der Hand. Deshalb gab es keine Transmitterverbindungen mehr.

Die Chance, mit einem Flash gegen den Ringraumer zu bestehen, war denkbar gering. Trotzdem zögerte der Wächter nicht.

Es war seine Aufgabe, den Raumer zurückzuholen –

– und falls das nicht möglich war, mußte er ihn zerstören.

Die Energiefahnen waren nur noch schwach meßbar, und in der Dunkelwolke würden sie sich ohnehin verlieren.

Doch die Koordinaten der Cerash-Welt waren bekannt.

Nicht nur unter der Stadt hatten die Arachnoiden Produktionsstätten errichtet, die Hallen erstreckten sich bis weit unter das Raumhafenareal.

Simon sah seine schlimmsten Befürchtungen bestätigt. Vor allem übertraf die Wirklichkeit seine Vorstellungen noch, sie war schlichtweg erschreckend.

Die Cerash bauten nicht nur ein paar Raumschiffe – über das Stadium waren sie hinaus. In den subplanetaren Anlagen wuchs eine Invasionsflotte heran.

Tausende Arachnoiden und Roboter fertigten stählerne Grundkonzeptionen, die Simon nach und nach als Waffensysteme, Konverterblöcke und kompakte Triebwerkseinheiten erkannte.

Das alles wurde unterhalb des Raumhafens zusammengeführt und nahm Form an. Dennoch blieben die Raumschiffe Gerippe, bizarre Trägerkonstruktionen, in denen die einzelnen Bauteile mit Hilfe schwerer Antigravkräne verankert wurden.

Allein innerhalb des Bereichs, den er überblicken konnte, zählte Simon zwanzig Schiffsskelette, jedes annähernd einhundert Meter hoch. Spinnen hasteten geschäftig durcheinander, seilten sich aus der Höhe ab oder kletterten an ihren eigenen dicken Fäden und mit Werkzeugen oder Aggregaten beladen, wieder nach oben.

Die Magnetbahn endete in diesem Bereich, von hier aus ging es zu Fuß weiter. Simon spürte die wachsende Zufriedenheit des Cerash-Bewußtseins.

Raupenfahrzeuge, mit Antigravprojektoren und Traktorstrahlern ausgestattet, transportierten die halbfertigen Schiffe weiter, ins Zentrum eines von Projektoren in Decke und Boden markierten Kreises. Flimmernde Energiefelder hüllten ein solches Stahlskelett ein, und Augenblicke später wogten hinter der Abschirmung dichte Nebel. Düsen in der Decke versprühten eine fein verteilte Flüssigkeit, gleichzeitig sanken sie langsam nach unten.

Simon schätzte, daß gut eine Stunde vergehen würde, bis das gesamte Stahlskelett auf diese Weise »gewaschen« worden war.

Er verstand nicht, was er sah.

Vielleicht wurde eine Schutzschicht auf den Stahl aufgebracht, die seine molekularen Eigenschaften verbesserte. Oder es handelte sich um eine Absorberlackierung, die schädliche Strahlungen aufnahm. Vieles war denkbar, doch Simon vermutete, daß er mit keiner seiner Spekulationen die Wirklichkeit traf.

Wie viele Generationen mochten die Cerash gebraucht haben, dies alles fertigzustellen?

Er mußte sich eingestehen, daß er viel zu wenig wußte. Wie alt wurden Arachnoiden überhaupt? Er hatte keine Ahnung, ob ihre Lebensspanne der menschlichen vergleichbar war.

Nach eurer Zeitrechnung sind es dreißig bis fünfunddreißig Jahre, vernahm er völlig unerwartet die mentale Stimme des Cerash-Bewußtseins.

Woher...?

Du unterschätzt immer noch die Macht der Gedanken, höhnte der Cerash. *Inzwischen habe ich fast alles erfahren, was von Interesse zu sein scheint. Deine Erde ist schwach und kann einem Angriff nicht lange standhalten. Wie gefällt dir das?*

Simon antwortete nicht. In Gedanken sah er die Spinnenschiffe der Cerash im heimischen Sonnensystem materialisieren und in weit aufgefächerter Front die Erde anfliegen.

Genau so wird es sein, bestätigte der Cerash.

Simon reagierte auch darauf nicht. In seinen Gedanken passierten die Spinnenschiffe gerade die Mondbahn, als sich ihnen Ringraumer entgegenwarfen. Zehn, zwanzig, vierzig blauviolette Ringe, aber immer noch kein Ende; ihre Nadelstrahlen durchbrachen die Schirme der Spinnenschiffe und ließen neue Sonnen entstehen.

Das Gefecht dauerte nur wenige Minuten, dann suchten die Spinnen ihr Heil in der Flucht. Doch die Ringraumer folgten ihnen, sie flogen in die Dunkelwolke ein und griffen die Welt der Cerash an. Die Stadt, der nahe Raumhafen, alles versank im Strahlenfeuer.

Der Planet brach auseinander...

Simons mühsam aufrechterhaltene Vision verwehte, als Gedankenbilder des Cerash-Bewußtseins über ihm zusammenschlugen und ihn mit ihrer ungestümen Wucht zu ersticken drohten. Diese Gedanken waren stärker als alles, was er bisher gespürt hatte, und sie schienen seine Vorstellung zu bestätigen. Aber sie waren alt und offenbarten die Vergangenheit.

Ringraumer über der Welt der Arachnoiden. Sie griffen an, vernichteten die Spinnenschiffe, die sich ihnen entgegenwarfen, und überzogen den Planeten mit einer Feuerwalze.

Danach Schwärze...

Irgendwann regte sich wieder Leben zwischen den Ruinen. Die ersten Nymphen huschten über verkohlte Mauern hinweg. Rasch wurden es mehr.

Die Nymphen häuteten sich... sie wuchsen und häuteten sich weiter... und bald begannen ausgewachsene Cerash, die Trümmer beiseite zu räumen.

Eine neue Stadt entstand. Auch im Untergrund wurde gebaut.

Simon fühlte sich innerlich zerrissen. Seine quälende Neugierde verlangte nach weiteren Informationen. Andererseits wollte er genau diese Bilder nicht sehen, weil sie seine eigene Ohnmacht zeigten. Die Mysterious hatten zwar eine Schlacht gegen die Arachnoiden gewonnen, aber den Krieg verloren. Während sie, die Geheimnisvollen, längst von der galaktischen Bühne abgetreten waren, schickten sich die Cerash gerade an, ihren Part zurückzuerobern.

Warum tust du das? fragte Simon verwirrt, weil das andere Bewußtsein ihn an der Geschichte der Arachnoiden teilhaben ließ. *Außerdem kannst du davon nichts wissen, du warst auf Hope gefangen.*

Wir sind ein Volk, lautete die Antwort.

Das sind wir Menschen auch, dachte Simon. Oder gab es da einen feinen Unterschied? Menschen waren Individualisten, die Cerash verstanden sich vielleicht in ihrer Gesamtheit als Individuum. Verfügten sie über so etwas wie ein Kollektivbewußtsein, das Erinnerungen und Erfahrungen allen zugänglich machte?

Aber wozu dann diese Besichtigungstour durch die Werftanlagen?

Gibt es bei den Menschen keine Anführer? Das klangt verwundert. *Wie schrecklich, wenn keiner weiß, wem er folgen soll. Aber alles Unvollkommene ist nicht fähig zu überleben.*

Bist du der Anführer der Cerash? Du warst tausend Jahre fort.

Verwunderung schwang in den Gedanken des Arachnoiden mit, als er antwortete: *Wir wissen von Geburt an, welchen Platz wir einnehmen. Ich war ein Führer und werde es immer sein; kein anderer hätte den Wächter überwältigen können.*

Der Trupp erreichte eine Reihe großer Bassins, die vordersten Cerash wichen zu den Seiten hin aus, aber Simon brauchte dennoch eine Weile, bis er erkennen konnte, was die Becken enthielten.

Eine zähflüssige graue Masse schwappte ihm entgegen, die er auf Anhieb nicht einzuordnen vermochte. Erst als einige Cerash ihre Vordergliedmaßen ausstreckten und die Masse zuckende Pseudopodien bildete, begann er zu ahnen, daß es sich um lebendes Gewebe handelte, eine Ansammlung von Zellen, die offensichtlich fähig waren, ihre Umgebung zu erkennen. Eine andere Erklärung für die zielgenau entstehenden Auswüchse hatte er nicht.

Vermutlich enthielten auch die anderen Bassins jeweils Hunderte Tonnen lebenden Zellgewebes.

Die Masse befand sich in unaufhörlicher gärender Bewegung, sie erinnerte Simon an wuchernde Hefezellen.

Dicht vor ihm reckte sich ein plumper Auswuchs. Der Robotkörper brauchte nur ein Stück nach vorne zu gehen, um das Zellgewebe zu berühren, doch der pendelnde Tentakel schreckte vor der Berührung zurück.

Dafür geriet die gesamte Masse in wogende Bewegung. Ursache war der Gleiter, der den Rand des Bassins überflog und seine Fracht abkippte.

Fütterungszeit! durchzuckte es Simon instinktiv, obwohl er einige Augenblicke benötigte, um zu identifizieren, was der Gleiter abgeworfen hatte. Nymphenhäute waren es, die abgestoßenen Häute der heranwachsenden Cerash.

Aber wozu...?

Farbschlieren überzogen die Masse, grüne und braune Flecken, die ineinander verliefen, sich vermischten und immer neue Farben entstehen ließen.

Nein, schoß es Simon durch den Sinn, *das gibt es nicht. Das ist unmöglich. Ich bin verwirrt...*

Trotzdem wußte er, daß er sich nicht täuschte. Farbschlieren wie in dem Bottich prägten die Außenhülle der Spinnenschiffe.

Das Zellgewebe, das hier wucherte, war dazu bestimmt, die Rumpfskelette der Spinnenschiffe zu überziehen. Aber Raumer brauchten stahlharte Panzerungen, die den Innendruck hermetisch gegen das

Vakuum des Weltraums abschotteten, und die Waffeneinwirkung ebenso widerstanden wie Mikrometeoriten oder der Reibungshitze beim Eintauchen in eine planetare Atmosphäre. Ganz abgesehen von der tödlichen Kälte des Weltraums und der allgegenwärtigen Strahlung.

Simon wollte nicht glauben, daß normales Zellgewebe diese Voraussetzungen erfüllte. Und bedeutete nicht gerade die dichte Materieverteilung innerhalb der Dunkelwolke eine besondere Gefahr? Andererseits waren solche Raumschiffe wahrscheinlich in der Lage, kleinere Schäden aus sich selbst zu regenerieren.

Neue Gedankenbilder entstanden. In ihnen schwang die Überlegenheit mit, die das Cerash-Bewußtsein empfand. Trotzdem war Simon fasziniert. Nie hätte er derartiges für möglich gehalten, aber das Universum hielt immer größere Überraschungen bereit, je tiefer Menschen in den Weltraum vorstießen.

Das Zellmaterial der Spinnenschiffe stand in besonderer Wechselwirkung zur Wolkenmaterie. Ohne energetischen Schutz flogen die Schiffe in die Wolke ein; wenn Simon den Vorgang richtig interpretierte, wurden die Schiffsrümpfe erst durch diesen Kontakt vollständig ausgehärtet. Außerdem war eine Rückkehr der Schiffe in regelmäßigen Intervallen nötig, um die Stabilität zu erhalten.

Simon glaubte nun auch zu wissen, daß die vermeintliche Wäsche der Stahlskelette der Vorbereitung diente. Wahrscheinlich enthielt die Flüssigkeit besonderen Bestandteile, die es dem Zellmaterial ermöglichten, eine dauerhafte Verbindung mit dem Stahl einzugehen.

Wie Schuppen fiel es ihm von den Augen: Waren die Wurzeln, die über die Transmitterstrecke befördert wurden, das fehlende Bindeglied?

Damit bekamen die Zusammenhänge eine neue Dimension.

Die Mysterious hatten in einer Strafaktion die Heimatwelt der Spinnen verwüstet. Doch die Cerash waren im Begriff, sich davon zu erholen und ihre Zivilisation neu aufzubauen.

Möglicherweise war eines ihrer Raumschiffe der Zerstörung entgangen, oder sie hatten die Ressourcen für einen Neubau besessen. Nach langer Zeit hatten sich die Cerash jedenfalls wieder aus der Abgeschiedenheit der Dunkelwolke hervorgewagt und aus irgendeinem Grund die Taljja überfallen und zu ihrem Hilfsvolk gemacht. Die Echsen waren kriegerisch veranlagt, das mußte den Ausschlag gegeben haben.

Das nächste Ziel war der nahegelegene Stützpunkt der Mysterious gewesen, die Welt der Mirrgam, deren blühende Städte in Schutt und Asche versanken. Von dort waren Taljja durch den Transmitter gegangen, um die Ernte der Wurzeln vorzubereiten, die für den Bau weiterer Spinnenschiffe benötigt wurden. Die Cerash hatte zu jenem Zeitpunkt genau gewußt, welche Welt die besten Bedingungen bot, ihr Heimatplanet hatte nach der Verwüstung den Anbau nur noch unter größten Anstrengungen erlaubt.

Die Sumpfregionen von ULur-B bieten geeignete Wachstumsbedingungen, dröhnte die mentale Stimme des Cerash-Bewußtseins. *Wir wußten davon aus alten Aufzeichnungen. Aber bald werden wir auch andere Welten finden, auf denen ein Anbau möglich ist. Vielleicht sogar auf der Erde?*

Fahrt zur Hölle! dachte Simon.

In dem Augenblick bemächtigte sich Unruhe der Cerash. Als wäre etwas geschehen, womit sie nicht gerechnet hatten.

Daß Simon einige Gedankenfetzen des Cerash-Bewußtseins erfaßte, die nicht für ihn bestimmt waren, lag an dessen jäher Erregung. Ein Spinnenschiff war angegriffen und allem Anschein nach vernichtet worden. Jedenfalls gab es keine Funkverbindung mehr.

Die letzte, halb verstümmelte Meldung hatte von einem kleinen Raumflugkörper gesprochen, der wie aus dem Nichts heraus in einem Hangar des Schiffes erschienen war und das Feuer eröffnet hatte.

Die Mysterious? durchzuckte es Simon.

Der kleine Flugkörper konnte durchaus ein Flash sein, der im Schutz des Intervalls in das Spinnenschiff eingedrungen war.

Befand sich die POINT OF im Anflug?

Simon hatte Mühe, seine aufbrechende Euphorie zu zügeln. Solange er nicht wußte, was wirklich geschehen war, mußte er auf alles vorbereitet sein.

Die Gedankensteuerung des Bootes meldete zwei Raumschiffe in geringer Distanz. Sie flogen eine der wenigen erloschenen Sonnen an, die in den Sternenkarten eingetragen waren.

Trotz des vagen Ortungsbildes kam der Wächter zu dem Schluß, daß es sich um Schiffe der Cerash handeln mußte. Kein anderes raumfahrendes Volk wäre ähnlich tief in die Dunkelwolke vorgestoßen.

Er änderte den Kurs und folgte den Schemen mit knapp einem Viertel der Lichtgeschwindigkeit.

Gewaltige Masseansammlungen huschten vorbei. Es handelte sich um die Überreste ausgeglühter Planeten.

Beide Spinnenschiffe verzögerten. Sie näherten sich einem Bruchstück, das die Masse eines kleinen Mondes besaß. Die Ortungen zeigten umfangreiche Vorkommen von Schwermetallen an; offensichtlich waren die Cerash im Begriff, die Lagerstätten auszubeuten.

Die Distanz zu beiden Schiffen verringerte sich rasch.

Nach wie vor keine Passivortung. Innerhalb der Dunkelwolke schienen sich die Spinnen sicher zu fühlen.

Noch einhunderttausend Kilometer...

Beide Raumer verharrten über dem Planetenfragment. Eine Vielzahl kleiner Objekte löste sich von ihnen und strebte dem zerklüfteten Boliden entgegen, Masse- und Energiewerte ließen auf Roboter schließen. Sie schwärmten aus, um die abgebauten Schwermetalle zu verladen. Im Bereich ihres Landegebiets wurden die energetischen Aktivitäten stärker.

Mit Restfahrt glitt der Flash näher.

Alle Frequenzen waren geöffnet, dennoch registrierte der Wächter keinen Funkkontakt zwischen den Schiffen und der Bodenstation. Die Cerash verrichteten Routinearbeit, kaum mehr.

Auftreffende Ortungsimpulse bei Distanz dreißigtausend, sie folgten dem mit Sle beschleunigenden Boot. Die Identifikation würde nur wenige Nurkas in Anspruch nehmen.

Der Wächter zögerte nicht länger. Bevor die Cerash ihre Schilde aufbauen konnten, flog er im Schutz des Intervalls in das erste Spinnenschiff ein.

Hangars, leere Laderäume, breite Korridore und Vertikalschächte huschten auf dem Bildschirm vorbei. Der Brennkreis des Sle zog eine glühende Spur quer durch das Schiff bis zu den Maschinenräumen.

Dunkle Spinnenleiber wirbelten herum, als sie den Flash die Wand durchdringen sahen, aber noch ehe die Cerash begreifen konnten, was geschah, wurde der Nadelstrahl wirksam.

Die Kühlaggregate zerplatzten in einem Feuerregen.

Gleichzeitig traf der Hochenergiestrahl auf den Konverterkern; Energien wurden freigesetzt, die ausgereicht hätten, das Schiff über Jahre hinweg in Funktion zu halten.

Dicker Stahl flammte auf und verglühte wie Papier. Nichts konnte die Feuerwoge aufhalten, die sich gedankenschnell nach allen Seiten ausbreitete.

Eine Vielzahl kleiner Explosionen folgte, dann zerplatzte das Schiff von innen heraus und ließ sogar die kosmische Materie im Umkreis auflodern.

Zu dem Zeitpunkt hatte der Flash bereits die Hülle des zweiten Spinnenschiffs durchdrungen. Der Wächter registrierte abgehende Hyperfunkimpulse.

Quer durch alle Decks glitt das Boot, und der Nadelstrahl hinterließ auch hier ein flammendes Chaos. Zwanzig Nurkas dauerte das Sterben des Schiffes, bevor es als neugeborene Sonne erstrahlte.

Der Wächter sah nicht mehr, daß das atomare Feuer auch das Planetenfragment verzehrte. Der Sternensog trieb den Flash wieder mit vielfacher Überlichtgeschwindigkeit dem Heimatsystem der Cerash entgegen.

Keine weitere Ortung erfolgte.

Erst dicht vor dem Ziel meldete die Gedankensteuerung mehrere Spinnenschiffe im Erfassungsbereich.

Auf dem Hauptschirm erschien die grafische Darstellung des Ein-Planeten-Systems. Eine noch unbestimmte Anzahl von Schiffen stand im Orbit, drei weitere hielten Positionen am Rand der weitgehend partikelfreien Zone ein. Auf den ersten Blick erkannte der Wächter, daß es unmöglich sein würde, mehr als ein Schiff mit einem Überraschungsschlag zu vernichten. Daß die Cerash seinem kleinen Boot gefährlich werden konnten, wußte er nur zu gut. Schließlich war es den Spinnenwesen in der Vergangenheit einige Male gelungen, einen Ringraumer zu zerstören. Sie besaßen eine Waffe, mit der sie unter bestimmten Umständen das Intervall durchdringen und die Antriebsenergien der Flächenprojektoren umpolen konnten.

Aber das war Vergangenheit. Solche Überlegungen behinderten ihn nur.

Kann der Ringraumer schon erfaßt werden? wandte er sich an die Gedankensteuerung.

Kein Echo zeichnet. Auch keine Energiefahnen.

Wie groß war die Wahrscheinlichkeit, daß das verfolgte Schiff auf dem Planeten gelandet war?

Der Wächter errechnete eine Variable von 73 zu 27.

Annähernd gleich schätzte er die Chance dafür ein, daß der andere Wächter sich im näheren Umkreis des Schiffes aufhielt.

Augenblicklich wurde das Boot von den gegnerischen Ortungen erfaßt, als es die letzten Materieschwaden durchstieß. Eines der Spinnenschiffe stand unmittelbar voraus, seine Schirme waren aktiviert, die Spinnenarme angewinkelt.

Kein Zweifel, die Cerash hatten ihn bereits erwartet. Das bedeutete, daß sie den kurzen Notruf empfangen und richtig interpretiert hatten.

Die Anfluggeschwindigkeit des Flash lag knapp unter Licht.

Kollisionskurs.

Noch fünfzehn Nurkas bis zum Zusammentreffen. Mit flammenden Triebwerken versuchte das Spinnenschiff auszuweichen.

Inzwischen hatten die Ortungen drei Schiffe an den Grenzen des Systems und drei weitere im planetaren Orbit erfaßt.

Nur von dem Ringraumer gab es noch keine Spur.

Die Cerash eröffneten das Feuer aus allen Waffenarmen gleichzeitig. Weißglühende Thermostrahlen jagten dem Flash entgegen. Sie verfehlten das Boot um Kilometer, weil die Gedankensteuerung einen wahnwitzigen Ausweichkurs flog.

Nadel- und Duststrahl ließen den gegnerischen Schutzschirm auflodern.

Die Cerash verändern ihre Schildstruktur! meldete die Gedankensteuerung. *Sie setzen weitere Waffen ein.*

Ein neues Ausweichmanöver des Flash folgte, präzise ausgeführt – aber ebenso exakt von den Cerash vorhergesehen. Eine funkensprühende Hochenergieballung verfehlte das Boot nur um Haaresbreite; ihre Streufelder reichten jedoch aus, es aus dem Kurs zu werfen.

Fehlfunktion des Sle!

Das Wissen um die ultimate Waffe war den Cerash also in all den Jahrhunderten nicht verlorengegangen. Ein Volltreffer hätte das Boot möglicherweise vernichtet, zumindest aber manövrierunfähig und damit zu einem leichten Ziel werden lassen.

Priorität ändern! bestimmte der Wächter. *Anflug auf den Planeten!*

Der Flash scherte aus dem Kurs aus. Kurzzeitig aktivierte die Gedankensteuerung den Sternensog; danach betrug die Distanz zu den Verfolgern drei Lichtminuten, doch der Vorsprung würde zusammenschmelzen, sobald die Spinnenschiffe in Transition gingen. Sie beschleunigten bereits mit Höchstwerten.

Das Ortungsbild ließ die perfekte Koordination der Cerash erkennen. Ihre Schiffe im Orbit gingen auf Abfangkurs.

Registriere gelandeten Ringraumer! meldete die Gedankensteuerung.

Auf dem Schirm entstand die Abbildung des Planeten, eine felsige, kahle Kugel. Noch reichte die optische Vergrößerung nicht aus, Details erkennen zu lassen.

Funkkontakt herstellen!

Eine Verbindung kam nicht zustande.

Anflugkurs beibehalten!

Der Wächter hatte sich entschieden. Ihm blieb keine Wahl, er mußte in den Raumer einfliegen und die Situation bereinigen.

Das war der Augenblick, in dem die Spinnenschiffe aus dem Orbit heraus das Feuer eröffneten. Doch die Gedankensteuerung schaffte es mit blitzschnellen Kurswechseln, die nicht nur das Unitall, sondern auch den Sle bis an den Rand der Leistungsfähigkeit brachten, einem Treffer zu entgehen.

Wenige Nurkas später durchstieß das Boot einen gegnerischen Schutzschirm, und der Nadelstrahl hinterließ eine brodelnde Hölle. Zweihunderttausend Kilometer über dem Planeten brach das Spinnenschiff unter irrlichternden Erscheinungen auseinander.

Aber da waren noch die beiden anderen Raumer, die den Kurs des Flash kreuzten, und die Ortungen erfaßten zudem mehrere kleine Satelliten, deren Waffen aktiviert wurden.

Ohne abzubremsen, raste das Boot dem Planeten entgegen. Solange das künstliche Mini-Kontinuum Bestand hatte, würde es weder in der Atmosphäre verglühen, noch beim Aufschlag auf der Oberfläche zerbersten, sondern tief ins Innere des Planeten eindringen und für die Cerash unerreichbar werden. Solange jedenfalls, bis es wieder an die Oberfläche kam.

Heftiges Sperrfeuer, an dem nun auch die Satelliten beteiligt waren, schlug dem Flash entgegen. Der Wächter überließ der Gedankensteuerung alle weiteren Manöver und den Einsatz der Waffen und konzentrierte sich darauf, eine Verbindung mit dem Bordrechner des Ringraumers herzustellen.

Flackernder Feuerschein sprang von den Schirmen herab und tauchte das enge Innere des Bootes in ein unwirklich anmutendes Licht. Gleichzeitig schlugen hohe Beharrungskräfte durch, als der Flash aus dem Kurs gezwungen wurde. Das schrille Heulen der Konverter war gänzlich ungewohnt.

Weitere schwere Strahltreffer belasteten das Intervall mit Extremwerten. Obwohl die Energiewaffen der Cerash einen Ringraumer nur bei massivem Punktbeschuß gefährden konnten, brachten sie das vergleichsweise winzige Boot rasch in Bedrängnis.

Gefügeerschütterungen nur wenige zehntausend Kilometer voraus wurden angemessen. Drei Spinnenschiffe materialisierten so nahe am Planeten, daß die Auswirkungen auf der Oberfläche deutlich spürbar sein mußten. Augenblicklich eröffneten sie das Feuer aus ihren weit abgespreizten Waffenarmen.

Die Zielverfolgung der Cerash ließ sich auch durch ein abermaliges riskantes Ausweichmanöver nicht abschütteln.

Noch achtzigtausend Kilometer über dem Planeten...

Das funkensprühende Strahlenbündel registrierte der Wächter erst, als es das Intervallfeld tangierte. Alles ging wahnsinnig schnell. Der Reizstrahl, der die optische Beobachtung durch das Intervall nach außen ermöglichte, brach zusammen. Von einem Moment zum anderen war der Wächter von der Direktsicht abgeschnitten.

Kontrollkonsolen implodierten, die Anzeige für das Intervallfeld begann zu flackern.

Ausfall des Sle! warnte die mentale Stimme der Gedankensteuerung. *Die Flächenprojektoren wurden beschädigt.*

Augenblicke später schwere Erschütterungen... Ein unheilvolles Ächzen durchlief das Boot.

Die Automatik erwiderte das Feuer mit allem, was der Flash aufzubieten hatte. Überlichtschnelle Nadelstrahlen ließen den Schutzschirm des nächststehenden Spinnenschiffs aufglühen. Strukturrisse entstanden und weiteten sich aus – zurück blieben verwehende Energieschleier, als weiterer Nadelstrahlbeschuß zur Überlastung des Schirmfelds führte. Olivgrüne Duststrahlen fluteten am Schiffsrumpf auseinander und lösten Teile der Hülle auf. Die Folge waren heftige, den Bugbereich umfassende Kontraktionen – in einer grellen Lichtorgie platzte das Schiff auseinander.

Der Flash jagte durch die Ausläufer der Trümmerwolke hindurch. Zwei heftige Schläge dröhnten durch das Boot, danach setzte die künstliche Schwerkraft aus.

Notschaltung!

Die Gedankensteuerung reagierte nicht auf den Befehl. Aber zumindest erwachten die Bildschirme flackernd zu neuem Leben.

Das Boot stürzte dem Planeten entgegen. In Nurkaabständen huschte die kahle, schmutzigbraune Welt der Cerash über den Schirm.

Der Wächter registrierte den Ausfall aller Rechnersysteme und schaltete um auf manuelle Steuerung. Für wenige Augenblicke sah es so aus, als könnte er zumindest die irrwitzige Rotation unter Kontrolle bringen, aber dann fegte die Salve eines Spinnenschiffs jede Chance auf eine noch einigermaßen passable Landung beiseite.

Das Knistern und Knacken des Rumpfes verstärkte sich zum Stakkato, als das Boot in die dichteren Luftschichten eintauchte. Sprunghaft stieg die Temperatur an.

Für einen Beobachter auf der Oberfläche dieser kahlen Welt mußte es aussehen, als ziehe eine Sternschnuppe verglühend ihre Bahn.

Irrlichternde Entladungen huschten über die Kontrollen. Ihnen zum Trotz versuchte den Wächter immer noch, dem Absturz eine Richtung zu verleihen. Sobald er mit klobigen Armstümpfen die Schaltflächen berührte, sprangen die Energien auf ihn über. Doch den massigen Leib konnten sie nicht schädigen.

Fünfzehn Kilometer hoch raste der Flash über eine gewaltige Tiefebene hinweg, die vor langer Zeit Meeresboden gewesen sein mußte. Am Horizont wuchs der einstige Festlandsockel auf.

Dort stand der Ringraumer, den die Cerash in ihre Gewalt gebracht hatten.

Zehn Kilometer...

Die letzten Konturen in der Bildwiedergabe verwischten unter dem Glühen der ionisierten Luftmoleküle.

Fünf Kilometer...

Nur noch wenige Augenblicke bis zum verheerenden Aufprall. Der Wächter beendete seine ohnehin vergeblichen Bemühungen, den Brennkreis des Sle noch einmal zu zünden. Statt dessen schickte der superschwere Robotkörper Impulse aus, die nur von seinesgleichen empfangen und beantwortet werden konnten.

Die Bestätigung fiel mit dem Aufschlag des Bootes zusammen. Die Welt verging in einer Orgie aus Lärm und Licht und Hitze.

Der Flash riß einen Krater von mehreren hundert Metern Durchmesser, dessen glutflüssige Ränder sich mit zerfetztem Unitall vermischten und schon Augenblicke nach der Explosion in bizarren Faltungen zu erstarren begannen. Eine kilometerlange Spur verbrannter, ausgeglühter Erde zeigte die Richtung, aus der das Boot abgestürzt war.

Sekunden später wäre der Flash mit vernichtender Gewalt in der Stadt der Cerash eingeschlagen.

Bericht Simon:

Es ist ein unheimliches Geräusch, mit dem die stählernen Klauen des M-Roboters über den Boden kratzen. Die acht dünnen, gelenkigen Beine scheinen den Spinnenleib kaum noch tragen zu können. Die Erregung des Cerash-Bewußtseins ist nicht zu übersehen.

Als es mich an der Nachricht teilhaben läßt, der unbekannte kleine Raumflugkörper sei in das Sonnensystem der Cerash eingedrungen, registriere ich zugleich sein erwachendes Jagdfieber. Über Funk empfängt der Roboter Ortungsbilder der Wachschiffe.

Ich identifiziere das Objekt unbekannter Herkunft tatsächlich als eine Art Flash. Jedoch scheint er größer zu sein als die Beiboote der POINT OF.

An eine Rettungsaktion Ren Dharks hatte ich ohnehin nicht wirklich glauben können. Ein derartiger Zufall liegt einfach nicht im Bereich des Möglichen.

Andererseits –

– wenn der Flash nicht zu unserem Ringraumer gehört, wer fliegt dann das zylinderförmige Boot?

Mysterious?

Es ist nicht nur die Erregung des Cerash, die ich spüre, sondern in erster Linie meine eigene. Ich muß etwas unternehmen, irgend etwas, mit dem ich auf mich aufmerksam machen und der Gefangenschaft entfliehen kann.

Leider bin ich hilflos...

Der Boden bebt. Die Erschütterungen scheinen aus allen Richtungen zugleich zu kommen.

Nein, das ist kein tektonisches Beben, dessen bin ich mir sicher. Greifen die Mysterious wieder an, aber diesmal, um die Cerash endgültig in die Schranken zu weisen?

Ich erwarte zuviel, das ist mein Fehler. Das Cerash-Bewußtsein verspottet meine Ungeduld, als es mich wissen läßt, daß die Wachschiffe unerwartet aus der Transition gekommen sind.

Unmittelbar darauf wird der Flash getroffen und stürzt ab.

Ein kurzer, stechender Impuls durchfährt den Roboter. Der Cerash kann nicht verhindern, daß der stählerne Leib eine Antwort ausstrahlt.

Für wenige Augenblicke darf ich mich der Illusion eines Triumphs hingeben, dann dröhnt der giftige Spott des Cerash durch meine Gedanken.

Das war der Ruf eines Wächters –

er ist gekommen, um zu sterben.

Weit verstreut lagen die Überreste des Flash. Achtbeinige Roboter kletterten über die nachglühenden Kraterwälle und begannen mit der Bergung aller zugänglichen Wrackteile.

Auf dem Grund des Kraters brodelte noch flüssiges Gestein, vermischt mit metallischen Legierungen, dort mußte ein Großteil des Bootes versunken sein.

Hoch über dem Planeten hingen zwei Spinnenschiffe im Orbit. Ihre Ortungen lauschten bis an den Rand des Systems und darüber hinaus, bis die dichter werdende Wolkenmaterie die überlichtschnellen Tasterstrahlen absorbierte. Es hatte nicht den Anschein, als wäre der Angreifer die Vorhut einer größeren Flotte gewesen.

Über viele Generationen hinweg hatten sich keine fremden Raumschiffe in die Dunkelwolke vorgewagt. Das würde auch in Zukunft so bleiben.

Sekundenbruchteile vor dem vernichtenden Aufprall hatte der Wächter seine Struktur verändert. Gleichzeitig waren seine Wahrnehmungen erloschen. Er hatte die ungeheure kinetische Aufschlagsenergie nicht gespürt, die das Boot zerriß. Auch nicht, daß die Konverter und mit ihnen die Gedankensteuerung verglüht waren.

Zusammengeballt in außergewöhnlich hoher molekularer Pakkungsdichte hätte der Wächter eine Ewigkeit überdauern können ohne überhaupt zu registrieren, daß Zeit verstrich. In dieser Konsistenz hatten ihm weder der Aufschlag noch die Höllenglut des Konverters gefährlich werden können.

Erst der Weckimpuls brachte die Erkenntnis der eigenen Existenz zurück. Er hatte ihn vor der Umformung den maßgeblichen Atomkernen als statische Ladung aufgeprägt.

Viel Zeit konnte nicht vergangen sein, denn Magma mit einer Temperatur von über tausend Grad hüllte ihn ein. Er spürte die zähflüssigen Strömungen, mit denen glutendes Material an die Oberfläche quoll, dort abkühlte und in den Kreislauf zurücksank.

Die Wellen einer heftigen Erschütterung schwemmten ihn weiter; es waren konzentrische Wellen, die sich rasch verliefen, begleitet von einem dumpfen Rumoren. Wahrscheinlich war ein Teil des

Kraterwalls abgerutscht und hatte Überreste des Bootes unter sich begraben.

Noch war die Kugelform am besten geeignet, seine Oberfläche gering zu halten. Erst als er den Rand des Kratersees erreichte, sah der Wächter eine Notwendigkeit, seine Moleküle erneut umzugruppieren.

Er nutzte die Anziehungs- und Abstoßungskräfte der Materie, um sich durch das zähflüssige Magma zu bewegen. Erkennen, wohin er schwamm, konnte er nicht, alle momentanen Sinneswahrnehmungen beschränkten sich auf sein unmittelbares Umfeld.

Aufsteigende Gasblasen verschafften ihm zusätzlichen Auftrieb. Er ließ sich mitreißen und wurde vom Temperaturschock an der Oberfläche überrascht. Ein vergleichsweise eisiger Wind strich über den Krater hinweg.

Unvermittelt geriet er in den Wirkungsbereich eines Zugstrahls, mit dem Cerash-Roboter Unitallfetzen aus dem Glutsee bargen. Obwohl er sich mühelos aus dem gerichteten Schwerefeld hätte befreien können, tat er es nicht. Solange die Maschinen ihn mit einem Beutestück verwechselten, kamen sie seinem Bestreben entgegen, schnellstmöglich die Stadt und den Raumhafen zu erreichen. Aus der Richtung war auch der Bestätigungsimpuls des Wächters erklungen.

Der Cerash und das andere Bewußtsein mußten den Impuls wahrgenommen haben. Die Frage war nur, ob sie den richtigen Schluß daraus zogen.

Der Wächter registrierte drei Roboter, die ihn an den Rand des Kraterwalls holten. Sie reagierten schnell, als er seine verdichtete Materie zu annähernd humanoider Form aufquellen ließ, aber schon eine knappe Bewegung schleuderte den ersten Angreifer zur Seite. Stählerne Gelenke splitterten, die achtbeinige Maschine kippte in den Magmasee und versank langsam zwischen aufbrechenden Platten. Neue, dunkelrote Glut quoll aus den Bruchstellen empor.

Der Wächter hatte seine Armstümpfe geformt und feuerte. Ein Cerash-Roboter platzte regelrecht auseinander, der andere wurde der Hälfte seiner Gliedmaßen beraubt.

Bis die an weiter entfernten Positionen arbeitenden Roboter reagierten, glitt der Wächter schon den Kraterwall hinauf. Thermoschüsse zeichneten seinen Weg nach, verfehlten ihn aber jeweils um kurze Distanz.

Zwei Gleiter rasten heran. Die Glut ihrer Bordgeschütze umwaberte den goldfarbenen Leib und erlosch, als er das Feuer mit Nadelstrahlen aus seinem Armstumpf erwiderte.

Beide Maschinen explodierten fast gleichzeitig. Den Trümmerregen sah der Wächter schon nicht mehr, weil er die Absturzstelle des Flash schnell hinter sich ließ.

Zehn Kilometer betrug die Entfernung bis zur Stadt, und die ansteigende einstige Küstenlinie erweckte aus der Tiefe den Eindruck eines unüberwindbaren Hindernisses.

Bis die Raumschiffe aus dem Orbit herabfielen, hatte der Wächter fast schon drei Viertel der Entfernung hinter sich gebracht. Auch weitere bewaffnete Gleiter näherten sich. Sie mochten der Grund sein, weshalb die Schiffsgeschütze noch schwiegen.

Die Thermostrahlen der Gleiter pflügten glühende Spuren in den Boden. Aber nur wenige Schüsse trafen den Wächter, ohne ihn wirklich aufhalten zu können.

Er hatte die Stadt fast erreicht, als die Cerash endlich abdrehten. Gleichzeitig schlug eine Salve aus den Schiffsgeschützen ein. Der entfesselte Orkan fegte einige Gleiter wie welke Blätter davon.

Der Wächter sah eine der Maschinen am Stadtrand aufschlagen und in einer Serie kleiner Explosionen auseinanderbrechen. Plötzlich waren die Spinnenwesen überall, aber sie griffen nicht an, sondern suchten ihr Heil in der Flucht.

Höchstens zwei Kilometer hoch donnerten die Raumschiffe über die Metropole hinweg. Ihre Geschütze schwiegen wieder. So wahnsinnig, im Stadtbereich ein kaum zu ortendes Ziel unter Feuer zu nehmen, waren nicht einmal Cerash.

Erneut sandte der Wächter seinen Ruf aus.

Die Stärke der Antwort überraschte ihn nicht. Sie half ihm, den Standort des Gegners zu orten.

Er wurde nicht mehr angegriffen, obwohl es von Cerash nur so wimmelte. Fast schien es, als hätten sie den Befehl erhalten, ihren Erzfeind passieren zu lassen.

9.

Bericht Simon:

Ich weiß nicht, was geschieht, aber ich habe plötzlich Angst davor, mein Dasein wirklich zu beenden.

Der Cerash ist erregt. Er lotet die Kräfte des Roboters aus, die Spinnenbeine strecken sich und schaben unruhig über den Boden. Er hat schon einen Wächter getötet, andernfalls würde er nicht in diesem Artefakt stecken. Die Erinnerungen an den Angriff der Cerash auf Hope waren nichts als Lüge. Vielleicht hat es sich so ähnlich abgespielt, ganz sicher aber war er nicht unbeteiligt an der Niederlage der Mysterious.

He, Namenloser, bevor der andere Wächter uns beide vernichtet, willst du mir nicht endlich die Wahrheit sagen?

Er lacht nur und beschimpft mich als Schwächling. Aber das ist mir egal. Ich war mein Leben lang gewohnt, Schmähungen hinzunehmen, und nur Miß Welean hat mich anständig behandelt – von dem Cerash schwach genannt zu werden, empfinde ich eher als Kompliment. Das sagt mir, daß ich noch lange nicht so bin wie diese Wilden.

Ich glaube, daß alle Intelligenzen der Galaxis in Frieden miteinander leben könnten.

Warum auch nicht? Es ist genügend Platz da. Wenn wir nicht wollen, können wir uns aus dem Weg gehen – aber morden, plündern und brandschatzen?

He, Namenloser, ich habe Angst vor dem Tod. Ja, ich gebe es zu. Trotzdem hoffe ich, daß der Mysterious dich vernichtet. Vielleicht gibt es dann ein klein wenig Frieden.

Er hat es eilig und achtet nicht auf das, was ich denke. Mit halsbrecherischer Geschicklichkeit turnt er durch enge Schächte; an die eigenwillige Perspektive ebenso wie an die Fortbewegung auf acht Beinen gewöhne ich mich langsam.

Das Dämmerlicht der Werftanlagen weicht grellem Sonnenschein, als wir den Stadtrand erreichen. Ich sehe zwei Spinnenschiffe mit flammenden Triebwerken im roten Himmel verschwinden.

Urplötzlich hält der Roboter inne. Knirschend mahlen seine Kiefer, es ist ein schreckliches Geräusch.

Im nächsten Moment entdecke ich den Mysterious.

Mir ist, als blickte ich in einen Spiegel. Nein, heute nicht mehr, aber noch vor einigen Tagen hätte ich geglaubt, mein Spiegelbild zu sehen.

Ich kenne diese plumpe, massige, humanoide Gestalt mit den Armstümpfen und dem nur andeutungsweise vorhandenen Schädel.

Wie viele Wächter gibt es? Sind Sie... bist du...? – Ich weiß nicht, wie ich sagen soll. Der Mysterious ist mir fremd und zugleich vertraut. Aber das ist ohnehin egal, weil ich mich nicht verständlich machen kann.

Ich bin zum Zuschauen verdammt, doch ich werde mich mit dieser Rolle nicht abfinden.

Hörst du, Cerash?

Du hast zwei Gegner.

Der Mysterious aktivierte weitere Programme. Infrarot und Energiescan verdrängten seine normaloptische Wahrnehmung. Nur so war er in der Lage, die Reaktionen des Cerash rechtzeitig zu erkennen.

Vielleicht war er der letzte Wächter, der die Zeit überdauert hatte. Die Vermutung lag nahe, weil Antworten auf seine Funksprüche ausgeblieben waren. Das änderte jedoch nichts an seiner Aufgabe.

Ich bin hier, um den Fehler unserer Flotte zu korrigieren, dachte er und taxierte den angriffslustig zuckenden Spinnenleib.

Er feuerte, als der Cerash zum Sprung ansetzte. Doch beide Energiestrahlen stachen ins Leere, und ihm blieb nicht einmal der Bruchteil einer Nurka, um den Fehler zu korrigieren.

Dumpf krachend prallte der Cerash gegen ihn, sie verloren den Halt und stürzten übereinander. Acht Gliedmaßen nagelten den Mysterious fest, zudem verbissen sich die Kiefer in seiner Schädelschale; er spürte, wie die glatte Haut nachzugeben begann, und sobald sie einriß, würde der Cerash, der genau wußte, welche Stellen er treffen mußte, um den Leib zu lähmen, leichtes Spiel haben.

Die Gestalt verändern? In den wenigen Augenblicken der Umwandlung wurde er verwundbar.

Wieder biß der Cerash zu. Diesmal krachten seine Kiefer dicht unterhalb der Schädelschale gegen den aufgewölbten Brustkorb. Ein lähmender Schmerz durchzuckte den goldenen Leib, aber da hatte der Mysterious schon den linken Waffenarm verändert. Ein biegsamer Tentakel schlang sich um die vorderen Gliedmaßen des Cerash und zerrte sie ruckartig zur Seite. Der Gegner schwankte und schien zumindest überrascht zu sein; gleichzeitig spürte der Goldene den nachlassenden Druck und stieß zu.

Der Cerash wurde über ihn hinweggehebelt. Da der Tentakel immer noch zwei Beine umklammerte, gab es einen deutlichen Ruck. Ein unterdrückter Aufschrei folgte, dann schleuderte der Mysterious zwei abgerissene halbe Gliedmaßen zur Seite...

... Simon spürte den Schmerz und den Zorn des Cerash, als der Spinnenleib einknickte. Er wurde sogar gewahr, daß das andere Bewußtsein ans Morphen dachte, aber trotzdem davor zurückschreckte, denn genau das schien der Mysterious erreichen zu wollen.

Die abgerissenen Gliedmaßen begannen ihre Konsistenz zu verlieren. Innerhalb weniger Sekunden wurden sie zu einer Vielzahl metallisch schimmernder Tropfen, die sich, wie von einer unsichtbaren Kraft getrieben, aufeinander zu bewegten, zusammenflossen und eine unter großer Oberflächenspannung stehende Lache bildeten, die das Bestreben hatte, sich wieder mit dem Körper zu vereinen.

Der Mysterious wußte das zu verhindern. Abwechselnd aus beiden Waffenarmen feuernd, zwang er den Cerash, in Richtung der Landefelder zurückzuweichen. Dann wurde er selbst zur Zielscheibe. Gleiter der Cerash stießen im Sturzflug aus den Wolken herab und jagten ihm ihre Salven entgegen. Ein Flammenmeer fegte über den Platz hinweg und brandete an dem Goldenen hoch.

Im Tiefflug fegten die Maschinen über die Häuser hinweg und drehten nach den Seiten ab. Als sie zurückkamen, hatte der Mysterious seinen Standort gewechselt und erwiderte aus der Deckung eines Gebäudevorsprungs heraus das Feuer. Einer der getroffenen Gleiter sackte durch, es gelang dem Piloten erst im letzten Moment vor dem Aufprall, ihn wieder steil in die Höhe zu ziehen. Für Sekundenbruchteile sah es so aus, als wolle sich die Maschine senkrecht in den Himmel bohren, dann schmierte sie ab und stürzte wenige hundert Meter entfernt in das unüberschaubar verschachtelte Gewirr der Häuser.

Das alles war die Angelegenheit weniger Augenblicke gewesen; zu dem Zeitpunkt hatte der Cerash bereits die Metallache erreicht. Ungläubig registrierte Simon, wie sich die schillernde Masse mit den Beinstümpfen vereinte und neue Gliedmaßen formte.

Erneut prallten die Roboter aufeinander – für Simon war es wie der Kampf zweier Titanen, von denen keiner seine Überlegenheit beweisen konnte. Sie würden sich gegenseitig umbringen, das erschien noch am wahrscheinlichsten. Mittlerweile hatte sich der Cerash im Waffenarm seines Gegners verbissen, der Goldene wiederum schaffte es, einen Tentakel um den Schädel des Spinnenrobots zu schlingen. Ineinander verkrallt, hinterließen sie eine Spur der Verwüstung.

Manchmal glaubte Simon, sein unsichtbares Gefängnis würde ein wenig luftiger werden. Doch sooft er versuchte, Zugriff auf die Programmstrukturen des Roboters zu bekommen, wurde er zurückgeschleudert. Er achtete kaum noch auf das Geschehen an sich.

Ein Netz aus armdicken klebrigen Fäden senkte sich herab. Während der Mysterious sich mit jeder Bewegung mehr darin verstrickte, konnte sich der Cerash nahezu mühelos daraus befreien. Mit einem heiseren Fauchen grub er seine Zangen tiefer als zuvor in den Oberarm des Widersachers.

Gemeinsam durchbrachen die Kämpfenden eine Wand und stürzten dahinter in die Tiefe – zwei Etagen nur, doch ihr Aufprall zerschmetterte die Steuerung einer Fertigungsstraße. Alarm gellte auf, als Robotgreifer unkontrolliert halbfertige Elemente von den anderen Bändern pickten und achtlos fallen ließen.

Noch zwanzig Meter, schätzte Simon, dann endete das breite Transportband über einem Bottich mit dampfender Flüssigkeit.

Handelte es sich um Säure, die für einen Veredelungs- oder Aushärtprozeß bestimmt war?

Der Mysterious trieb den Gegner jetzt mit wuchtigen Schlägen vor sich her. Eine Kieferzange des Cerash war gebrochen, doch er wagte es nicht, die Molekularstruktur zu verändern.

Für Sekunden erhaschte Simon bereits einen Blick in den brodelnden Bottich. Es war verrückt, zu glauben, daß Säure den Stahl der Roboter angreifen könnte. Simon fragte sich, wieso er ausgerechnet darauf seine Hoffnung konzentrierte.

Die Hinterbeine des Cerash stießen plötzlich ins Leere. Vergeblich versuchte er, das Gleichgewicht zu bewahren, denn das Band bewegte sich unerbittlich weiter.

Noch einmal schlug der Goldene zu, und der Cerash verlor endgültig den Halt. Hoch schäumte die Säure auf, als der schwere Körper aufschlug und versank. Ein grüner, von Tausenden funkelnden Blasen durchsetzter Schimmer löschte alle optischen Wahrnehmungen aus. Simon hatte das Gefühl, zeitlupenhaft langsam zu versinken. Er schwebte, hing für alle Ewigkeit fest...

Wir sterben, Cerash! Keiner von uns wird diesen Planeten je wieder verlassen.

Ein Aufbäumen ging durch den Spinnenleib, ein Anspannen und Abstoßen, und schon schoß der Koloß wie ein urweltliches Ungeheuer aus der Tiefe empor. Die Säure brandete über den Beckenrand hinweg und ergoß sich plätschernd in die Halle.

Nur undeutlich sah Simon die massige Gestalt des Goldenen vor sich aufragen.

Als der Mysterious feuerte, verpufften die Säuredämpfe. Eine Feuerwoge rollte durch die Halle, wurde zurückgeworfen und setzte die Säure selbst in Brand.

Weitere Detonationen folgten, eine wahre Kettenreaktion... Von unwiderstehlichen Gewalten wurde der Cerash hochgerissen und durch die Luft gewirbelt. Beim Aufprall zertrümmerte er irgendwelche Aggregate, kam aber sofort wieder auf die Beine.

Ein riesiger Schemen vor ihm... Simon ahnte die Bewegung mehr, als er sie wirklich wahrnehmen konnte, dann bohrte sich glühender Stahl durch den Leib der Spinne. Noch einmal stieß der Mysterious mit aller Kraft zu, bis der Stahlträger splitterte, den er als Waffe handhabte.

Simon kam frei. Der Cerash achtete nicht mehr auf ihn. Während sich bereits Teile der Deckenverkleidung lösten und donnernd herabstürzten, hatte er Mühe, den Attacken des Mysterious zu widerstehen.

Bericht Simon:

Das ist meine Chance, ich muß sie nutzen. Ich weiß nicht, wie lange das Cerash-Bewußtsein abgelenkt sein wird, aber ich fühle, daß die beiden riesigen Löcher in seinem Leib sich bereits wieder schließen. Der Stahl wächst einfach zu und schiebt sich wie lebendes Gewebe von den Seiten über die Wunden.

Die Grundlagen der Mysterious-Technik erscheinen mir unbegreiflicher als jemals zuvor. Ich suche nach Programmen. Falls eine Selbstvernichtungsschaltung existiert, muß ich sie finden, ehe der Cerash mich daran hindern kann – ich will, daß dieser Alptraum endlich ein Ende hat.

Auch der Goldene ist angeschlagen. Er taumelt und stürzt, als der Cerash ihn abermals attackiert und es diesmal schafft, den Waffenarm abzureißen.

Wer bist du?

Verwirrt lausche ich in mich hinein, bis ich endlich verstehe, daß es der Mysterious sein muß, der zu mir redet.

Alles was sich in mir angestaut hat, bricht in diesem Moment auf. Ich denke an Hope und an die Erde, an Ren Dhark und die POINT OF, an das stählerne Artefakt, das meinen Geist aufgesaugt hat und an den Angriff der Cerash. Aber wenn schon ich selbst fast vom Schwall der eigenen Gedanken erschlagen werde, was soll erst der Mysterious mit dieser überschwappenden Springflut anfangen?

Der Torso torkelt zur Seite und will seinen abgerissenen Arm erreichen, der sich schon zu verflüssigen beginnt. Aber der Cerash weiß das zu verhindern und verbeißt sich erneut in dem Goldenen.

Ich schaffe es nicht, eine Morphing-Sequenz aufzurufen, um das Cerash-Bewußtsein zu behindern. Sehr viel mehr werde ich ohnehin nicht ausrichten können, in der Hinsicht habe ich meine Illusionen verloren.

Dröhnend stürzen weitere Deckenteile herab. Kabel peitschen durch die Luft, ihre Ummantelung ist längst blankgescheuert. Wo sie auf den Boden treffen, stieben Funkenregen auf.

Meine Gedanken überschlagen sich, aber immer noch will ich zuviel auf einmal. Der Cerash spottet nur über meine Bemühungen; er weiß, was ich mir niemals eingestehen werde – daß ich ihm unterlegen bin.

Ich greife an – wenigstens in meiner Vorstellung...

... und sehe mich im nächsten Moment, wie ich mich hilflos an den Gliedmaßen eines riesigen Cerash festkralle und herumgeschleudert werde.

Wer bist du? hallt es in mir nach.

Simon. Ein Mensch, ein... nacktes Bewußtsein? Nein, das sind Äußerlichkeiten, das will der Mysterious nicht hören.

Woher weiß ich überhaupt, was er hören will?

Aus einer knappen Drehung heraus schleudert der Cerash den Goldenen gegen die nächste Wand und setzt sofort nach. Ich spüre, wie sich die Kiefer in den Brustkorb des Gegners bohren – und dennoch ins Leere stoßen, weil der Mysterious seine Gestalt verändert.

Wer bist du? Fordernder als zuvor höre ich die gedankliche Stimme. Ungeduld schwingt in ihr mit.

Ich bin ein Diener, für Geld verrichte ich Arbeiten, die von mir verlangt werden. Nein, nicht nur für Geld; mir ist wichtig, daß ich leben kann, daß ich genug zu essen habe und Freunde, mit denen ich meine Abende verbringe.

Eine geflügelte Schlange – das ist der erste Vergleich, der mir durch den Sinn schießt, als der Robot die Veränderung abgeschlossen hat. Oder ein kleiner Drache? Solche Bilder habe ich schon gesehen. Doch es ist aberwitzig, zu vermuten, die Mysterious hätten in grauer Vergangenheit die Erde besucht und ihre Spuren in den Mythen der Menschheit hinterlassen.

Wieder spüre ich das Mysterious-Bewußtsein, und endlich erkenne ich, was es von mir erwartet. Es will nicht wissen, ob ich ein Mensch bin, damit kann es wenig anfangen und ebensowenig mit meiner Vorstellung von Arbeit. Ich muß mich öffnen, einfach treiben lassen und darauf vertrauen, daß nichts ohne einen tieferen Sinn geschieht.

Ich bin ein Staubkorn in der Ewigkeit, ein Wanderer zwischen den Welten. Und ich suche einen Körper, den ich wieder meinen eigenen nennen kann.

Wenn es soweit ist, wirst du wissen, was du tun mußt. Erfülle deine Aufgabe, denn vielleicht bist du der letzte der Wächter.

Ein triumphierender Aufschrei erschreckt mich. Ich habe nicht darauf geachtet, aber der Mysterious muß erneut versucht haben, die Gestalt seines Robotkörpers zu verändern. Er war verletzlich in dem Moment, und die Klauen des Cerash zerren zähflüssiges Metall auseinander.

Der Aufschrei wird leiser und bricht gurgelnd ab.

Für einen Augenblick fühle ich Leere um mich her.

He, Cerash! – Ich erhalte keine Antwort, aber das bin ich längst gewohnt.

Die geflügelte Schlange ist erstarrt. Ebenso die vielen Lachen des tofiritfarbenen Metalls ringsum, die eben noch aufeinander zustrebten und von denen sich einige schon vereint haben.

Ohne darüber nachzudenken weiß ich, daß der Mysterious sich geopfert hat.

Das Cerash-Bewußtsein ist ebenfalls tot, ich nehme nur noch einen vagen, rasch verwehenden Abdruck in den Elektronenströmen wahr.

In meiner ersten Reaktion darauf versuche ich, wieder annähernd menschliche Gestalt anzunehmen. Ich kenne die entsprechenden Programme, erinnere mich an jede Einzelheit, als ich vor dem Spiegel stand und meine neuen Fähigkeiten bewunderte, weil ich Miß Welean imponieren wollte.

Oh ja, das wollte ich. Ich erinnere mich, als wäre es eben erst gewesen. Aber wen will ich jetzt damit beeindrucken? Die Cerash werden über mich herfallen, sobald sie die Wahrheit erkennen.

Der Mysterious ist nicht in den Tod gegangen, um mich zu retten – seltsam, aber diese Erkenntnis berührt mich kaum –, sondern weil nur ich in meiner momentanen Gestalt seine Aufgabe zu Ende führen kann.

Gleich werde ich versuchen, mich auf acht Beinen so geschickt zu bewegen, als hätte ich nie etwas anderes getan. Aber zuvor muß noch Zeit sein, dem verwehenden Abdruck des anderen Bewußtseins nachzuspüren.

Ich suche die Antwort auf einige Fragen.

Erinnerungen:

Schon vor Tagen war er durch den Transmitter gekommen, ohne daß seine wahre Identität auffiel. Alle sahen in ihm den Wächter, der die Arbeiten überwachen würde. Der immer noch starke mentale Abdruck des wirklichen Wächters schützte ihn vor Entdeckung, die Falle hatte perfekt zugeschlagen.

Als die Spinnenschiffe einige Millionen Kilometer von Hope entfernt materialisierten, verglühten auf dem 4. Kontinent nicht nur Gebäude und Produktionsanlagen, sondern auch die Projektoren für das noch nicht einsatzbereite Intervallfeld. Alle anderen überragenden technischen Errungenschaften verschwanden in den Laderäumen der Schiffe.

Nur der angreifende Ringraumer war in der Planung nicht vorgesehen. Trotzdem gelang es, ihn abzuschießen.

Bislang hatten die Arachnoiden stets aus dem Verborgenen heraus zugeschlagen, hatten Beute gemacht und waren wieder verschwunden. Zum erstenmal gab es Zeugen.

Der Cerash lernte schnell, die molekulare Struktur des Roboters aufzulösen und dem abgestürzten Raumer zu folgen.

Nachdem der Versuch mißglückt war, das Intervall abzuschalten, um auch die letzten Spuren zu verwischen, benutzte der Cerash den Transmitter an Bord des Ringraumers.

Zu dem Zeitpunkt spürte er bereits, daß der Robotkörper ihn auslaugte und seine Kräfte schnell nachließen. Ihm blieb keine andere Wahl mehr, als auf ein Opfer zu warten, dessen er sich bedienen konnte.

Oft genug hatte sich Simon inzwischen gefragt, ob es wirklich seine eigene Idee gewesen war, das stählerne Artefakt zu berühren. Ein Schleier schien über seiner Erinnerung zu liegen, und er schaffte es einfach nicht, diesen Schleier wegzuziehen. Irgendwie hatte er den Drang verspürt, seine Hände über die glatte Haut des Roboters wandern zu lassen...

Den Simon von damals gab es nicht mehr. Zuviel war seither geschehen, was ihn geprägt hatte.

Unwillig schob er die Erinnerungen beiseite. Mit donnerndem Getöse brach ein ganzer Deckenabschnitt herab und entfachte einen neuen Feuersturm.

Ein letzter, fast dankbarer Blick aus acht Spinnenaugen galt den Überresten des Goldenen. Das Metall hatte seinen besonderen Glanz verloren.

Zaghaft erst, dann schneller, huschte Simon durch das Chaos. Ringsum prasselte, krachte und dröhnte es, aber die Tatsache, daß sein Hörvermögen erhaltengeblieben war, erfüllte ihn mit Zuversicht. Er sah Roboter bereits Löscharbeiten durchführen, doch sie beachteten ihn nicht.

Weit besser als angenommen kam er mit den acht Beinen zurecht. Er schaffte es sogar auf Anhieb, eine der Kletterstangen zu den höherliegenden Etagen zu überwinden, als hätte er nie etwas anderes getan.

Erst als einige Cerash schier über ihn herfielen und ihn mit fordernden Bissen bestürmten, wurde ihm bewußt, der er keine Ahnung hatte, wie er sich mit seinesgleichen verständigen sollte. Andererseits durfte er gar nicht erst den Verdacht aufkeimen lassen, irgend etwas könnte sich verändert haben.

Zu seiner Überraschung verstand er die Sprache der Cerash. Außerdem setzte das Cyberhirn seine Gedanken in Worte um, und er konnte sich zum erstenmal sogar akustisch artikulieren. Eine Membran erzeugte Schallwellen – ein einfaches Verfahren zwar, aber durchaus wirkungsvoll.

Simon verstand nicht, wieso er diese Möglichkeit anfangs übersehen hatte; immerhin war er gezwungen gewesen, sich mit Noreen und den anderen über Funk zu verständigen. Oder verfügte nur der

Cerash-Körper über die akustische Vorrichtung? Dann würde er in humanoider Gestalt wieder stumm sein, vielleicht auch taub.

Im Moment waren das unnütze Überlegungen, die ihm kaum weiterhalfen.

»Die Großen haben eine neue Flotte ausgesandt«, hörte Simon sich sagen. »Ihr Kundschafter ist tot, trotzdem werden sie bald angreifen.«

Nie schien er sich einer anderen Sprache bedient zu haben; die Cerash würden keinen Verdacht schöpfen, daß er ein anderer war als sie glaubten. »Große« war also der Name, den die Arachnoiden für die Mysterious geprägt hatten. Es blieb offen, worauf er sich bezog.

So seltsam es sein mochte, das Cyberhirn hatte kein Abbild der Geheimnisvollen gespeichert. Simon fand nichts, was einer Darstellung gleichgekommen wäre. Später konnte er darüber nachdenken – falls es dieses Später für ihn überhaupt noch gab. Hatten die Mysterious wirklich alles darangesetzt, ihr Aussehen geheimzuhalten? Dann mußten es gewichtige Gründe gewesen sein, die sie dazu bewogen hatten.

»Diesmal werden die Ringschiffe der Großen ganze Arbeit leisten. Entweder wir kommen ihnen zuvor, oder wir sterben.«

Nie hatte Simon Befehle erteilt. Jetzt mußte er genau das tun, gegen das er sich immer gesträubt hatte. Es fiel ihm schwer, sich zu überwinden.

Über insgesamt sieben Spinnenschiffe verfügten die Cerash noch. Drei weitere hatten die Dunkelwolke vor Tagen verlassen und wurden nicht so schnell zurückerwartet. Das war keine besonders große Streitmacht, aber die Arachnoiden schreckten nicht davor zurück, wie Lemminge sehenden Auges in den Tod zu gehen.

Zum Schein ordnete Simon verstärkte Patrouillenflüge an. Sobald weitere Schiffe der Großen erschienen, waren sie mit allen Mitteln anzugreifen und zu vernichten.

»... was geschehen ist, wird sich nicht wiederholen«, versprach er. »Damals wurden wir von den Großen überrascht – diesmal werden wir sie überraschen. Sie wissen nicht, daß wir über eines ihrer Schiffe verfügen, deshalb werden wir sie mit ihren eigenen Waffen schlagen.«

Kein Widerspruch regte sich, als er ankündigte, mit dem Ringraumer den Großen entgegenzufliegen.

Bericht Simon:

Ich habe mich auf keine Diskussionen eingelassen. Vor allem weil mir die Furcht im Nacken saß, die Cerash könnten den Betrug bemerken.

Ein falsches Wort, eine unpassende Geste – es gibt Hunderte von Fehlern, die ein Außenstehender machen kann. Auf gewisse Weise bin ich deshalb erleichtert, als ich endlich die Gebäude verlasse.

Dämmerung hängt über der Stadt. Das düstere Rot des Himmels paßt zu meiner momentanen Gemütslage.

Das ist Endzeitstimmung.

Ich weiß nicht, was geschehen wird. Vielleicht habe ich Erfolg, dann kann ich der Erde einen zweiten Ringraumer übergeben, und mein Bild wird in allen Medien sein und... Aber warum sollte ich das tun? Ich kenne nicht einen einzigen vernünftigen Grund dafür, zumal ich besser als mancher andere weiß, daß Undank der Welt Lohn ist. Natürlich wird die Weltregierung mich zum Star in ihrem Zirkus machen, mich von einem zum anderen weiterreichen und erst einmal kübelweise Ehrungen ausgießen. Aber danach? Ich bin und bleibe ein menschliches Bewußtsein, das in einem Roboter der Mysterious gefangen ist, und das schreit doch geradezu danach, mich unablässig zu überwachen, mich zu testen und immer neue Versuche mit mir anzustellen. Genau an diesem Punkt war ich schon einmal angelangt und hatte mir vorgenommen, nicht mehr darüber nachzudenken.

Was bin ich eigentlich?

Ein Mensch?

Eine Maschine?

Vielleicht von beidem etwas oder keines von beidem.

Nur eines ist mir wirklich klar: Ich will frei sein. Und dazu muß ich endlich alles hinter mich bringen.

Im Alarmstart hoben zwei Spinnenschiffe ab und verschwanden innerhalb weniger Sekunden als winzige Punkte zwischen den Wolken. Nur noch der Ringraumer stand auf dem Raumhafen, ein Fremdkörper auf dieser Welt, obwohl Cerash die Besatzung bildeten.

Gleiter zogen über das ansonsten verlassene Hafengelände hinweg und flogen in einen nahezu zweihundert Meter durchmessenden Schacht ein, der sich gerade erst geöffnet hatte.

Ein neues Raumschiff glitt aus der Tiefe der Werftanlagen herauf. Seine Oberflächenstrukturen veränderten sich nur langsam, und auch die Waffenarme schienen sich zum erstenmal abzuspreizen und die flirrenden Abstrahlfelder aufzubauen.

Aus Richtung der Stadt näherte sich ein einzelner Arachnoide dem Ringraumer. Nur für einen Augenblick hielt er inne, als bodengebundene Truppentransporter nicht allzu weit entfernt über die Landefelder rollten. Sie brachten die Besatzung für das neue Schiff.

Simon hatte darauf verzichtet, sich ebenfalls von einem Gleiter bis zum Ringraumer fliegen zu lassen. Auf die vergleichsweise kurze Distanz von wenigen Kilometern machte es kaum einen Unterschied, ob er ein Transportmittel benutzte oder im Laufschritt über die Piste eilte.

Mit weit ausgreifenden Sätzen hastete er die Rampe empor.

»Schleusen schließen! Energie auf Sle-Flächenprojektoren. Wir starten.«

Die Besatzung war ein Problem – fünfundzwanzig Cerash, die er nicht von Bord schicken konnte, ohne sich sofort verdächtig zu machen. Mit seinem Vorhaben würden sie sich gewiß nicht einverstanden erklären. Andererseits widerstrebte es ihm, sie zu töten; er wollte die Spinnen betäuben und auf einer bewohnbaren Welt aussetzen.

Sein Ruf nach der Gedankensteuerung blieb unbeantwortet. Simon akzeptierte das Schweigen, bis er die Zentrale erreichte.

Ich bin der Wächter! Ich erwarte deinen Beistand!

Er hatte schon einmal für wenige Sekunden mentalen Kontakt gehabt. Nur hatte die Gedankensteuerung behauptet, ihm nicht helfen zu können.

Immer mehr Kontrollskalen leuchteten violett. Alle Systeme arbeiteten einwandfrei, wie von einem Schiff der Mysterious nicht anders zu erwarten war. Von A-Grav-Feldern getragen, schwebte der Ring bereits mehrere Meter über dem Boden.

Ich bin der Wächter! Simons Ruf blieb vergeblich.

»Sub-Licht-Effekt aktivieren!«

Eine gewaltige Faust schien den Raumer in die Höhe zu reißen. Zu spüren war nichts davon, nur auf den Bildschirmen fiel der Planet rasend schnell zurück.

Nur noch Murmelgröße...

... und Augenblicke später eine rötlich-braune Sichel, die sich kaum gegen den düster roten Hintergrund abzeichnete.

»Auf Sternensog gehen!«

Mit dem Erreichen der Lichtgeschwindigkeit wurde das Intervall aktiv. Zugleich meldete sich die Gedankensteuerung.

Ich erwarte deine Befehle, verkündete sie.

Simon hatte sich also nicht geirrt. Der erste Kontakt war ebenfalls nach Aktivierung des Intervalls erfolgt.

Welche Möglichkeiten hast du, die Cerash zu betäuben?

Meine Funktionen werden durch Störschaltungen eingeschränkt. Ich bin nur bedingt einsatzfähig.

Du hast das Schiff unter Kontrolle?

Die Zugriffsmöglichkeiten erstreckten sich derzeit auf das Intervall. Aber nur unter bestimmten Voraussetzungen.

Das war weitaus weniger, als Simon sich erhofft hatte. Unter diesen Umständen war er gezwungen, selbst zu handeln.

Der Reiz des Ungewöhnlichen, den die Umwandlung der Körpermoleküle zuerst für ihn bedeutet hatte, war weitgehend verflogen. Simon aktivierte die erforderlichen Programmstrukturen, die den Morphing-Prozeß selbsttätig steuerten.

Vor den Augen der entsetzten Cerash sackte sein Spinnenleib in sich zusammen. Obwohl Simon wenig davon wahrnahm, glaubte er zu spüren, wie sich das verflüssigte Metall wieder verformte und neue Strukturen bildete. Schon entstanden die plump humanoiden Umrisse des Kampfroboters, wie er die Gestalt insgeheim nannte.

Der gesamte Vorgang nahm zehn bis fünfzehn Sekunden in Anspruch. Einige Cerash hatten bereits ihre Waffen hochgerissen und feuerten auf die sich festigende Metallmasse.

Simons Waffenarme ruckten herum. Aus beiden Mündungen brachen Strich-Punkt-Strahlen hervor, die auf die meisten Metabolismen lähmend wirkten. Auch die Arachnoiden waren nicht dagegen gefeit, wenngleich ihre Reaktion um wenige Augenblicke zeitverzögert eintrat. Mit zuckenden Gliedmaßen brachen sie zusammen.

Nur fünfzehn der fünfundzwanzig Cerash hatten sich innerhalb der Zentrale aufgehalten. Die übrigen befanden sich vermutlich bei den M-Konvertern oder in ihren Quartieren in der weitläufigen Ringzelle.

Mit gezielten Impulsen deaktivierte Simon die Bordverbindungen. Er war selbst überrascht, wie exakt er die einzelnen Funktionen kannte, vielleicht sogar besser als Dhark, Riker und die anderen, die ihr Wissen aus den Mentcaps bezogen hatten.

Der Roboter schien für ihn eine unerschöpfliche Quelle an Informationen zu sein.

Ich glaube, wir stehen erst am Anfang unseres Kennenlernens, schoß es Simon durch den Sinn.

Fünfeinhalb Lichtminuten hatte sich der Ringraumer schon von der Heimatwelt der Cerash entfernt, als er auf Gegenkurs ging. Von den patrouillierenden Spinnenschiffen eingehende Funkanfragen blieben unbeantwortet.

Der Sternensog erlosch erst wenige Millionen Kilometer vor dem Planeten.

Kollisionskurs lag an.

Noch dreißig Prozent Lichtgeschwindigkeit. Der Ringraumer verzögerte mit hohen Werten.

Trotz Unterlicht hatte das Intervallfeld Bestand.

Ein Spinnenschiff tauchte aus dem Ortungsschatten des Planeten auf, seine Waffenarme begannen sich abzuspreizen. Die Cerash reagierten schnell, wenngleich völlig unzulänglich, auf die mögliche Bedrohung.

Die Spinnen eröffneten das Feuer, als der Ringraumer, nur noch mit geringer Restfahrt, in die Atmosphäre eintauchte. Allerdings konnten die schweren Thermostrahlen das Intervall nicht durchschlagen.

Eine Nadelstrahl-Salve beantwortete den Angriff. Der Raumer der Cerash wurde schwer getroffen und begann auseinanderzubrechen. Eine Simulation zeigte Simon, daß die Bruchstücke über einige tausend Kilometer verstreut fernab aller bewohnten Gebiete auf dem Planeten aufschlagen würden.

Die Metropole der Arachnoiden, eben erst am fernen Horizont sichtbar geworden, kam näher. Bodengebundene Thermostrahlbatterien begannen zu feuern.

Allem Anschein nach war Alarm ausgelöst worden, denn Zigtausende Cerash hetzten über die Dächer der Stadt, um Zuflucht in der kargen Umgebung zu suchen. In der Bildwiedergabe erinnerte die Bewegung an eine auseinanderfließende schwarze Woge.

Fast im Zentrum schlug der Ringraumer ein...

... und durchdrang im Schutz des Intervallfelds ohne Schaden anzurichten alle feste Materie.

Die Gedankensteuerung lenkte den Sle auf ein Dutzend Meter präzise. Auf den Bildschirmen wurden die unterirdischen Fabrik- und Werftanlagen sichtbar. Cerash flohen in heller Panik vor dem Schiff der Mysterious.

Simon gab den Befehl zum Einsatz der Duststrahlen. Während im Wirkungsbereich der Waffen sämtliche anorganische Materie zu Staub zerfiel, glitt der Ringraumer immer noch mit mehreren hundert Metern in der Sekunde durch das unterirdische Reich, eine gewaltige Spur der Zerstörung hinter sich herziehend. Nichts von all dem, was in Jahrhunderten geschaffen worden war, hielt den zersetzenden Duststrahlen stand.

Kilometer hinter dem Schiff zeigten die Ortungen erste Verschiebungen innerhalb der Planetenkruste.

Die Tanks mit den Zellmassen nahm Simon unter Nadelstrahlbeschuß. Auch zwei nahezu fertiggestellte Spinnenschiffe vergingen in den Gluten.

Als der Ringraumer jenseits des Raumhafengeländes aus der Tiefe aufstieg, begann sich hinter ihm bereits ein deutlicher Grabeneinbruch abzuzeichnen. Die destabilisierten subplanetaren Hohlräume konnten dem Druck der auf ihnen lastenden Gesteinsmassen nicht standhalten.

Mit auf Vollast arbeitendem Sle raste der Ringraumer in den Weltraum hinaus. Die Ortungen erfaßten mehrere Transitionen von Spinnenschiffen.

Wirkungsfeuer eröffnen! stieß Simon hervor. *Nicht eines ihrer Schiffe darf entkommen.*

In diesem Augenblick durchlief ein dumpfes Grollen den Ring aus Unitall. Simon glaubte sogar zu spüren, wie der Boden unter seinen Füßen bebte.

Warnanzeigen flammten auf. Im Bereich der Konverter mußte sich ein folgenschwerer Zwischenfall ereignet haben.

Manipulationen an der Energieversorgung! meldete die Gedankensteuerung. *Die Explosion hat zwei Decks zerstört, konnte aber eingedämmt werden. Weitere Konverter sind nicht mehr kontrollierbar – mit der Freisetzung großer Energiemengen muß in wenigen Nurkas gerechnet werden.*

Simon ahnte, daß das nur das Werk jener Cerash sein konnte, die nicht zur Zentralebesatzung gehörten. Ihre Anwesenheit hatte er sträflich vernachlässigt, ein Fehler, für den er nun die Quittung erhielt. Zu allem Überfluß eröffneten die näherkommenden Spinnenschiffe das Wirkungsfeuer.

Eine weitere heftige Erschütterung durchlief den Raumer.

Vakuumeinbruch im Bereich der Maschinenräume.

Du mußt gehen. Die mentale Stimme der Gedankensteuerung klang ungeduldig. *Die vollständige Zerstörung des Schiffes ist nicht mehr aufzuhalten.*

Gehen... wohin...?

Ein Transmitter wird soeben aktiviert.

Nur Sekunden zögerte Simon, doch in dieser Zeit erlosch über die Hälfte aller Kontrollen. Die Vibrationen wurden stärker und kamen in immer kürzeren Abständen, begleitet von einer anschwellenden Geräuschkulisse.

Das Intervall stand bereits am Rand des Zusammenbruchs. Dem Punktbeschuß der Cerash konnte es kaum noch standhalten.

Flüchtig dachte Simon daran, einen Notruf abzusetzen. Aber wer sollte ihn hören?

Ren Dhark?

Eine Verbindung ist geschaltet, meldete die Gedankensteuerung. *Sendeleistung mit Restenergie.*

Simon mußte sich eingestehen, daß er noch immer nicht an eine Vernichtung des Ringraumers glaubte. Erst als eine Serie von Explosionsgeräuschen näherkam, akzeptierte er, daß das Schiff nicht mehr zu retten war.

Geh! drängte die Gedankensteuerung.

Simon zögerte nun nicht länger.

Funkspruch an Ren Dhark! Er registrierte, daß Daten aus einem geöffneten Speicher abflossen – alles was er seit Hope erlebt hatte, war darin enthalten.

Auf eine Bestätigung wartete er jedoch vergeblich.

Das Schiff starb, das konnte er jetzt deutlich wahrnehmen. Es war in Auflösung begriffen, als er den aktivierten Transmitter erreichte und in das wabernde Transportfeld trat.

Ein letzter schwacher Impuls der Gedankensteuerung begleitete ihn.

Epilog

Der kurze und durchdringende Schmerz, den er gespürt hatte, ähnlich der Entzerrung während einer Transition über eine größere Distanz, wich dem Gefühl von Müdigkeit.

Wie lange hatte er nicht mehr geschlafen?

Simon wußte es nicht und wollte auch nicht darüber nachdenken. Er sehnte sich danach, wenigstens für kurze Zeit mit sich und seinen Erinnerungen allein zu sein.

Alles hatte er verloren, was ein Mensch nur verlieren konnte: seinen Körper, die Heimat und die Freunde, auch den Ringraumer, den er schon als seinen Besitz betrachtet hatte.

Den Ringraumer, den die Cerash verlassen in der Dunkelwolke aufgefunden hatten. – Das war es, was die Gedankensteuerung ihm im letzten Moment noch übermittelt hatte. Aber die Daten waren unvollständig.

Egal...

Das Transmitterfeld war erloschen, es gab kein Zurück mehr. Nur ein Weiter.

Wohin hatte es ihn verschlagen?

Er würde es herausfinden. Später, nicht schon sofort.

Vorerst sehnte er sich nach ein klein wenig Ruhe. Und nach Besinnung, um zu sich selbst zu finden.

Wer bin ich? dachte Simon bitter.

Die Fragestellung war nur teilweise richtig.

Wer will ich in Zukunft sein? gab seine Empfindungen weitaus besser wieder.

Auch das würde er herausfinden.

– E N D E –

CHECKMASTER

Von Wächtern und Spinnen

Die Mysterious... Niemand kann heute mehr sagen, wem von Ren Dharks Getreuen die zweifelhafte Ehre gebührt, den geheimnisvollen Erbauern des Industriedoms und der POINT OF diesen Namen gegeben zu haben; vielleicht war es sogar der Commander der Planeten höchstpersönlich. Doch wer es auch immer gewesen sein mag, er – oder sie – hat mit dieser Namensgebung wahrlich prophetische Fähigkeiten bewiesen.

Denn je mehr wir über die Mysterious erfahren, desto deutlicher wird, wie wenig wir wirklich wissen! Da erforscht die wissenschaftlich-technische Elite Terras bereits seit Jahren den Industriedom – doch gemessen am Aufwand sind die Erfolge allenfalls bescheiden zu nennen. Da fliegen Ren Dhark & Co mit einem Raumschiff durchs All, daß sich immer wieder aufs Neue als eine – salopp gesagt – High-Tech-Wundertüte entpuppt. Da stoßen der Commander der Planeten und seine Freunde in jüngster Zeit verstärkt auf Artefakte und technische Hinterlassenschaften der Mysterious, deren Bedeutung oder Funktion noch nicht einmal in Ansätzen zu erkennen sind. Realistisch betrachtet, befindet sich Ren Dhark in der Situation eines Mannes, der eine Handvoll Teile zu einem Puzzle besitzt, von dem er weder weiß, aus wie vielen Teilen es am Ende bestehen oder welche Form es haben wird – noch, *was es überhaupt darstellen wird.*

Nehmen wir doch einmal den Wächter, in dessen Körper sich mittlerweile Simons Bewußtsein befindet (und von dem Ren Dhark wahrscheinlich so gut wie nichts weiß, denn er und alle übrigen werden annehmen, daß Simon beim Angriff der G'Loorn auf Hope getötet wurde...).

Wie es scheint, haben die Mysterious einen Robotertyp geschaffen, der einerseits über absolut fantastische Fähigkeiten verfügt, andererseits jedoch auch einige merkwürdige Schwächen besitzt – und das liegt ganz sicher nicht daran, daß Simon seinen neuen Körper zunächst nur unvollkommen beherrscht. Daß der Roboter im Augenblick des *Morphens*, wenn Moleküle umgruppiert werden und der Zusammenhalt der Molekülketten generell verringert ist, verwundbarer ist als sonst, erscheint nachvollziehbar. Doch darüber hinaus deutet die Anfälligkeit für das Gift der Cerash auf eine zusätzliche organische Komponente im Tofirit-Körper des Roboters hin. Ist sie vielleicht notwendig, um überhaupt erst die Möglichkeit zu schaffen, den Körper des Wächters mit einem Bewußtsein zu beseelen?

Und wozu überhaupt einen Robotertyp schaffen, der nur in Verbindung mit einem Bewußtsein voll funktionsfähig ist? Noch dazu mit einem *beliebigen* Bewußtsein? Die Wächter sollen anscheinend Zivilisationen geringerer Entwicklungsstufen vor Wesen wie den Cerash schützen – eine noble Idee, zweifellos. Aber was geschieht, wenn ein Angehöriger einer dieser Zivilisationen einen unbeseelten Wächter findet? Wird auch sein Bewußtsein dann vom Wächter assimiliert? Oder haben die Mysterious doch irgendwelche Sicherungsmechanismen eingebaut, die verhindern sollen, daß der Roboter mißbraucht wird, und die im Falle des Cerash einfach versagt haben?

Überhaupt, die Cerash. Man darf es Simon – in Anbetracht seines Kenntnisstandes – nicht übelnehmen, daß er einige Zeit befürchtet, die Spinnenwesen könnten der große Gegner sein, der für das Verschwinden der Mysterious verantwortlich ist. Doch das sind sie ganz sicher nicht, gleichgültig, wie entsetzlich sie auch auf Menschen wirken mögen oder wie groß die Bedrohung sein mag, die sie für die Erde darstellen könnten.

Andererseits haben die Mysterious die Spinnen ernst genug genommen, um ihnen eine Strafexpedition auf die haarigen Leiber zu schicken, und auch der zweite Wächter zögert nicht, dem Verdacht nachzugehen, die Cerash könnten wieder aktiv geworden sein. Und natürlich haben die Spinnen in der Vergangenheit erstaunliche Erfolge erzielt – man denke nur an die Waffe, die sich gegen die Flächenprojektoren des Sle richtet und gegen die das Intervall anscheinend nicht immer ausreichenden Schutz gewährt.

Vielleicht sind die Cerash aber auch Figuren in einem viel größeren Spiel. Simon weiß es nicht – kann es nicht wissen, denn zu dem Zeitpunkt, da sein Bewußtsein vom Wächter aufgesogen wird, liegen diese Entdeckungen noch in ferner Zukunft –, aber wir wissen, was Ren Dhark und seine Getreuen auf Mirac gefunden haben: die kopf- und armlose Statue eines Goldenen Menschen, einen zerstörten Ringraumer und unter dem Sand vergrabene Städte, in denen vor vielen Jahrtausenden anscheinend Spinnenwesen gelebt haben. Eine zufällige Parallele – oder mehr?

Warum – und auch diese Frage ist für Simon zunächst einmal ohne, für uns jedoch von großer Bedeutung –, warum verwandelt sich der Wächter im Kampfmodus in eine gesichtslose goldene Gestalt? Welcher Zusammenhang besteht zwischen dem gigantischen goldenen Torso auf Mirac und den Mysterious? Und warum sind sie so darauf erpicht, ihr äußeres Erscheinungsbild zu verheimlichen?

Die Mysterious – die Geheimnisvollen...

Einmal mehr halten wir ein paar neue Puzzleteilchen in der Hand, doch wir wissen nicht, wo wir sie hinlegen sollen – noch nicht...

Ren Dhark - Programm

Kurt Brand schuf von 1966 bis 1969 die Heftserie **Ren Dhark.** Für die Buchausgabe des HJB Verlages wird der SF-Klassiker neu bearbeitet, ergänzt und fortgeschrieben, denn in den Tiefen des Alls ist das Rätsel der Mysterious noch immer zu lösen...

Bereits erschienen und lieferbar:

Buchausgabe (jeweils ca. 352 Seiten), DM 29,80
Bd. 1 "Sternendschungel Galaxis"
Bd. 2 "Rätsel des Ringraumers"
Bd. 3 "Zielpunkt Terra"
Bd. 4 "Todeszone T-XXX"
Bd. 5 "Die Hüter des Alls"
Bd. 6 "Botschaft aus d. Gestern"
Bd. 7 "Im Zentrum der Galaxis"
Bd. 8 "Die Meister des Chaos"
Bd. 9 "Das Nor-ex greift an!"
Bd. 10 "Gehetzte Cyborgs"
Bd. 11 "Wunder d. bl. Planeten"
Bd. 12 "Die Sternenbrücke"

Buchausgabe (ca. 192 Seiten), DM 19,80
Sonderband "Die Legende der Nogk"
Sonderband "Gestrandet auf Bittan"
Sonderband "Wächter der Mysterious"

In Vorbereitung:

Bd. 13 "Durchbruch nach Erron-3" (April 1999)
Bd. 14 (Juli 1999)
Bd. 15 und ein weiterer Sonderband (Oktober 1999)

Weitere Bände erscheinen im Abstand von ca. drei Monaten